Buch

Lena ist Schauspielerin gewesen, bis sie nach dem Tod ihrer Mutter zurück in die Kleinstadt geht, als sei sie in der Hälfte des Lebens schon am Ende. Sie trifft ihren früheren Geliebten Ludwig wieder, der Priester war, bis er »die Wirklichkeit der Wahrheit vorzog«. Lena weiß: »Das von früher, das geht nicht mehr.« Sie sucht nach einer Ordnung in ihrem Leben und in ihren Gefühlen zu Ludwig.
Lena mietet sich bei Dahlmann ein, der die große Liebe ihrer Mutter war, aber nur deren Trauzeuge wurde. Dahlmann hat ein Geheimnis. Auf der Spur seiner Vergangenheit fährt Lena nach Auschwitz und entdeckt eine Kleinstadt in der Provinz.
»Wer erzählt, hat eine Frage.« Judith Kuckart erzählt die anrührende Geschichte einer eigenwilligen Frau. Je tiefer man eindringt in die Verstrickungen ihres Lebens, desto mehr Fragen tun sich auf, und auch die Antworten geraten in die Schwebe zwischen Wirklichkeit und Wunsch: Warum ist jedes Erkennen ein Wiedererkennen? Warum ist die Erinnerung an die Liebe stärker als die Liebe selbst? Warum passt das Leben manchmal so schlecht wie ein falsches Kleidungsstück?
»Eine elegant verstrebte Literatur, die locker wirkt, wie von Luft durchweht, und Raum für Gedanken lässt. Es sind der analytische Ernst, die erstaunliche Erfindungskraft und der Sinn für scharfe Kontraste, die für diesen ungewöhnlichen Roman einnehmen.«
Beatrice von Matt, Neue Zürcher Zeitung

Autorin

Judith Kuckart, geboren in Schwelm (Westfalen), lebt nach dem Studium der Literatur- und Theaterwissenschaften und einer Tanzausbildung als Autorin und Regisseurin in Zürich und Berlin. Neben Theaterstücken erschienen von ihr u. a. die Romane »Wahl der Waffen«, »Der Bibliothekar« und »Kaiserstraße«.

Judith Kuckart bei btb

Die Autorenwitwe (73567) · Kaiserstraße. Roman (73621) · Lenas Liebe. Roman (73690) · Der Bibliothekar. Roman (73689) · Die Verdächtige. Roman (73992) · Wahl der Waffen. Roman (73816)

Judith Kuckart

Lenas Liebe

Roman

btb

MIX
Papier aus verantwor-
tungsvollen Quellen
FSC
www.fsc.org **FSC® C083411**

Verlagsgruppe Random House FSC® N001967
Das für dieses Buch verwendete
FSC®-zertifizierte Papier *Schleipen Werkdruck*
liefert Cordier, Deutschland.

2. Auflage
Genehmigte Taschenbuchausgabe März 2008
Copyright © 2002 by DuMont Literatur und Kunst Verlag, Köln
Umschlaggestaltung: Design Team München
Umschlagphoto: Plainpicture / Agripicture
Druck und Einband: CPI – Clausen & Bosse, Leck
SK · Herstellung: BB
Printed in Germany
ISBN 978-3-442-73690-4

www.btb-verlag.de

Für M. C.

Lena fährt

»Lena fährt«, sagt Dahlmann. »Es ist ihr Auto.«

Zwei Männer stehen mit ihrem Gepäck in einer Reihe. Ein Koffer, ein Mann, ein Koffer, ein Mann, ein Koffer. Lena schaut Richtung Bahnhof. Hoch über den Gleisen drücken sich Kinder gegen das Brückengeländer und sehen am Sonntag den Zügen nach. Auf der anderen Seite der Brücke liegt das Dorf Brzezinka.

»Aber ich fahre über Berlin«, sagt sie.

»Macht nichts. Wir haben Zeit«, sagt der Priester. »Wir haben Zeit und in Berlin eine Übernachtungsmöglichkeit.«

Dahlmann nimmt ein Birkenblatt von der Kühlerhaube, schaut ernst und sagt nichts. Zwei Kinder auf Dreirädern und in alten Strumpfhosen stehen neben dem Auto. Auch sie schauen ernst. Die Brille des Mädchens ist beschlagen. Lena hält die Beifahrertür für Dahlmann offen. Er setzt sich, die Beine zieht er nach. Seine glänzenden schwarzen Slipper mit den Goldschnallen passen nicht auf den Asphalt von O. Der Priester zeigt mit ausgestrecktem Arm nach Osten.

»Die Pforte nach Galizien«, sagt er.

»Jaja«, sagt sie, »aber wir fahren in die andere Richtung.«

Sie schaut auf die gegenüberliegende Straßenseite, wo die Tür zum Flur noch immer offen steht. Einen Moment lang scheint das Haus sich zu bewegen.

Dahlmann auf dem Beifahrersitz reibt mit beiden Händen seine Oberschenkel.

»Wieso fahren wir eigentlich über Berlin?« fragt der Priester.

»Herzensgründe«, sagt Dahlmann, und Lena sieht nach dem

Himmel. Es ist später Nachmittag. Sobald es dunkel wird, fangen die Hunde an zu bellen. Sie haben Angst vor der Dämmerung, wie manche Menschen auch. Mit dem Bellen trösten sie sich von Hund zu Hund. Denn nachts ist es auf den polnischen Landstraßen so dunkel wie unter der Erde. Der Priester nimmt sein Gepäck, sie zeigt auf den Kofferraum.

»Offen!« sagt sie. Etwas an ihm rührt sie. Etwas nicht.

Der Priester geht um das Auto herum. Als er denkt, daß keiner ihn sieht, segnet er hastig den Kofferraum, während er seine braunen Kunstlederkoffer hineinhebt.

»Es ist Ihnen doch recht?« fragt er und blickt sie über das Auto hinweg an. Die Sonne steht im Westen und direkt hinter seinem Kopf. Sie blendet. So kann Lena sein Gesicht nicht sehen …

»Dann los«, sagt sie und schlägt seitlich auf ihr Bein. Die Geste erinnert sie an den Hund, den sie schon lange nicht mehr hat. Der Priester rafft seinen schwarzen Rock. Seine geistliche Kleidung wird auf der Rückfahrt eine Hilfe sein, wenigstens bis zur Grenze. Er setzt sich hinter Dahlmann. Sie wird sein Gesicht im Rückspiegel sehen müssen.

Auch sie geht noch einmal um das Auto, freut sich, daß es noch da ist, schlägt den Kofferraum zu und stützt sich einen Gedanken lang mit beiden Händen auf. Das Haus auf der anderen Seite der Straße bewegt sich noch immer. Immer, wenn sie hinschaut.

»Was ist, was ist? Es ist schon spät. Wir wollen los«, ruft Dahlmann. Sie steigt ein. Dahlmann, nach Duschgel duftend, sitzt neben ihr. Sogar wenn er nichts zu tun hat, sieht er eifrig aus. Die Polen-Karte auf dem Schoß, behauptet er wieder einmal: »Alte Heimat«, und versichert, er kenne sich hier aus. Er nickt, sie fährt los, Richtung Abend. Sie hat das Schiebedach geöffnet, und der Wald riecht nach Wald bis in den Wagen hinein. Kraków, Katowice, Landstraßen, Czestochowa. Bis sie dort sind, wird es Nacht sein. Es ist kurz nach vier. Das Ortsausgangsschild von O. ist durchgestrichen, und gleich dahinter, an einem roten Zaun vor einem roten Haus, steht eine Frau mit roten Haaren. Nur das Madonnenbild am Treppenaufgang zur Terrasse ist strahlend blau. Lena setzt ihre Kapuze auf.

Eigentlich ist sie gar nicht weit weg gewesen.

»Alles in Ordnung?« fragt Dahlmann mit Blick auf sie, dann auf das offene Wagendach.

»Ja«, sagt sie.

Der Priester

Wind fegte seit dem Morgen die Straßen und riß vereinzelte Wolken vor die Sonne. Freitag. Ein dunkelblaues Auto von der Policja bog von der Straße ab, fuhr an der Mannschaftsbaracke vorbei und rollte langsam auf das Fußballfeld. Das wunderte den Priester. Es hielt knapp einen Meter neben dem deutschen Tor. Die Fahrertür schwang auf. Die Schrift teilte sich in *Pol* und *icja*, und einer in Uniform, die blau war wie das Blau seines Wagens, trat auf das Tor zu, an dessen Pfosten ein junger Mann lehnte. Der verwöhnte junge Mann, wie der Priester ihn seit gestern nannte. Der junge Mann trug einen Kapuzensweater um die Hüften geknotet. Ihn sprach der Polizist an und sah dabei herüber zu den Zuschauerrängen. Auf den bröckelnden Steinstufen sammelten sich die Neugierigen, hauptsächlich Kinder, kleine Fans mit Fahnen. Dahinter standen wenige Erwachsene, Männer und Frauen in Lederjacken oder Plastikblousons und fast immer mit brennender Zigarette gegen die Müdigkeit am Freitag. Der verwöhnte junge Mann griff in die Brusttasche seines Hemdes, zog eine Packung hervor und hielt sie dem Polizisten unter die Nase. Der Polizist korrigierte seine Schirmmütze, eine Bewegung, die wie ein Räuspern aussah. Eine polnische und eine deutsche Nase trafen sich über einer amerikanischen Zigarettenpackung. *Test the West,* dachte der Priester. Wieder zog eine Wolke vor die Sonne und überraschte das Spielfeld mit plötzlichem Schatten.

Der Polizist ging rauchend und mit federnden Knien über den Rasen. Der junge Mann blieb beim Tor stehen. Die kleinen deutschen Fußballer verteilten Autogramme über eine blaue

Wäscheleine hinweg, die das Spielfeld an seiner Längsseite begrenzte, und über den Platz lief ein Kind in grünem Anorak, in beiden Armen den Ball.

»Hoffentlich fängt es nicht an zu regnen«, sagte Lena von hinten.

»Was machen Sie denn hier?« Der Priester drehte sich um. »Interessieren Sie sich für Fußball?«

»Und Sie, was machen Sie hier, als Priester?«

»Ich interessiere mich speziell für Torhüter.«

»Torhüter? Wieso? Kannten Sie mal einen?«

»Das sind prinzipiell die Verrückten in der Mannschaft.«

»Was wollen Sie denn mit Verrückten?«

»Meines Vaters Haus hat viele Wohnungen«, sagte er.

»Gut zu wissen«, sagte sie. »Aber ich habe schon ein Zimmer und fahre am Sonntag wieder.«

Sein Blick fiel auf die bröckelnden Steinstufen der Tribüne, dorthin, wo sie nicht überdacht war. Gras wuchs in den Ritzen. Jungen mit den Gesichtern von hier, Gesichter, die bei Vierzehnjährigen schon vierzig waren, hockten Knie an Knie, alle Haare vom Wirbel aus gleich geschnitten, die Hände zwischen den Beinen. Weiter hinten, in der Nähe des deutschen Tors, saßen die Mädchen in den überdachten Reihen auf Holzbänken. Sie waren hübscher und größer als die Jungen und ihre Hinterköpfe weniger flach.

»Sie sagen mir also nicht, warum Sie hier sind?«

»Ich habe so eine Idee«, sagte sie, lächelte und drehte das Gesicht über die linke Schulter dabei. Sie lächelte in das deutsche Tor hinein. Nur um sich zu zeigen, lächelte sie? Am Pfosten lehnte noch immer der junge Mann. Der verwöhnte junge Mann. Lenas Profil war ein wenig hart, die Haut an den Kinnladen ein wenig schlaff, wenn sie den Kopf senkte. Dann sah sie verärgert aus. Aber wenn sie lächelte, gab es um die Augen eine flüchtige Wärme. Doch die blieb bei ihr.

»Eine Idee?« sagte er mit Nachdruck, um ihr Gesicht aus dem Profil zu sich zurückzuholen, »eine Idee braucht man an diesem Ort nicht. Was hier wirklich geschehen ist, ist genug.«

»Wirklich?« fragte sie. »Was ist denn das?«

»So etwas wie Sie hat uns hier gerade noch gefehlt«, sagte er. »Bestimmt wollen Sie auch noch darüber schreiben.« Seine plötzliche Gereiztheit hatte nichts zu tun mit dem, was er sagte, sondern mit dem, was er dabei dachte. Der Wind blies ihm ins Gesicht und ihr die Kapuze vom Kopf. Er sah ihr in die Augen. Er war laut geworden.

»Wirklich?« Sie schaute ihn an und setzte die Kapuze wieder auf. Die Geste war weich und ruhig und gelungen, und wegen dieser einen Bewegung war sie in dem Moment stärker als er.

»Sie dürfen mich nicht so anschreien«, sagte sie, »ich bin nämlich ein verlorenes Schaf. Wenn Sie so schreien, gehe ich Ihnen ganz verloren. Wie wollen Sie das Ihrem Gott erklären?«

Da pfiff ein Mann in schwarzer Lederjacke das Spiel an. Das Kind in Grün warf den Ball ins Feld.

»Wirklich ist hier«, sagte Lena, »daß die Stadt 55 000 Einwohner, eine berühmte Eishockeymannschaft und die besten Schwimmer von Polen hat. Das talentierteste Eiskunstlaufpaar der Nation trainiert hier.«

»Sind Sie Sportreporterin?«

»Nein, Schauspielerin, und ich hatte tatsächlich so eine Idee, die war noch nicht ganz fertig, als Sie mich unterbrachen.«

Sie stach mit dem Daumen in die Luft. Er schaute auf den Platz.

»Das soll hier ein gemeinsames Trainieren und Spielen gegen

das Vergessen sein, oder? Ich dachte immer, gegen Vergessen hilft Erinnern, nicht Fußball.«

Als sie ging, fiel das erste Tor.

»Oświęcim, zwycięstwo, zwycięstwo«, riefen die Mädchen, und die Jungen rückten beglückt den Schirm ihrer Baseballmützen zurecht. Lena drehte sich noch einmal um.

»Oświęcim, zwycięstwo, zwycięstwo? Was heißt das?«

»Auschwitz, Sieg, Sieg«, sagte er.

Sie hatte am Tag zuvor, Donnerstag, ihren Volvo knapp vor ihm abgebremst. Er hatte am Autokennzeichen gesehen, sie kam aus seiner Heimat, aus dieser verregneten grünen Gegend am Rand des Ruhrgebiets. Schwarze Dächer, Schieferhäuser, straffe Gardinen, traurige Sonntage. Die Menschen von dort waren meistens häßlich. Sie nicht. Ihr Lächeln sagte: Ich weiß nicht, wohin das führt, aber es wird schon klappen. Sie sah müde aus, als sie an die Wagentür gelehnt ihren Rock glattstrich. Sie mochte vielleicht vierzehn oder fünfzehn Jahre jünger sein als er, also auch nicht mehr jung. Sie sprach ihn auf der Treppe des Gästehauses an. Er verabschiedete gerade eine Gruppe aus Viersen. Sie störte ihn beim Winken. Wenn die Gruppen abfuhren, mochte er sie am liebsten. Während sie sich entfernten, wurden einzelne von ihnen, meistens die Mädchen, ihm plötzlich lebendiger. Das lag am Abschied. Er mochte Abschiede, schon immer. Sie gaben dem Leben ein Ziel.

»Gibt es hier ein Zimmer?« Sie wies mit dem Kopf auf den Plattenbau in seinem Rücken.

Er richtete ein kurzes exaktes Lächeln an sie und sagte, seines Wissens sei das Haus nur für Jugendliche. Er zeigte mit dem Finger Richtung Bahnhof und sagte Globe, im Hotel Globe solle sie es versuchen. Sie schaute auf seinen Hals. Der stand dünn aus dem weißen Kragen, wurde rasch rot, nicht nur nach dem Rasieren. Über ihnen ging der Wind durch einen großen alten Baum. Er war eine große schwarze Vogelscheuche, das wußte er, aber es erleichterte ihm die Aufgaben eines Priesters. Er hielt ihrem Blick stand. Da ging die Hupe vom Bus. Sie blinzelte und bog den Oberkörper ein wenig zurück, heraus aus der Sonne. So lagen ihre Augen im Schatten, ihr Mund an dessen Saum.

»Sagen Sie mir Ihren Namen, Herr Pastor, dann sage ich Ihnen meinen.«

Wieder hupte der Viersener Bus vorwurfsvoll. Er hob die Hand. Sie zuckte zurück. Dann verlängerte sie die Bewegung, vielleicht um einen furchtsamen Reflex zu vertuschen, und zog mit einem Ruck den Pullover über den Kopf. Sie stand im Hemd da. Zwei dünne Träger auf jeder Schulter. Es war ihm unangenehm.

Seine Gewohnheiten wurden von der Einsamkeit bestimmt, nicht von den Menschen. Nur einmal war ihm etwas mit Menschen passiert. Während er seine Doktorarbeit geschrieben hatte, war er bei Einbruch der Dunkelheit regelmäßig im Park hinter der Bibliothek spazierengegangen. Das war die kritische Tageszeit für sein Gemüt gewesen. Eines Abends war er von zwei Polizisten als Taschendieb verhaftet worden. Sie hatten ihm sogar den Arm umgedreht, als er überrascht eine Frage gestellt hatte. Eine halbe Stunde später hatte auf dem Revier eine alte Dame den Kopf geschüttelt. Nein, der ist es nicht. Nein, trotz Lederjacke und Bart nicht. Das war 1972 gewesen, und die alte Dame hatte lila Locken gehabt. Danach hatte es in seinem Leben keine größeren Zwischenfälle mehr gegeben. Auch hier in O. nicht, wo er seit fünf Jahren war.

Der Bus aus Viersen fuhr um die Ecke, aber die Frau stand noch immer da. Sie schob die Träger auf der rechten Schulter näher zueinander, als wolle sie das Stück Haut dazwischen verdecken. Auf die Schulter schien eine bleiche Mittagssonne. Eine Sonne, bei der er an Schnee dachte. Das war ihm noch nie passiert. Wenn er tat, was er tat, dachte er, was er tat, und sah er eine Frau, dachte er ›Frau‹, ohne an etwas anderes oder an eine andere Frau zu denken.

»Lena«, sagte Lena.

»Franzen«, sagte er, »Richard Franzen, ich bin hier der katholische Seelsorger.«

»Seelsorger«, wiederholte sie. Er starrte auf sie hinunter. Sie war ziemlich klein. Sie unterlief seinen langen Blick nicht, mit keinem unverbindlichen Lächeln.

Er war ihrem Volvo mit seinem polnischen Fiat vorausgefahren, um ihr den Weg zum Hotel zu zeigen. Er war unruhig gewesen und hatte sich wohl und unwohl zugleich gefühlt. Auch sein Fiat hatte aufgeregt geklungen, aus Altersschwäche. An der nächsten Ampel hatte er scharf gebremst, und sie war dicht hinter ihm zum Stehen gekommen. Eine junge Mutter in hohen roten Sandaletten schob ihren roten Kinderwagen an seinem Kühler vorbei. Der nackte Bauch, den ein kurzes Hemdchen frei ließ, war flach und ihr Blick finster. Auf dem Kopf trug sie eine gelbe Frisur, und in dem aufgetürmten Haar saßen fünfzehn oder zwanzig bunte Spangen wie Schmetterlinge. Neben ihr ging ein Mann in Trainingshose. Die war bierflaschenbraun. Die Polinnen haben wenig Glück mit ihren Männern, Herr Pastor, hatte seine polnische Putzfrau einmal gesagt, ja, Herr Pastor, die polnischen Frauen schmachten, und ihre Männer schlafen vor dem Fernseher ein.

Er sah in den Rückspiegel. Lena sah ebenfalls dem Paar nach. Die Ampel sprang auf Grün. Scharf fuhr sie hinter ihm an, um sofort von der Straße abzubiegen und in der nächsten Einfahrt zu verschwinden. Als hätte sie ihn als Lotsen nicht mehr nötig. Verdutzt fuhr er ein Stück weiter, dann wendete er und fuhr in die gleiche Einfahrt. »Jugendbegegnungsstätte« stand auf dem Pfeil, der nach unten zeigte. Sie hatte ihren Volvo abgestellt und ging nun, ohne die Fahrertür abzuschließen und ohne sich nach seinem aufgeregten Fiat umzusehen, auf den Eingang unter Rotbuchen zu. Er blieb wenige Schritte entfernt im Leerlauf stehen, drehte die Scheibe herunter und rief gegen den Lärm seines Wagens an:

»Aber das Hotel Globe! ... Junge Frau! Junge Frau!«

Da trat sie schon durch die Glastür der Jugendbegegnungsstätte. Er folgte ihr ins Foyer, über einen Kiesparkplatz, auf dem die Schatten der Bäume bereits nachmittäglich lang geworden waren.

Spät erst schien sie den jungen Mann zu sehen, der ihr entgegenkam, und sie blieb mit einer komischen Drehung im Körper stehen. Der junge Mann war zu jung für sie. Was für ein verwöhntes Gesicht, dachte der Priester, aber er schaut sie an, als habe er auf sie gewartet. Ausgerechnet hier. Kurz nach der Schulentlassung und kurz vor der Ukraine. Sie schaute zurück. Ratlos? Verlegen? Selbstvergessen? Erwartungsvoll. Die Drehung im Körper behielt sie bei. Der Priester sah den jungen Mann auf sie zugehen, sah, wie sie auswich und zugleich die Führung übernahm. Wie sie dann schließlich mit dem Rücken an der Wand stand, und er dann so dicht vor ihr, als sei er schon in ihr. Er sah das verwöhnte und doch männliche Gesicht. Ein Gesicht, das ihm für einen Moment bekannt vorkam. Aus der

Werbung? Alle jungen Männer sahen jetzt so aus, wenn sie gut aussahen. Er sah, wie das Weiße in den Augen des jungen Mannes überlief und dann rot wurde. Hätte die Frau ein Kind an der Hand gehabt, ein Mädchen in einem schiefen, altmodischen Kleid und mit Brille vielleicht, es wäre zwei Schritte zurückgegangen, um dann laut zu sagen: Mama, warum schaut dieser Mann dich so an?

Der Priester ging. Etwas an der Sache war ihm unangenehm. Draußen vor der Jugendbegegnungsstätte spielten polnische und deutsche Jungen auf dem Kiesparkplatz Fußball. Steinchen flogen gegen den Volvo und gegen die Glasscheiben des Eingangs. Der Priester ging an den Jungen vorbei, stieg in seinen Fiat, blieb kurz sitzen, den Zeigefinger am Mund. In seinem Kopf war ein komisches Geräusch. Dann fuhr er los.

Erst am folgenden Tag sah er sie wieder.

Freitag. Aus den Gärten beim Fußballplatz roch es nach Holz, das brennt, obwohl es feucht ist, und zufällig läuteten die Glocken von drei Kirchen, als die polnische und die deutsche Jugendmannschaft aufs Feld liefen. Die polnischen Jungen hatten Pickel, die deutschen Pickel und Ohrringe. Lena mußte sich die Haare gewaschen haben, sie waren noch feucht, und ihre Locken hatten sich zu dicken gedrehten Fäden ausgehangen. Die Pulloverärmel hatte sie über die Hände gezogen und fragte, wo sie einen Kaffee bekommen könne. Er roch ihr Shampoo.

»Wo sind Sie untergekommen?«

»Im Hotel Globe«, sagte sie, »es gefällt mir da. Überhaupt gefällt es mir hier, es riecht so gut.«

»Nicht wahr«, sagte er und zeigte auf den Flieder bei den Zuschauertribünen.

»Ach ja«, sagte sie, den Kopf im Nacken. »Ich bin übrigens im Schlepptau der deutschen Mannschaft gekommen.«

Es war ein warmer Morgen, der Himmel war unverschämt blau und lud zum Hineinspringen ein. Unia Oświęcim – Jugendclub Rot-Weiß Oehde zeigte die Anzeigetafel an. Zwei Kleinstädte, eine deutsche, eine polnische. Die polnische war einmal deutsch gewesen.

»Für unsere Jugendmannschaft ist Netzer der Schirmherr, Günter Netzer«, sagte Lena, »aber der konnte nicht mitkommen, er war zu beschäftigt. Aber er hat ein nachdenkliches Telegramm geschickt. Es hängt unter einer rosa Heftzwecke am Schwarzen Brett, Aufgang II zu den Umkleidekabinen. *Der Fußball an diesem Ort konfrontiert uns alle mit unserer Vergangenheit,* steht da, auf Deutsch und auf Polnisch. Alle Spieler müssen daran vorbei«, sagte sie, »einen Aufgang I gibt es nämlich nicht.«

Sie war blasser als am Tag zuvor, das Gesicht klar, wie durchlässig. Er sah es näher kommen, ohne daß sie sich wirklich bewegt hätte, und sah darin die Lust auf Liebe. Ausgerechnet hier. Ausgerechnet vor ihm, der keine Ahnung von diesen Dingen haben durfte. Sie hatte etwas Frivoles und Anrührendes zugleich. Er wurde verlegen und dachte lieber an die rosa Heftzwecke. Aber auch das führte zu nichts.

»Sie erinnern sich?« fragte sie noch einmal. Er nickte.

»Natürlich, die Frau mit dem roten Volvo aus meiner alten Heimat.«

»Klar«, sagte sie, »an ihren Autos sollt ihr sie erkennen. Das haben Sie sich also gemerkt?«

»Heimat eben«, sagte er und versuchte, nicht barsch und nicht verbindlich zu sein.

»Was soll denn das sein, Heimat?« fragte sie. »Meinen Sie etwa diesen häßlichen Fleck auf der Fensterscheibe.«

»Welchen Fleck?«

»Haben Sie schon mal am Sonntag aus dem Fenster geschaut? In dem Kaff, aus dem Sie kommen? Da denken Sie doch, das ist Dreck auf der Scheibe, nicht Landschaft oder Aussicht.«

Er sah sie an. Er mußte genau sein. Seine Augen mußten zwei kleine, ein wenig stumpfe Scheiben sein, die alles speicherten. Es war ihm fremd, wie sie sprach, obwohl sie den vertrauten, schleppenden, ein wenig breiten Tonfall seiner Gegend hatte. Aber etwas war anders. Er erwischte sich dabei, daß er das Wort ›poetisch‹ dachte. Also gab es das doch? Also behielt die Wirklichkeit am Ende doch ein Geheimnis für sich, auch wenn sie immer so tat, als sei sie die verfügbare Welt. Sie war es, am Ende, also nicht? Und wollte in Behauptungen erzählt werden? Das nannten manche Menschen poetisch. Er war daran nicht gewöhnt, ans Poetische. Für ihn galt, was galt. Das war, was er sah und wußte. Mit dem, was er vom Sehen wußte, überzog er die Welt, systematisch wie bei einem Kreuzworträtsel. Normalerweise blieben keine Lücken.

Sie ging, als das erste Tor fiel. Er ging drei Tore später, zur Halbzeit. Da stand es vier zu null für die Polen. Als er an der Mannschaftsbaracke vorbeikam, hörte er, wie der polnische Trainer auf seinen Torhüter einredete. Beschwörend. Er solle wenigstens ein Tor der Deutschen reinlassen. Um des lieben Friedens willen, sagte der Trainer. Die Scheiben der Baracke waren schmutzig. Trotzdem sah er, der Torhüter starrte auf den Boden und schlug sich mit der Kaffeetasse rhythmisch auf den Handrücken.

Am Freitag mittag wollte der Priester in der Milchbar Dym Piroggen und Rohkostsalat für drei Zloty essen. Vorher räumte er
in seiner Wohnung auf. Das machte er immer vor dem Essen. Er
hatte seine Gewohnheiten. Jeden Morgen nach der Frühmesse,
die er nüchtern hielt, aß er an der neuen Tankstelle seine zwei
Croissants und kaufte die deutschen Zeitungen, die mit ein oder
zwei Tagen Verspätung in O. ankamen. Jeden Morgen war die
Frau hinter der Tankstellenkasse die erste, mit der er länger
sprach. Sie kämmte, wenn keiner schaute, ihr dünnes Haar, bis
es noch dünner war. Sonntags machte er Ausflüge, allein mit
dem Rad durch die Felder. Er fuhr an Zäunen vorbei, deren
Holzstreben ihm zu dünn zu sein schienen für die dicken Satelli-
tenschüsseln daran. Die Wege waren holprig, die Felder steinig,
trocken, grau mit struppigen Rändern. Eine dicke Schicht Staub
lag bereits auf seinen schwarzen Schuhen, wenn er nach wenigen Minuten zum ersten Mal vom Rad stieg, um die Luft im
Hinterreifen zu prüfen. Auch so eine dumme Angewohnheit. Er
bückte sich, und manchmal bückte sich auf dem Feld nebenan
eine Frau, die Hacke in der Hand, und schlug Steine aus der
Erde. Immer war es eine Frau im schwarzen Kleid, also alt, also
mit Kopftuch. Wenn sie sich tiefer bückte, konnte er Strick-
strümpfe sehen, rote, aber nie ein Gesicht. Mitten in Polen
dachte er dann: Das ist ja wie in Polen. Er hatte keine Vorstellung von Polen gehabt oder sich gemacht, bevor er nicht dort
gewesen war. So war er. Auch seine Doktorarbeit war so. Den
Titel hatte sich ein Freund ausgedacht. »Gott und das Böse« versprach, was dem Verfasser fehlte. Vorstellungskraft, Mut zur
Spekulation. Sie sind einer, der lieber Antworten hütet, statt
Fragen zu stellen, hatte einer seiner Prüfer im Priesterseminar
gesagt.

Bevor er an dem Mittag seine Wohnung im Pfarrhaus verließ, um essen zu gehen, zog er frische Socken an. Auf der Treppe kam ihm seine Putzfrau entgegen, in einer grünen Strickjacke. Sie klimperte am ausgestreckten Arm mit seinem Wohnungsschlüssel und lachte. Er auch, und er ging schneller danach.

Die Dunkelheit in seinem Treppenhaus mündete in die Sonne vor der Tür. Die Papierkörbe leuchteten gelber als sonst. Wirklich, aber wie gemalt. In der Milchbar Dym aß er viel und trank wie immer Kaffee dazu. Bisher war ihm das nie aufgefallen. Aber jetzt. Er war in Hochstimmung. Seit gestern erzählte er sich, was er tat, während er es tat, und während er das benutzte Geschirr zur Küchendurchreiche brachte, fiel ihm auf, er erzählte alles ihr. Er legte die Hände auf den Rücken. Das hatte er noch nie getan, aber die Haltung gefiel ihm.

So ging er nach Hause, quer über den sonnigen Marktplatz mit dem deutschen Betonbunker in der Mitte. Nach dem Krieg hatten die Polen den Bunker nicht sprengen können und aus Not ein Kaufhaus daraus gemacht, den Bunker weiß gestrichen und eine Glasfront für Schaufenster vorgebaut. Tüllgardinen auch hier, wie oft in polnischen Schaufenstern, selbst wenn CDs, T-Shirts, Turnschuhe und Zigaretten auslagen.

Er war tatsächlich in Hochstimmung. Er bog in seine Straße ein, die breit und sehr befahren war um diese Zeit. Ihr roter Volvo stand, die Vorderreifen scharf eingeschlagen, halb auf dem Gehsteig vor seinem Haus.

Sie stand am Zaun des Nachbarhauses, die Kapuze schief auf dem Rücken. Hastig suchte er nach einem Pfefferminzbonbon. Sie hatte die Ellenbogen angewinkelt und machte ein Foto. Als er drei Schritte entfernt von ihr stehenblieb, fuhr ein Laster vorbei. Der verschluckte fast seinen Satz.

»Wissen Sie, was hier früher war?« Er zeigte auf das Haus, das sie fotografierte. Lena fuhr herum, die Kamera noch vor dem Gesicht und drückte ab.

»Peng«, sagte sie. Sie war zu alt für so ein Peng. Er sah ihren dunkel geschminkten Mund. Sie sah älter aus als vorhin auf dem Fußballplatz.

»Seltsame Figur, die da drüben.« Sie zeigte auf die weiße Frau im Garten, eine Madonna mit einem ebenso weißen Kind im Arm.

»Und da wohne ich«, sagte er und zeigte nach nebenan. Sie schaute gar nicht hin.

»Wenn ich sie sehe, habe ich das Gefühl, ihr Weiß wie Waschpulver zwischen meinen Fingern zu spüren«, sagte sie. »Vielleicht, weil der Garten so dunkelgrün ist.«

Sie lehnte sich gegen den Zaun und sah die breite Straße hinunter, die zum jüdischen Friedhof, zur Neustadt, zum Russenmarkt, dann stadtauswärts nach Monowitz zum ehemaligen Buna-Werk IG Farben führte. An manchen Tagen machte er lange Spaziergänge allein bis weit über die Stadtgrenze hinaus. Kontrollgänge nannte er das.

»Das ist eine Madonna«, sagte er, und sie schob die kleine silberne Kamera mit Bändel über ihr Handgelenk.

»Pani Madonna«, sagte sie in albernem Polnisch. Er sah, ihre Augen waren in dem hellen Licht nicht mehr blau, sondern fast grün, schwimmbadgrün. Sie hatte eine Sommersprosse unter dem linken Auge.

»Warum sind Sie eigentlich Priester geworden?«

Er gab keine Antwort.

»War es wegen einer Frau?«

»Im Normalfall wird man Priester wegen Gott«, sagte er.

»Mögen Sie keine Frauen?«

»Mögen Sie keine Priester?«

Was hätte er sonst antworten sollen? Ihr den Gefallen tun und sagen, jemand hat mich eines Nachmittags im August angesprochen? Ich habe niemanden gesehen, also muß es Gott gewesen sein, und ab da konnte ich mich vor der Liebe zu den Mädchen hinter der Liebe zu Gott verstecken. Aber das stimmte nicht. Nur der Nachmittag im August stimmte. Ein Nachmittag vor langer Zeit.

»Ist es Ihnen schwergefallen, ich meine, die Entscheidung, das Zölibat?« fragte sie.

»Nein.«

Nein, nicht so schwer, wie sie meinen mochte. Dann hörte er sich erzählen. Die Entscheidung, sagte er ihr, war ganz selbstverständlich. An jenem Nachmittag im August, da war er siebzehn, hatte er es gewußt. Die anderen aus seiner Klasse waren in die großen Ferien gefahren. Er war zu Hause geblieben, den ganzen heißen Sommer lang. Die Pflaumen waren Anfang Juli schon reif gewesen, und die Menschen schlichen an den Häusern entlang, auf der Suche nach Schatten. Er hatte aus Langeweile dem Pastor beim Streichen des Gemeindesaals geholfen. Der Pastor war freundlich. Abends saßen sie zusammen auf den Stapeln alter Zeitungen, aßen Leberwurstbrote mit sauren Gürkchen, rauchten Reval. Der Pastor bot ihm aus seiner Packung an. Sechzehn, allein, aber rauchen. Oft stand er am Fenster. Nach Norden lag sein alter Kindergarten im Hof, nach Süden, an der Straße gegenüber, die Volksschule. Dann kamen die Garagen mit den Blechdächern. In den Straßen stand die Hitze, im Gemeindesaal war es kühl, und von den kahlen Wänden roch es nach Farbe. Er strich. Alles stimmte. Gern wäre er für immer so geblieben, so mit einem Hut aus Zeitung auf dem Kopf. Und so hatte er sich entschieden zu glauben.

Lena sah sich ihre Kamera an. Eine Haarsträhne fiel ihr in die Stirn. »Wie Pfingsten.«

»Aber stiller«, sagte er. »Aber fast so.«

Ja, so war dann alles gekommen. Sonst wäre er vielleicht Anstreicher geworden, hörte er sich sagen. Aber in dem Sommer habe er sich nichts anderes vorstellen können, und in den Jahren danach auch nicht. Er habe sich nichts anderes vorstellen können, weil er sich noch nie irgend etwas habe vorstellen können. So bin ich nicht, hörte er sich sagen. Er leide an keiner Vorstellung, nie, höchstens an der Tatsache, keine zu haben. Aber eigentlich auch das nicht. Wenn er an seine Kindheit denke, denke er nur das Wort. Und kein anderes Wort störe. Auch kein Bild, das ihn unruhiger oder glücklicher mache.

»Ich weiß, was Sie meinen. Sie sind nicht diesem inneren Gemurmel ausgesetzt, an dem andere Menschen leiden. Vor allem Frauen, Kinder und Künstler.« Sie nickte. Er auch.

»Ja«, sagte er, »was mir fehlt, ist mir nie als Mangel erschienen, und ich mache kein Geheimnis daraus.«

»Woraus?«

»Daß ich blind bin.«

»Nein, das ist mir gar nicht aufgefallen!« Kurz beschirmte sie ihre Augen mit der Hand.

»Ich meine, daß ich für innere Bilder blind bin wie andere Menschen für Farben. Trotzdem kommen die Farbenblinden über jede Straße und durch das Leben. Und ich auch. Wissen Sie eigentlich …?« wollte er noch sagen, nahm aber sogleich seine Hand vor den Mund und hielt die nächsten Sätze zurück.

Ja, er brauchte sich Gott nicht vorzustellen, denn Gott war, wenn er das Wort Gott dachte. So war auch das Leben in O. einfach für ihn, denn selbst in O. stellte er sich nichts von dem vor, was gewesen war. Er arbeitete.

»Übrigens«, sagte sie und zögerte. Ihr Zögern ließ ihm Raum. Da hinein platzte ein Gedanke, den er sich nicht zugetraut hätte. Die Menschen, behauptete dieser Gedanke, die Menschen haben eine äußere und eine innere Wirklichkeit zu teilen. Sie können sich miteinander verständigen, wenn die äußere übereinstimmt. Sie können sich lieben, wenn die innere übereinstimmt. Stimmt aber die innere Wirklichkeit des einen mit der äußeren des anderen überein, so haben sie ein Geheimnis, das selbst ihnen geheim bleibt, und sie gehören zueinander, ohne je einander anzugehören. Sie sind über eine Entfernung hinweg ineinander verwickelt. Ja, er hatte eine Bindung mit Lena. Obwohl er sie kaum kannte. Er war plötzlich ganz sicher. Warum sonst wollte er für sie erzählen? Er konnte nichts dagegen tun. Sie auch nicht. Ja, das glaubte er. Er sagte, indem er Lenas Tonfall kopierte:

»Übrigens, wissen Sie, daß ich Akkordeon spiele?«

Neben der gipsweißen Frau stand jetzt eine zweite, die sich aber bewegte, wenn auch nur langsam, indem sie den Sockel der Madonna goß. Dort wuchsen kleine blaue Blumen, von der Straße aus kaum zu sehen. Frauen, dachte er, sind eigentlich lästig. Sie laufen einem ständig über den Weg, machen klack-klack im Sommer und trapp-trapp im Winter und stören das ganze Jahr über, indem sie ihr Gemüt mitteilen oder in den Gemütern anderer forschen.

»Wie bitte?« fragte Lena

»Ich habe nichts gesagt«, sagte er und sah auf ihren Scheitel.

Sie hatte graue Fäden im schwarzen Haar. Wer hatte die da hineingelegt?

»Was denken Sie?«

»Sie sollten eine Stadtführung machen, bevor Sie wieder fahren«, sagte er.

»Mach ich.«

»Wann?«

»Morgen nachmittag«, sagte sie. In dem Moment dachte er, daß morgen um drei auch sein Besuch da sein würde. Dahlmann. Erst war sie gekommen, jetzt Dahlmann. Beide aus seiner alten Heimat. Da gab es eine Übereinstimmung, die ihn beschäftigte. Er wollte noch ein Stück neben ihr gehen und begleitete sie zum Auto.

»Wer wird Ihnen die Stadt zeigen?«

»Ein Bekannter«, und sie stieg ein. Bekannter? Wen wollte sie sich mit dem Wort vom Leib halten? Er sah sie an. Sie hatte nicht einmal gefragt, wie das Spiel ausgegangen war.

In seiner Diele stand die Putzfrau, vierzig Jahre jung, blond, Röte im Gesicht und ein wenig dicker nach jedem Winter. Sie stand mit breiten Waden und breiten Füßen auf spitzen Absätzen und freute sich auf das Wochenende. Ihr Gesicht war asymmetrisch. An manchen Tagen zerfiel es ihm, wenn er es länger anschaute, in die vielen Gesichter von Frauen, die er nicht kannte. Er nannte sie Pani Dorotka. Sie hielt ihm den Hörer hin und wisperte:

»Telefon.«

Am anderen Ende der Leitung aber antwortete keiner mehr.

»Wer war das?«

»Ein deutscher Mann«, sagte sie und steckte die Zlotyscheine ein, die er im Flur auf ihre grüne Strickjacke gelegt hatte. Er hielt ihr die Haustür auf. Sie roch nach Vanille, als ihr bloßer weißer Oberarm ihn streifte. Er schaute ihr aus dem Fenster hinterher. Auf der Mitte der dichtbefahrenen Straße zog sie die grüne Strickjacke über. Dann ging er zum Sofa, legte sich auf den Rücken, drückte mal die eine, mal die andere Gesichtshälfte in die Kissen. Er summte ein Kirchenlied, dann einen Karnevalsschlager. Er hatte die Hände gefaltet und schlug die großen Zehen rhythmisch gegeneinander. Dann richtete er sich noch einmal auf und zog langsam seine Schuhe aus.

So also war das, ohne daß es einen Sinn machte. Erst war sie gekommen. Lena, am Donnerstag. Heute war Freitag. Morgen, Samstag, würde er kommen. Dahlmann. Tage zuvor hatte Dahlmann seinen Besuch bereits angekündigt und gesagt, er rufe dann noch einmal von unterwegs aus an.

»Warum?«

»Ich will dich besuchen, wenn ich schon in der Nähe bin. Was dagegen? Freust du dich nicht?«

»Doch, doch, lieber Julius«, hatte der Priester mehrfach wiederholt. Sie telefonierten einmal im Monat miteinander.

Am Ende des Sofas stand der alte russische Fernseher, da, wo er in Polen hingehört, und darüber hing ein Arrangement aus Stacheldraht und roter Wachsrose. Eigentlich war ihm die Bastelarbeit, Geschenk irgendeines blassen Mädchens aus Oldenburg, peinlich. Er war beliebt. Das sah er an den Gesichtern, die ihm auf der Straße entgegenkamen. Die Frauen der Gemeinde häkelten Kissenbezüge für ihn. Zu sechst drückten sich seine Kissen in der Sofaecke aneinander, wie in einem echten polnischen Haushalt, und waren erschöpft und spitz zugleich. Wie Brüste. Quatsch. Plötzlich warf er einen schwarzen Schuh Richtung Zimmertür. Nicht heftig, nur so. Das war noch nie geschehen. Der Schuh hinterließ einen Streifen auf der Wand, neben dem Bild von seiner Priesterweihe.

Dahlmann reiste gern, aber warum plötzlich hierher?

»Nach all den Jahren?«

»Freust du dich nicht?«

»Doch, doch, lieber Julius, ich wundere mich nur.«

»Alte Heimat eben«, hatte Dahlmann am Telefon gesagt. In der Leitung hatte es geknackt.

»Julius, habt ihr noch immer zwei Telefone im Haus?« Er wußte, Dahlmanns Mutter war vor kurzem gestorben. Dahlmann lebte allein in dem großen Haus. Dir fehlt ein Gott, Julius, hatte der Priester manchmal versucht zu sagen. Quatsch, hatte Dahlmann geantwortet. Quatsch, ich bin gern allein. Bis vor zwei Jahren war Dahlmann Stadtkämmerer von S. gewesen. Als die Büros umgestellt wurden auf Computer, hatte Dahlmann gesagt: Ich schaffe das nicht mehr, Fräulein Speckenbach. Ich fühle mich durch die Bildschirme beobachtet und alt. Sie aber sind noch jung, Sie können das noch lernen, Fräulein Speckenbach.

Sie auch, hatte Fräulein Speckenbach leise gesagt. Höflich und ein bißchen blöd ist sie, hatte Dahlmann dem Priester am Telefon anvertraut, und leiser hinzugefügt: Mal ganz ehrlich unter uns zwei Klosterbrüdern, Richard. Ich komme mir seit kurzem wie ein einsamer Gast auf der Welt vor. Du nicht, Richard? Ich rede nicht mehr gern.

Vielleicht, hatte der Priester gedacht, lag es daran, daß Dahlmann alle Sätze überflüssig erschienen, solange er den einen nicht sagte. Daß er trank. Darüber sprach er nicht.

Während er an Dahlmann dachte, hatte er auf seinem Sofa

die Beine an den Bauch gezogen. So hatte er schon seit einem Vierteljahrhundert nicht mehr gelegen. Das war doch nicht mehr er, der da seine Knie umarmte und in Socken lag. Das war ein anderer neben ihm, der atmete schwer. Und der hatte auch die Beine am Bauch.

»Wissen Sie, was mir heute passiert ist?«

Die Bar lag neben der Jugendbegegnungsstätte. Das Mädchen hinter dem Tresen war siebzehn. Ihre Nase glänzte, ihre Schultern auch. Sie bediente immer am Freitag abend. Aber nicht nur am Wochenende ging der Priester in die Bar, sondern oft. Dienstlich sagte er sich. Nur dienstlich. Im Fernseher zwischen den Gin- und Wodka- und Whiskyflaschen lief Pol Sat. Über den Bildschirm zappelte eine Musikshow mit endlosem Geplapper über Pani Nowak. So hieß der Sänger von *Republica*. Daß ein Priester hier stand, schien in O. niemanden zu wundern. Neben ihm stand Lena. Still, und in dem Licht sah sie rosiger aus.

»Wissen Sie, was mir heute passiert ist?« fragte er rasch noch einmal, bevor ein anderer sie ins Gespräch verwickeln konnte. Er erzählte, wie er mittags in seiner Milchbar neben der Durchreiche für Schmutzgeschirr gesessen hatte, am Tisch einer Frau, die auch ein Mann hätte sein können. Sie trug eine fleckige blaue Pudelmütze und stank. Trotzdem blieb er sitzen, sah auf die Hände, die verschämt von der Tischkante rutschten, zwei Piroggen darin und unter den Fingernägeln ein Rest von Spinat. Kaum war der nächste Teller in die Durchreiche gestellt, verschwand ein angebissenes Brot, erst in der Faust, dann in der Anoraktasche. Er roch in jeder Bewegung Keller und Katzen und ungewaschenes Haar. Dann hatte ein Handy geklingelt.

Darauf hatten die Leute geachtet. Nicht auf die Frau. Ein Mädchen hatte »Tak, tak« in ihre Handmulde hineingerufen und gelacht.

»Die trug sogar noch eine Zahnspange«, sagte der Priester.

»Tak, tak«, wiederholte Lena.

»Wie war es denn bei Ihnen heute, Lena?«

Sie wiegte den Kopf und spitzte den Mund. Für einen Moment sah sie wie eine Schnecke aus.

»Nicht gut?«

»Doch, doch.« Sie strich diese unanständigen Plüschhaare zurück und versuchte sie im Nacken zusammenzuwringen. Der Knoten löste sich gleich wieder.

Sie nickte. »Dobrze.« Er tat, als verstehe er ihr Polnisch nicht.

»Gut. Wir waren im Lager«, sagte sie. »Heute nachmittag, nach dem Spiel.«

Er nickte. Gestern abend vor dem Freundschaftsspiel hatten die deutschen Jungen hier in der Bar bis nach Mitternacht Tequila getrunken und polnische Mädchen mit »Ogorka« angesprochen. Das Wort mußten sie beim Mittagessen aufgeschnappt haben. »Ogorka« klang wie ein Mädchenname, hieß aber Gurke. Der Priester hatte am Tresen der Bar gestanden und alles gesehen. Schau mal, die kommen hier sogar zum Sterben hin, hatte gestern abend einer der Jungen gesagt, und ein zweiter: Mensch, der ist doch Priester.

Er hatte so getan, als verstehe er kein Deutsch. Jetzt waren die Jungen still und warfen sich Bierdeckel zu, mit gesenkten Köpfen. Er konnte sich denken, warum.

»Das Spiel ist übrigens Sechs zu Eins ausgegangen. Für die Polen«, sagte er.

»Ich weiß.«

»Wollten Sie nicht darüber schreiben?«

Sie lachte. »Stimmt, das war ja Ihr Verdacht«, sagte sie und starrte auf den Punkt zwischen seinen Augen, bis er sich an die Stirn faßte.

»Übrigens war ich am Nachmittag mit den Verlierern und einem Fernsehteam von der Sportschau im Lager«, sagte sie.

»Und?«

»Die Jungen hatten die Baseballmützen tiefer im Gesicht, sonst nichts.«

Lena nahm ihr Glas und wollte an einen kleinen Tisch mit schäbigen roten Cocktailsesseln wechseln, die gerade frei geworden waren. Sie gehörten zum ausrangierten Mobiliar des Globe und hatten einmal drei Tage lang auf dem Hotelparkplatz im Regen gestanden. Auch das hatte der Priester auf einem seiner Gänge durch die Stadt gesehen. Lena ging quer durch den Raum. Er folgte.

»Kennen Sie Ela Pasternak?«

»Sie hat die Führung gemacht?«

»Ja, in einem weißen Mantel und in schwarzen Wildlederschuhen. Sie sah aus wie ein kleines weißes Zelt.«

»Mehr ist Ihnen da nicht aufgefallen?«

»Ich stand neben ihr«, sagte Lena, »und habe bemerkt, wie ihr Geruch sich veränderte, als sie sagte, der Doppelstacheldraht sei mit Strom geladen gewesen und vor allem von Frauen benutzt worden.« Lena zögerte. Er drehte sich um, weil sie zur Tür sah.

»Und«, sagte sie, »in den Vitrinen liegt nur graues Haar. Auch das Haar der jungen Frauen muß grau gewesen sein.« Sie sah ihn fragend an. Dann wurde ihr Blick hart.

»Egal wie. Man sollte es zurückerstatten«, sagte sie.

»Das Haar?«

»Den Toten«, sagte sie. »Denen gehört es doch.« Sie sah wieder zur Tür, die sich öffnete.

»Was?« fragte der Priester, unterbrach sich aber. Der junge Mann, der gestern so nah vor Lena und heute morgen so verwöhnt und westlich am Torpfosten gestanden hatte, kam herein. Kurz tat Lena so, als interessiere sie sich für die Musikshow im Fernsehen. Dann schaute sie den Priester an. Ja, ihr Gesicht war ganz breit vor Selbstbehauptung. Unter den Augen war es ein wenig geschwollen, als sei sie wütend und traurig, seit langem schon.

»Sie wollten gerade sagen«, sagte sie, »was haben Sie eigentlich hier zu suchen, Sie Schaf, wenn Sie mehr nicht sehen?« Er zeigte zwischen ihre Augen und schnippte mit den Fingern.

»Eine Brille für das Schafsgesicht, bitte«, sagte er.

Sie lachte. Das hatte ihr also gefallen. Er hatte ihr also gefallen. Ausgerechnet in diesem Moment setzte sich der verwöhnte junge Mann auf die Rückenlehne ihres Cocktailsessels und streichelte das Holz unter der Stoffbespannung. Er trug eine weite dunkelblaue Hose mit vielen Reißverschlüssen und hatte immer noch den Kapuzensweater um die Hüften geknotet. Dem Priester fiel auf, daß Lena und der junge Mann fast gleich angezogen waren, obwohl sie mehr als zehn Jahre älter sein mochte.

»Mein Bekannter«, sagte sie.

Sie drückte sich mit geradem Rücken gegen die speckige Sessellehne. Sie sah glücklicher aus als eine halbe Minute zuvor. Vielleicht war das der glücklichste Moment des Tages für sie. Oder der Woche. Oder seit langem schon? Und er dachte, sie schafft es. In den zwei Tagen, die sie in O. ist, schafft sie es, den Ort einfach nur zu sehen. O. ist für sie ein Ort wie andere Orte auch. Sie ist hier. Sie setzt sich aus, ohne zu denken, daß sie alles, was sie sieht, auch verstehen muß.

»Da stand sogar eine Gießkanne im Fenster«, sagte Lena.

»Wo?« fragte der junge Mann. Sie antwortete nicht.

»Und daneben«, sagte sie, »neben der Gießkanne turnte ein Wellensittich durch seinen Käfig.«

»Wo«, fragte der junge Mann wieder. Seine Stimme war lässig. Langweilig, dachte der Priester.

»Im Lager«, sagte sie.

»Ach so«, sagte der junge Mann.

Sonnabend. Der Priester stand in der Bahnhofsvorhalle. Ein Streifen Mittagssonne führte ihn direkt ins Bahnhofsrestaurant. Die Hand auf dem Türgriff, zögerte er. Aus dem Lautsprecher wurde der Zug aus Krakau angekündigt. Gleis eins. Dahlmanns Zug. Der Priester sah in das Innere des Restaurants. Auf der Glastür waren Aufkleber von »Golden American 25« und »West«, aber innen standen auf dünnen hellen Holzbeinen die Stühle von früher und kratzten mit ihren Metallbeschlägen jede unvorsichtige Bewegung auf die schwarzweißen Fliesen. Drei Frauen, im Alter einander ähnlich geworden, hoben unter den weißen Hauben kaum den Blick, wenn sie die Deckel aus Blech von den Kantinenbottichen nahmen und das Essen auf die Teller schaufelten. Jemand wollte an dem Priester vorbei. Jemand auf der anderen Seite der Glastür grüßte ihn vom Tresen aus und prostete ihm mit einer kleinen Tasse zu. Jemand hinter ihm pfiff. Eine Operettenmelodie, von früher. *Du schwarzer Zigeuner.* Er drehte sich um.

Eine schmale Silhouette, weiße Socken, braune Slipper, die weinrot abgesteppt waren, jugendlich geschnittene Jeans, der Bund auf der Hüfte und darüber ein Ansatz zum Bauch, den eine prächtige goldene Gürtelschnalle nicht wahrhaben wollte. Darüber eine schwarze weiche Lederjacke, die auch eine Frau hätte tragen können. Das Goldkettchen unter dem Hemdkragen sah der Priester auch auf die Entfernung gut. Das war Absicht. Das Kettchen behauptete ein frivoles Leben, für das Dahlmann Mut und Maßlosigkeit fehlten. Sein Hemd war gelb. Er hatte sich hübsch gemacht, aber es stand ihm nicht besonders. Der Priester sah zu Boden. Der Streifen Sonne war noch da. Durch den lief Dahlmann auf ihn zu und redete bereits. Er trug eine Brille.

»Hier scheißen ja die Tauben alles voll. Sogar auf die Spielplätze scheißen die.«

»Woher weißt du das?«

»Ich habe doch Augen im Kopf«, sagte Dahlmann und setzte kurz vor ihm die Koffer ab, ließ den Anzugbeutel darüber fallen und streckte die Hand aus. Seine Uhr hatte ein dickes Goldarmband. Er trug sie rechts. Eine Frau schob ihren Kinderwagen zwischen ihnen hindurch. Erst dann ging der Priester die letzten Schritte auf Dahlmann zu.

Das sind aber Krähen, die hier scheißen, nicht Tauben, wollte er sagen. Doch Julius Dahlmann redete schon weiter.

»Und außerdem ist jetzt der ganze Bahnhof hier unter Glas! Was soll das. Dafür haben die also Geld, die Polen.« Während er sprach, prüfte er die Locken, ob die Frisur vom Morgen noch saß. Seine Haare waren dunkel gefärbt.

Sie hatten sich vor achtundzwanzig Jahren kennengelernt. In Schwerte. In einem Kurs. Laien für den Gottesdienst. Der Priester hatte den Kurs geleitet und etwas widerwillig einen Schauspieler für die Sprecherziehung engagiert. Dahlmann war jedem sofort aufgefallen. Er hatte Stimme und Präsenz eines Schauspielers gehabt und sogar den unterrichtenden Schauspieler beeindruckt. Schon damals hatte er diese rosa und blauen und gelben, sicher von seiner Mutter gebügelten Hemden getragen. Aber am Altar, wenn er ohne Mikrofon aus den Römerbriefen las, war mit Dahlmann ein Wunder geschehen. Am Altar hatte Dahlmanns große Not für einen Moment Größe bekommen.

Sie verließen die Bahnhofshalle. Was waren sie eigentlich füreinander? Sie hatten nie darüber gesprochen. Daß Dahlmann mit zu ihm ging und nicht ins Hotel, das hieß, er wollte nicht so allein sein wie sonst immer?

Dahlmann ließ den Priester das Gepäck tragen. So hatte er beide Hände frei, um sie ineinanderschlagen zu können.

»So etwas, und das nach fünfundfünzig Jahren.« Er machte drei vorsichtige Hühnerschritte auf den Bahnhofsvorplatz von O., als betrete er ungesichertes Gelände.

»Ich habe dich oft angerufen, Richard. Der Taxifahrer bekam schon schlechte Laune, weil er an jeder Telefonzelle halten mußte. Du bist nicht viel zu Hause? Hast wohl keine Frau, oder? Aber da hatte ich mal eine am Apparat. Eine Polin, oder?«

»Meine Putzfrau, und da steht mein Auto.«

Er sei in Breslau aus dem Zug und in ein Taxi umgestiegen. Taxi bis Krakau, sagte Dahlmann, während er hinter dem Priester herlief. Er habe mit dem Fahrer einen Tagessatz ausgemacht, und der habe eine Karte von 1939 herausgeholt, einfach so, aus dem Handschuhfach. Dabei sei das Auto aus den späten Siebzigern gewesen, ein weißer Mercedes.

Dahlmann redete, wenn er lief, besonders laut.

Er habe mit diesem gemieteten Fahrer in einem Hotel kurz

hinter Rybnik zu Abend gegessen und dort auch geschlafen. Die Nachttischlampe habe nicht funktioniert.

»Typisch polnisch«, sagte Dahlmann, »das schlechte Gewissen eines Deutschen funktioniert besser als der Alltag eines Polen.« Der Priester drehte sich auch bei dieser Bemerkung nicht nach ihm um.

In keiner Stadt, sagte Dahlmann, hätte er sich richtig getraut, nach dem zu fragen, wonach er suchte. Zum Beispiel in Rybnik. Das Hotel von damals hätte er so gern wiedergesehen. Aber den Namen hatte er sich nicht getraut zu sagen. *Grenzwacht.* Hatte nur gefragt: Sind die roten Teppiche noch da, in dem Gebäude da drüben?

»Da will ich auf der Rückfahrt noch mal hin«, sagte er. Der Priester setzte das Gepäck ab und schloß Dahlmann die Beifahrertür auf. Dahlmann setzte sich, ohne sich um sein Gepäck zu kümmern, und schlug die Tür zu heftig zu. Der Fiat zitterte.

»Wann willst du denn zurück?« Der Priester schob Dahlmanns Gepäck auf die Rückbank.

»Wenn ich hier alles gesehen habe.«

»Aber ins Lager willst du wohl nicht?«

»Ins Lager«, sagte Dahlmann, »ins Lager. Um Gottes willen.«

Der Priester fuhr rückwärts aus der Parklücke und sah seinen Beifahrer von der Seite an. Er legte nicht wie sonst, wenn er rückwärts fuhr, eine Hand auf die Lehne vom Nachbarsitz. Dahlmann drückte seinen Zeigefinger gegen die Seitenscheibe, einen sehr weiblichen Fingernagel.

»Und da drüben haben wir gewohnt, genau da, gegenüber vom Bahnhof.«

»Wo?«

»Da, wo die Haustür zum Flur offen steht.«

Sie fuhren weiter. Dahlmann zündete sich eine Zigarette an und schaute auf den Priester mit dem gleichen Blick, mit dem er eben noch die dreistöckigen roten Siedlungshäuser aus Backstein am Straßenrand angeschaut hatte. Es war einer dieser gemischten Wohnblöcke, wo längst nicht mehr alle arm waren.

»Heute nachmittag zeige ich dir die Stadt«, sagte der Priester. Der Auspuff des Fiat machte ziemlichen Lärm.

»Schön. Weißt du eigentlich, wie gern ich reise?« Dahlmann seufzte, und in dem Moment sah der Priester einen immer aufgeregteren Dahlmann in verschiedenen Teilen der Erde herumeilen, mit seiner Schwester Helma. Beide falsch angezogen. Beide mit einer ganzen Kleinstadt an den Fersen.

»Was ist denn mit ihr?«

»Mit wem?«

»Mit Helma.«

»Sie hat eine Venenentzündung bekommen.«

Als der Priester den Fiat mit der Schnauze nach vorn vor seinem Wohnhaus einparkte, ging ein Junge in grüner Jacke und Springerstiefeln zwischen Stoßstange und Bordstein hindurch. Der Priester bremste und dachte an Lena, Lena, die gestern an der gleichen Stelle nicht besonders gut eingeparkt hatte. Der Junge ging breitbeinig. Alles sein Land. Ein alter Dackel lief an kurzer Leine vor ihm her und schaute sich fragend nach dem Jungen um: Früher bist du doch gern mit mir auf die Straße gegangen?

Dahlmann stieg aus und ging auf das Nachbarhaus zu, das mit der weißen Figur im Garten.

Das Haus, in dem der Priester wohnte, beachtete er nicht, obwohl es schöner war. Parterre die Fenster, gesichert mit weißen verschnörkelten Gittern, der Aufgang mit fünf großzügigen, halbrunden Stufen, geschichtet wie eine Hochzeitstorte, die matt glänzende, aber schwere Holztür, und darüber eine gelbe Laterne mit dem Gesicht eines Engels. Der Putz war glatt, sauber, aber nicht neu, und in einem letzten Mittagslicht schimmerte zitronengelb, was sonst ocker war. Die Dachrinne war knallrot. Zwei Birken griffen grün nach der Hauswand. Der Priester mochte, wenn sie bei Sturm gegen die Fenster schlugen.

»Du wohnst doch nicht etwa hier?« Dahlmann kam mit den entschlossenen Schritten von einem zurück, der zuviel getrunken hat.

»Doch nicht etwa hier?«

»Du meinst …«

»… bei der Gipstante da, meine ich. Das ist doch das ehemalige Gestapo-Hauptquartier. Da kann ich nicht schlafen, bei dem Lärm!«

»Welcher Lärm?«

Es war früher Samstagmittag. Kaum ein Auto fuhr. Beide standen sie sich gegenüber, das Auto zwischen ihnen, jeder an einer Hintertür des Fiat. Dann bückten sie sich plötzlich gleichzeitig, um nach Dahlmanns Gepäck auf der Rückbank zu greifen. Sie schauten auf und waren sich Stirn an Stirn zu nahe, um sich zu sehen.

»Komm, ich wohne im Haus nebenan.«

»In dem hinter den Birken?«

»Ja.«

»Dann entschuldige ich mich«, sagte Dahlmann.

Der Priester sah auf die Uhr.

Samstag nachmittag, kurz nach drei. Der Himmel, zart, die Erde blasser als am Morgen. Die Welt, ein einfaches Lied. Er stand mit Dahlmann auf der Brücke, die über die Sola vom Lager in die Stadt führte. Am Ufer kam Lena entlang, aber nicht allein. Der Priester hob den Arm, hielt aber auf halbem Weg inne, wechselte die Richtung der Geste und nahm, statt zu winken, Dahlmann am Ellenbogen mit sich fort. Er schob ihn, der pausenlos zu laut redete, über Straße und gegenüberliegenden Gehsteig hinunter zur anderen Uferwiese. Wo Lena nicht längs kam. Auf dieser Seite war das Gras grauer und vermüllt.

»Was läufst du denn plötzlich so wie ein angestochenes Kalb?« fragte Dahlmann.

Der Priester hatte von weitem Lena kommen sehen, Lena und den verwöhnten jungen Mann. Sie waren zwischen angepflockten Ziegen im fetten Löwenzahn die Uferböschung entlangspaziert, auf die Brücke zu, wo er mit Dahlmann stand. Der junge Mann hatte einen Löwenzahn gepflückt und sich zwischen die Zähne geschoben. Er ging so dicht neben ihr, daß sie immer wieder vom Weg abkam und auf die Wiese ausweichen mußte.

»Hier an der Sola haben wir früher gebadet. Denn was Höß konnte, konnten wir auch«, sagte Dahlmann.

»Der Höß hat auch hier gebadet?«

»Wußtest du das nicht?«

»Doch, doch.«

»Was fragst du dann so? Und auch Robbi Bolz hat hier gebadet.«

Hinter ihnen ratterten alte blaue Schulbusse, Laster und Motorräder über die geflickte Straßendecke und hinein in das Zentrum von O. Die meisten Autos in Polen waren rot lackiert. Das Rot des Westens.

»Genau hier«, sagte Dahlmann, und zeigte auf Brennesseln am Ufer. Irgendwo hinter dem Horizont floß die Sola in die

Weichsel. Dahlmann setzte eine Sonnenbrille auf, legte eine Hand auf die Hüfte und schob die andere mit Mühe in die Jeanstaschen. Seine Hose war eng. Durch das Ufergebüsch lief eine graue Katze.

»Wer war Robbi Bolz?«

»Schulkamerad von mir.« Dahlmann zeigte auf die Katze. »Aber älter als wir anderen. Er war zweimal sitzengeblieben. Zu mir hat er immer Turnbeutelvergesser gesagt.«

»Was hat er gesagt?«

»Er hat zu mir Julia oder Turnbeutelvergesser gesagt, immer abwechselnd«, sagte Dahlmann. »Er war ein frühreifes Kind, und mit allem ausgestattet, was eigentlich nicht zu einem Kind gehört. Malerischer Name, dunkler, langer Mantel, weißer Schal und sexuelle Erfahrungen. Dem Vernehmen nach hatte bereits ein Geschlechtsverkehr stattgefunden, auch hier am Ufer. Da war er dreizehn oder so.«

»Davon hat er erzählt?«

»Ja, wenn wir nach dem Schwimmen am Ufer saßen. Da war ich zehn oder so.«

»Und du?«

»Ich war zehn, sagte ich doch. Laß uns weitergehen«, sagte Dahlmann und blieb stehen.

»Robbis Vater«, sagte Julius Dahlmann, »war Polizeileutnant. Deswegen war Robbi auch an den dunklen Mantel und den weißen Schal gekommen. Seine Eltern waren im Spätherbst 44 unter den ersten, die einen Möbelwagen bestellten.«

»Und deine?«

»Mein Vater war eigentlich Dorfgendarm und hat in drei oder vier polnischen Käffern kleine Diebe gefangen und große Hunde gehalten. Das mit den Hunden hat er im Lager weitergemacht.«

»Und du?«

»Nie habe ich mich wieder so stolz gefühlt wie damals, als ich hier ein deutscher Junge war«, sagte Dahlmann leise. »Ich wußte, so gut werde ich es nie mehr haben.«

Der Autoverkehr auf der Brücke hatte für ein paar Sekunden ausgesetzt, obwohl es nirgendwo eine Ampel gab. Das Ufer der Sola lag in einer plötzlichen Stille da. Eine Stille, die zuhörte. Ein Schmetterling taumelte vorbei. Kein schöner, ein mottenähnlicher schmuddeliger Weißer.

»Ferien auf Gut Lipowski«, sagte Dahlmann da. »Große Ferien.«

»Wo?«

»Bei Zduñska Wola.«

»Wo?«

»Mensch, bei Lodz«, sagte Dahlmann und schlug sich auf den Oberschenkel. Dann erzählte er. Dahlmanns Onkel war in Zduñska Wola Bürgermeister gewesen. Zwischen 1942 und 1944. Die Familie hatte auf diesem Gut Lipowski gelebt, am Rand der Kleinstadt, am Ende einer Allee, die lange nicht verriet, wohin der Weg führte. Im dunkelgrünen Schatten der Auffahrt wurde jedem Besucher vor Neugier der Nacken länger. Und dann stand man vor dem Anwesen. Von vorn ein bescheidendes Landhaus. Aber nach hinten hinaus öffnete es sich hufeisenförmig zu einem Park und wurde zum Schloß. Sogar die Kinder hatten dort Personal. Auch Dahlmanns Cousine. Ein schönes Mädchen, aber schüchtern. Sie hat sich ihr Glas Saft aus der Küche immer selber geholt, erzählte Dahlmann. Die Sommer auf Lipowski waren heiß und lang gewesen, so wie sie nur in der Kindheit sind, und das Gras wuchs so hoch, daß es in Dahlmanns Erinnerung bis heute noch über seinem und dem

Kopf der Cousine zusammenschlug. Sie hatte goldene Haare, erzählte Dahlmann. Manchmal durften sie beide reiten, manchmal auch weiter hinaus bis zur roten Fabrik, die keine Fabrik mehr war. So still war es dort, auf dem staubigen Vorplatz unter der glühenden Sonne, so still, vielleicht weil es früher dort sehr laut gewesen war. Die Stille machte, wenn sie innehielten, nicht vom Pferd stiegen und sich bei den Händen hielten, den Moment zu vielen Momenten, die aus einem unbekannten Früher kamen. Ein Früher, das auf dem staubigen Vorplatz der Fabrik nach ihnen griff. Wenn sie umkehrten, hatten sie die Pferde im Schritt gehen lassen, sich noch immer bei der Hand gehalten und die Augen zusammengekniffen.

»So«, Dahlmann nahm die Brille ab und kniff in Erinnerung die Augen zusammen.

»Wegen der Mückenschwärme.«

Der Priester wollte vom Ufer weg, zurück auf den Gehweg der Autobrücke. Er kletterte und nahm beide Hände zu Hilfe. Dann streckte er Dahlmann seine Rechte hin, weil der auf seinen Ledersohlen ausrutschte. Einen Moment hatte er dabei das Bild von ihm und sich im Kopf. Waren sie lächerlich? Langsam gingen sie hinüber zur Stadt, nebeneinander zwar, doch ein Mensch breit Platz zwischen ihnen. Sie gingen über die Brücke. Ein Gitterschatten lag auf dem Asphalt, den das Geländer warf. Der Kirchturm auf der anderen Seite des Flusses Sola stach in den Nachmittagshimmel. Dort verschwand gerade die Silhouette von Lena auf Höhe der Haberfeld-Villa, die der Kirche gegenüber lag.

»Eines Tages aber«, sagte Dahlmann. Seine Schritte wurden kleiner, dann blieb er stehen, wie immer, wenn er etwas Wichtiges zu sagen versuchte.

»Was war denn eines Tages?« Der Priester zog ihn am Jackenärmel weiter. Wir geben tatsächlich ein komisches Paar ab,
dachte er.

»Sind wir doch eines Tages mit der ganzen Klasse meiner
Cousine zu einem Ascheplatz geführt worden«, sagte Dahlmann. »Der lag mitten in der Stadt, ich weiß es noch genau.«
Wieder blieb er stehen. »Es war in dem Sommer«, sagte Dahlmann. »Der Sommer, bevor die Rote Armee kam und vielleicht
irgendeiner von den Genossen im Kinderzimmer meiner Cousine eine dünne deutsche Wehrmachtsbibel fand und ein selbst-
gemachtes Gedicht. Wir waren alle schon längst fort. Aber
willst du trotzdem wissen, was für ein Gedicht?«

»Jaja, aber komm weiter.«

»Ein Liebesgedicht auf einen Ziegenbock namens Karl«,
sagte Dahlmann und blieb immer zwei Schritte hinter dem Priester zurück. »Denn meine Cousine hielt diesen Bock Karl wie
einen Hund. Er begleitete sie über die polnische Landstraße und
durch den polnischen Wald bis zur deutschen Schule. Er wartete draußen am Zaun, fraß und schiß, bis sie wieder herauskam
und mit ihm den Rest vom Pausenbrot teilte. Sie waren wie Verliebte.«

»Und was war mit dem Ascheplatz?«

Wieder blieb Dahlmann stehen, aber schwieg. Ein blauer Bus
fuhr mit einem Hopser über die Schwelle von Beton zu Kopfsteinpflaster.

»Der lag mitten in der Stadt. Der Ascheplatz. Wir wurden
hingeführt. Es war schönes warmes Wetter und der erste Tag
der Ferien. Ja, das weiß ich noch genau. Ich erinnere mich. Genau. Auf dem Ascheplatz«, sagte er und ging langsam weiter,
»genau, wir sind dahin in einer Reihe, immer zwei und zwei, ge-

führt worden. Dann saßen wir auf ansteigenden Tribünen und schauten zu. Unten hingen Menschen an Haken. Wie Bilder. Beim Essen zu Hause erzählten wir davon, und ich erinnere mich, wie mein Vater und mein Onkel im Gegenlicht nebeneinander saßen, mit breiten Köpfen und kurzen Hälsen. Zwei Grabsteine, düster und sich gegenseitig bedrängend.« Dahlmann ging nun schneller.

»Und, was haben sie gesagt?«

»Was sagt ihr da, fragte mein Onkel und fuhr mit dem Fingern in den Schaft seines Stiefels. Das machte er immer, um Zeit zu gewinnen. Laßt euch doch mal los, sagte meine Tante und schlug unsere Hände auseinander. Wir fahren morgen, sagte meine Mutter in einem beleidigten Ton. Helma nagte an ihren Haarspitzen, statt zu widersprechen. Sie wäre gern geblieben, und meine jüngere Schwester Häschen weinte mal wieder. Wegfahren war immer ein schöner Grund. Dann standen wir am nächsten Tag im Flur von Gut Lipowski. Das Dienstmädchen, das unsere Koffer hinausschleppte, hatte alle Türen offen stehen lassen, und im Flur war ein Korridor aus Wind. So ein Zug hier, rief mein Onkel, Tür zu, Tür zu. Und ich weiß noch, wie ich sagte, wie lustig, wie lustig, ein Zug im Flur, und daß ich das nur sagte, um nicht zu weinen. Draußen war ein schöner Tag, Das Auto fuhr vor. Alles geht vorbei«, sagte Dahlmann. »Da, siehst du?«

Er wies mit dem Finger auf die schwarzgraue Ruine am Fluß, aus der Bäume wuchsen, die über fünfzig Jahre alt waren. Etwas mit der Ruine stimmte nicht. Der Priester hatte sie beobachtet, seitdem er in O. war. Sie wuchs mit den Jahren, in denen sie eigentlich hätte verfallen sollen. Eine seelische Täuschung vielleicht, so wie bei Menschen, die einem nah sind. Wenn sie fortgehen, kommen sie näher. Und wo war Lena? Er drehte den Hals.

»Ja, da schaust du«, sagte Dahlmann, »das ist die Ruine der Haberfeld-Villa.«

»Weiß ich doch.«

»Judenvilla. Die Haberfelds haben Sekt hergestellt, wußtest du das?«

»Sekt, ja.«

»Mhm«, machte Dahlmann, und es blieb unklar, ob er über Juden nachdachte oder sich den Geschmack von Sekt vorstellte. Sie bogen ab ins ehemalige jüdische Viertel. Am Bethaus blieb Dahlmann stehen, ging auf den Eingang zu. Parterre brannte eine Neonröhre und warf häßliches Licht auf ein häßliches Teppichlager. Dahlmann legte eine Hand auf die bunten Glasscheiben der Haustür, während er die Namen vom Klingelschild ablas.

»Was suchst du?«

»Hier wohnte Kassig, Maria Kassig. Sie war erst Volksgruppe 4, ist dann schnell aufgestiegen zu Volksgruppe 3, weil sie im Kerzen- und Süßigkeitshandel tätig war. Sie hatte so einiges zum Tausch anzubieten. Und als sie aufgestiegen war, hat sie sich ein neues Gebiß machen lassen. Oben und unten jeweils zwei Zähne mehr. Das straffe die Falten, sagte sie. Übrigens, in der Stadt sind nur drei Bomben gefallen.«

»Und eine auf Maria Kassig?« fragte der Priester.

»Sei nicht albern. Eine auf ein Magazin im Stammlager, eine am Bahnhof, eine auf das Klo vom Kino, da drüben, während der Film lief.« Dahlmann zeigte auf einen leerstehenden Pavillon, nicht weit entfernt von dem Trümmergelände, das zur Haberfeld-Villa gehörte. An seinen Fenstern hingen achtlos beiseite gerafft tote rosa Vorhänge.

»Welcher Film?«

»Weiß ich doch nicht«, sagte Dahlmann. »Ich war doch noch zu klein für Kino.«

Jetzt ging Dahlmann vor, zum Marktplatz. Im Haushaltswarengeschäft WIEJSKI DOM dekorierte eine Frau auf Seidenstrümpfen das Fenster neu, mit Glastieren und Schnellkochtöpfen. Sie richtete mit den Fingern das Haar, als der Priester mit Dahlmann länger vor dem Fenster stehenblieb. Die Frauen hier mochten ihn. Im Bus boten sie ihm oft ihren Platz oder ein Hustenbonbon an. Man kannte ihn in O., weil er, der Deutsche, die Messe auch auf Polnisch las. Er war gut aufgehoben hier. Er grüßte die Frau im Schaufenster, sie richtete sich aus der Hocke auf und stieß dabei mit dem Hintern gegen die weiße Tüllgardine. Er dachte in dem Moment etwas, kam aber nicht weit, denn Dahlmann griff seinen Arm. Wie im Kinodunkel, wenn der Horror unerträglich wird.

»Da ist ja der Wuppertaler Hof!«

»Das ist das Rathaus.«

»Wuppertaler Hof«, wiederholte Dahlmann und stellte die Füße dicht zueinander. »Der hat Herrn Panhans gehört. Nach dem Krieg hat er in Wuppertal wieder einen ›Wuppertaler Hof‹ eröffnet, neben dem Opernhaus. Wir, Papa, Mama, ich, die Helma und Häschen, haben die erste Zeit hier gewohnt, bis die Wohnung gegenüber vom Bahnhof frei wurde.«

»Da, wo die Tür zum Flur offen steht?«

»So etwas merkst du?«

»So etwas merke ich mir, Julius.«

In dem Moment drehte Dahlmann sich um und sagte, da geh ich nicht rein. Er sah bleich und bockig aus. In der Mittagssonne hätte der Priester die geplatzten Äderchen auf Wangen und

Nase zählen können, wenn es nicht so viele gewesen wären. Hatte Dahlmann etwas wiedererkannt? An der Fassade, an der leeren Fahnenstange über der Tür, an den vergitterten Kellerfenstern? Oder vielleicht am Klang der Schritte, die vom Korridor hinaus auf die Straße hallten? Schritte, denen man nicht anhörte, daß sie von heute und nicht von damals waren.

Dahlmann ging und sagte zum Priester, geh du ruhig allein. Er wollte allein sein, merkte der Priester und ging. Am gleichen Ort waren sie plötzlich weit voneinander entfernt.

Die Korridore im Rathaus waren mit Linoleum ausgelegt. Zwischen den Türen standen Besucherbänke aus hellem Holz. Es war ihm nie aufgefallen, daß die Nummern über den Büros aussahen wie Zimmernummern in alten Hotels. Er ging eine Treppe höher, nur damit Zeit verging und Dahlmann da draußen sich wieder fing.

»Kann schon sein, daß das mal ein Hotel war. Kann schon sein. Woher weißt du das denn?«

Die Stimme kam aus dem Flur des zweiten Stocks. Statt einer Antwort hörte er einen Fotoapparat schnurren. Jemand wechselte den Film. Am Fuß der Treppe, wo der Priester noch unschlüssig stand, hing ein Relief aus weißem Marmor. Ein Mann im Frack führt eine Frau mit Schleppe eine weiße Treppe hinauf. *Zum Standesamt,* sagte ein Pfeil auf polnisch.

»Hast du es nicht gemerkt?« fragte die Stimme wieder, die dem jungen verwöhnten Mann gehören mußte. Ein ehrgeiziger Junge, den nur noch das Ausmaß seines Ehrgeizes irritierte, dachte der Priester und schämte sich gleich dafür.

»Das kann ja Zufall sein«, hörte er Lena sagen. »Ich habe ihn gar nicht gesehen.«

»Der will dich bestimmt taufen.«

»Ich bin schon getauft.«

»Dann drängt er sich für einen Priester aber ziemlich auf.«

»Ach, ich weiß nicht.«

»Doch, tut er. Außerdem hat er noch einen dabei.«

»Auch einen Priester?«

»Nein, so ein ausgepustetes Ei. Das läuft die ganze Zeit neben ihm her.«

Dahlmann stand, als der Priester zu ihm zurückkam, in einem Fleck Sonne auf dem Marktplatz, ohne sich irgendwo anzulehnen, und hatte die Augen geschlossen.

»Komm.«

Sie nahmen die breite Straße Richtung Neustadt, die zweispurig zum jüdischen Friedhof und zum Russenmarkt führte. Dahlmann tippte mit der Schuhspitze auf das Pflaster.

»Alles Himmler, hat alles Himmler gebaut.«

An der Ecke hing ein Kinoplakat. *Independence Day*. Er schob Dahlmann an den Schultern vor sich her nach rechts, ins Herz der Neustadt. Dem ersten Haus griff Dahlmann an die Mauerecke.

»Den Polen gefällt das«, sagte er. »Die Polen haben nach deutschem Plan hier weitergebaut, nachdem der Krieg zu Ende war.«

»Tatsächlich?«

»Himmler eben«, sagte Dahlmann und drehte sich um.

Die Bäume blühten weiß, und hinter den einstöckigen Häusern hing dunkle, grobe Wäsche. Die Mauern waren schmutzig und braun, die meisten Türen standen offen. Die Fensterkreuze waren sehr weiß gestrichen.

Kinder fuhren Rad um friedhofsgrüne Hecken, die nach irgendeinem Küchengewürz rochen. Kaum ein Auto kam, und ein Pferdefuhrwerk wäre keine Überraschung gewesen.

»Du hast ja keine Ahnung«, sagte Julius Dahlmann unvermittelt und warf den Kopf in den Nacken.

»Mit wem sprichst du?«

»Du, du hast ja überhaupt gar keine Ahnung. Aber so warst du schon immer.« Dahlmanns Schritte wurden kleiner, und er holte auf offener Straße seinen eleganten silbernen Flachmann heraus.

Als es dunkel geworden war, machte der Priester seinen Gang, ohne Dahlmann. Der schaute gebannt auf den riesigen Schwarzweiß-Fernseher, in dem ein alter russischer Film lief. Alte Filme seien gemütlich, sagte Dahlmann, er bleibe zu Hause. Eine Zeitlang suchte er an den wenigen Knöpfen die Farbe, dann begnügte er sich mit dem unruhigen Flimmern zwischen Grau und Grau, das an manchen Stellen den Ton von Kupfer anzunehmen schien.

»Gemütlich«, seufzte Dahlmann noch einmal, als der Priester seine Wohnung verließ.

Der Priester landete wieder in der El-Paco-Bar am Tresen. Lena kam herein. Das merkte er, ohne sich umdrehen zu müssen. Die Haut um ihre Augen war blaß, von einem unwirklichen Weiß, wie er im Spiegel hinter dem Tresen sah. So hatte sie bei ihrer Ankunft noch nicht ausgesehen. Sie stand dicht hinter ihm. Das mochte intim aussehen, war aber vielleicht nur eine ihrer Theaterangewohnheiten. Eine Suche nach Kantinenwärme. Ob sie so in Deutschland war? Deutschland, dachte er. Noch hatte man ihn nicht von hier abberufen, aber der Bischof hatte ihn zu einem Gespräch aufgefordert. In nächster Zeit, hatte der Bischof schreiben lassen. Also mußte er bei einer der nächsten Gelegenheiten nach Deutschland. Er war länger als die anderen Priester in O. gewesen. Er hatte sich hier wohl gefühlt. Die Zeit in O. würde eine schöne Zeit in seinem Leben gewesen sein, das wußte er schon jetzt. Denn O. war die Pforte nach Galizien. Galizien, das klang für ihn wie eine Verheißung.

»Warum schauen Sie immer weg?« fragte Lena und legte eine kleine Hand auf den Tresen. Jana stellte ein Bier zwischen sie und ihn.

»Hören Sie zu, Sie Priester«, sagte Lena, »wenn Sie mit mir reden, schauen Sie bitte nicht immer weg und rüber auf die Werbung für Lucky Strike. Die können Sie sich später noch anschauen, den ganzen Abend, und noch jahrelang, ab morgen. Wenn ich wieder fort bin.«

»Haben Sie was gegen Priester?«

Auf dem Tresen standen weiße Blumen, sicher für die müde Jana, für ihren langsamen Augenaufschlag und für ihr langsames Lächeln.

»Wenn Sie wüßten«, sagte Lena.

Als er herkam, hatte er gesehen, wie auf dem Parkplatz vor seiner Wohnung die Kastanien verblühten, und zwei alte Frauen saßen darunter, nah bei der eigenen Haustür, auf einer Bank. Zwei kleine Mädchen trugen zwei kleine Röcke und teilten sich in einer Telefonzelle den Hörer. Die eine hatte einen schwarzen Fleck vom Haarefärben am Hals. Alle waren zu zweit, nur er war allein. Es war Zeit zu gehen.

»Ich gehe.«

»Bleiben Sie noch, Sie Priester«, sagte Lena da. »Ich muß Ihnen etwas beichten.«

»Ja?«

»Sie haben mich gestern gefragt, wie es im Lager war.«

»Ja.«

»Sie haben mich vorgestern gefragt, was ich hier will?«

Besser, er antwortete nicht mit Ja.

»Sie haben dann selber gesagt, daß ich schreibe. Soll ich sagen, was ich schreiben würde, wenn ich es könnte? Ich werde jemand anderen bitten müssen, es zu schreiben.«

»Wen?«

»Ludwig vielleicht. Aber erzählen kann ich es Ihnen schon mal.«

»Ja bitte«, sagte er höflich und sah auf die Uhr, um nicht zu fragen, wer ist denn Ludwig. Daß Ludwig nicht der verwöhnte junge Mann war, dessen war er sicher. Solche hießen nicht Ludwig, sondern Björn, Lars, Leon, Steffen oder so.

»Als wir im Lager waren«, sagte Lena, »die kleinen Fußballer und ich, habe ich gehört, wie sie sagten: Wir sind zum Fußballspielen hier. Wir sind hier zum Spaß. Ich habe gesehen, wie sie die israelische Schulklasse anschauten, die auch eine Führung hatte. Wie sie die Mädchen angeschaut haben, deren bodenlange Röcke und hüftlange Haare, und weil sie kriegerischer aussahen als die Jungen mit Kipa und Davidstern-Fahne. Was die denn da auf dem Kopf hätten, hat unser Torwart mich laut gefragt. Was das denn für eine krasse Häkelarbeit sei? Und zu viel war ihnen allen nach der Niederlage am Morgen auch, wie die kleinen Israelis die Fahne trugen, als sei jeder Boden unter ihren Füßen ihr Land.«

Der Priester griff zum Bier, stellte aber sein Glas gleich wieder ab. Zu trinken kam ihm unpassend vor in dem Moment.

»Sie«, sagte Lena, »Sie würden jetzt gern ›unglaublich‹ sagen.«

Der Priester versuchte Haltung zu wahren, im Gesicht. Zwischen den Augenbrauen ließ er eine senkrechte Falte stehen. Er bemühte sich wirklich. Aber worum? Um Aufmerksamkeit oder Distanz? Oder nur darum, sein Gesicht nicht wie einen ausdruckslosen Fleischklops aussehen zu lassen.

»Unglaublich finde ich die Vitrinen, Herr Pastor.«

»Welche?«

»Die mit den Haaren.«

»Ach ja?«

»Ich finde, diese Vitrinen sind unglaublich, weil ich denen nichts glaube.«

»Nicht?«

»Nein, nichts.«

Den ratlosen Ton, den er hatte abgeben wollen, verschluckte er. Er kreiste mit der rechten, der von Lena abgewandten Schulter, und ließ es gleich wieder. Er sah Jana an. Es gab auch nette Frauen. So etwas wie Lena gab es sonst in seiner Welt nicht. Dafür war seine Welt nicht eingerichtet, und so etwas wie Lena lebte sonst woanders. Vor solchen Frauen war er immer gewarnt worden. Aber ihm war auch kein Mittel genannt worden, wie man zur Not mit solchen Frauen umging. Er schaute seine Finger an, alle zehn waren da, aber alle stumm. Er hörte sich fragen: »Warum nicht?«

»Die sind ja total harmlos, diese Vitrinen«, sagte Lena. »Geht man näher heran, riechen sie zitronenfrisch.«

»Wie bitte?«

»Glasreiniger«, sagte Lena.

Er zog ein weißes gebügeltes Taschentuch unter seiner Soutane hervor und putzte sich die Nase.

»Die Fotos, die ich vorher vom Lager gesehen habe, waren viel schlimmer. So schlimm, daß ich nicht einmal richtig sah, was drauf war. Auf den ersten Blick habe ich die Leichenberge für eine abstrakte Struktur gehalten.«

»Das ist ...«, sagte er.

»... verständlich, wollen Sie sagen ... blabla, wollen Sie sagen! Aber hören Sie zu, Sie Priester. Was ist mit den Haaren in den Vitrinen, wenn es die echten Haare sind und keine Fälschung für das Lagermuseum? Wenn sie echt sind, muß man sie zurückgeben. Das habe ich Ihnen schon mal gesagt. Sie gehören den Toten. Nicht der Ausstellung. Und eigentlich dürfen nur die Toten das Lager betreten. Wie eben Tote nach dem Sterben sind, wenn sie umhergehen. Völlig allein, aber gelöst.«

»Gelöst und entspannt und tot das Lager betreten?«

»Und mit Perücke.«

»Perücke?«

»Ja, mit Perücke.« Sie strich die Haare zurück. Er faßte ebenfalls nach seinem Hinterkopf, strich über seinen kurzgeschorenen Haarkranz und wünschte sich, sie solle aufhören zu reden. Perücke! Das wagte nur eine wie sie zu sagen, die ihre eigene Aufgebrachtheit für Erkenntnis hielt. Aber wenn er ehrlich war, von einem anderen Menschen hätte er sich das nicht angehört. So ohne Distanz und nur an einem Bierglas den letzten sicheren Halt noch behauptend. Was machte das mit ihm, daß sie hier war? Er war noch nie Karussell gefahren. Aber so mußte das sein. So wurde einem der Kopf verdreht. Und wenn man am Ende schwankend die Stufen der Holztreppe mit den Füßen von vorhin zu treffen versuchte und bereits eine neue Musik spielte, dann war man noch immer verdreht, die ganze Welt plötzlich unkenntlich und ein Schwindel, und der Kopf saß auf einem längeren Hals als zuvor. Das machte es mit ihm, daß sie hier war. Schrecklich. Er würde in den Bildern dieser Tage steckenbleiben und sich gern in dieser Erinnerung wiedererkennen. Auch wenn die irgendwann ohne genaues Datum sein sollte. Er sah die Bilder der Erinnerung schon und sah sich selbst schon, wie er sie transportierte und korrigierte, um zu vermeiden, daß sie starben. Er sah sich, wie er die Unterarme auf eine Fensterbank stützte, irgendwo. Sein Leben und er selbst würden dann immer in der Tonart dieser Erinnerung bleiben. Erinnerung an eine Frau? Nein, es ging nicht um die Frau. Er hatte etwas erkannt. Einen Menschen. Einen, der nicht gut war, in dem Sinn, wie er und seine Kirche Gutsein verstanden. Dieser Mensch, Lena, hatte zweifellos etwas begriffen, wovon die Guten keine Ahnung hatten. Hieß das, sie war böse? Wollte er das auch?

Begreifen? Böse sein? Hing das zusammen?

Sie redete immer weiter und brachte ihn damit in Gefahr.

»Ich erzähle Ihnen noch«, sagte sie, »was ich mir im Hotel Globe vorgestellt habe, als ich wegen der rangierenden Züge gestern nacht nicht schlafen konnte. Die roten Plüschvorhänge ließen das Licht der Bahnhofsanlage ins Zimmer hinein. Rot, alles war plötzlich rot. Als ich die Augen schloß, war das Rot hinter meinen Lidern, und aus ihm schälten sich diese Backsteinhäuser des Lagers heraus. Reisebusse fuhren vor, Leute stiegen aus. Voran der Reiseleiter. Die anderen folgten, viele verloren benutzte Tempotücher dabei. Postkarten kann man später kaufen, sagte der Reiseleiter. Dann tauchte das erste Schild auf. *Lebensgefahr! Sie verlassen den menschlichen Sektor.*«

»Haben Sie das geträumt«, fragte der Priester.

»Nein, das ist ein Vorschlag. Der entstand gestern nacht. Im Hotelzimmer nebenan tippte jemand auf einer Reiseschreibmaschine, während ich nachdachte. Das Geräusch des Tippens versicherte mir, meine Gedanken seien vernünftig und jemand schreibe sie bereits mit. Ich dachte an Ludwig. Ob der meinen

Vorschlag auch vernünftig finden würde. Was meinen Sie? Wollen Sie ihn hören?«

»Nein«, hörte der Priester sich sagen. Wieder legte er die Finger um sein Bierglas. Seine Hände waren feucht, das Glas kalt.

»Ich muß gehen«, sagte er.

»Sie wollen mir nicht folgen?«

»Nein.«

»Weil Sie sich nichts vorstellen können und wollen.«

»Genau«, sagte er fast erleichtert. Lena setzte sich auf den einzigen freien Barhocker am Tresen und schlug die Beine übereinander.

»Ich gehe dann mal«, wiederholte er und stieß sich mit beiden Händen vom Tresen ab.

»Ich gehe.«

Lena hörte gar nicht richtig hin. Er stellte leise noch eine Frage und war froh, daß sie wieder nicht richtig hingehört hatte. Sie sah auf die Uhr. Sie wartete auf jemanden.

»O. k.«, sagte sie. »Ich komme allein zurecht. Gehen Sie nur.«

Julius Dahlmann spielte am Fernseher herum, als der Priester seine Wohnung betrat. Die Sofakissen hatte er zu einem Nest zusammengeprügelt und es sich darin gemütlich gemacht.

»Gemütlich, nicht«, sagte er wieder, als der Priester in der Tür stehenblieb. Es roch nach Wellensittich, obwohl hier nie ein Wellensittich gelebt hatte. Auf dem Tisch lagen eine angeschnittene Knoblauchwurst und eine angebissene saure Gurke.

»Fühlst du dich nicht wohl?«

»Nein.«

»Aber ich«, sagte Dahlmann und hatte sogar die Schuhe ausgezogen. Vielleicht roch es deswegen so, so nach Anis? »Warum fühlst du dich denn nicht wohl?« fragte er noch, schaute aber weiter auf den Fernseher.

Als Mitternacht längst vorbei war, zog Dahlmann sich wieder die Schuhe an.

»Kommst du noch einmal mit?«

»Wohin gehen wir?«

»Zum Bahnhof, da gibt es bestimmt Zigaretten. Und am Bahnhof fangen alle guten Geschichten an«, sagte Dahlmann, immer noch gut gelaunt.

Der Priester aber hätte sich ohrfeigen mögen. Warum hatte er Lena so dumm gefragt. Zum Glück war die Frage untergegangen. Trotzdem. Was ist denn mit diesem Ludwig? hatte er sie im Fortgehen noch gefragt.

Und Dahlmann

Die Frau blieb einige Schritte zurück im Dunkeln stehen. Der Mann ging auf den Taxifahrer zu und hob die Hand zum Mund. Der verstand und gab Feuer. Im kurzen Schein der Flamme war der junge Mann blond, und die Frau hatte dickes dunkles Haar. Kurz standen sie zu dritt an dem weißen Skoda, während Dahlmann noch immer im Frühstückssaal des Hotel Globe die Gardine beiseite hielt und hinuntersah. In seinem Rücken waren mehrere Tische weiß eingedeckt. Er warf einen Blick auf seine Uhr. Es war kurz nach zwei. Dann sah er hinüber zu dem Haus auf der anderen Seite der Straße. Dort stand die Tür zum Flur offen. Dort türmte Dunkelheit sich auf und machte aus dem vertrauten Haus und seiner Umgebung Ruinen. Dort hatte Dahlmann früher einmal gewohnt.

O. sei die Pforte nach Galizien, hatte der Priester soeben noch gesagt und sich auf eine Bank an der Bushaltestelle fallen lassen. Einfach so, und mit traurigem Gesicht. Vom Bahnhof her hatte das Schlagen rangierender Güterzüge durch die Nacht geklungen. Die Straße vor dem Bahnhof lag in tiefem Schlaf, wie winters ein Dorf im Schnee. Vom Schriftzug Globe waren nur noch die Umrisse der Buchstaben sichtbar, hohl, ohne Licht. Mailuft und Stille umgab die beiden Männer. Nicht das geringste Lebenszeichen eines anderen Menschen deutete an, daß sie nicht allein waren auf der Welt.

»Ich schau mal, ob die da drüben Zigaretten haben«, hatte Dahlmann gesagt und auf den Eingang vom Hotel Globe gezeigt. In dem Moment war das weiße Taxi vorgefahren, und der

Priester hatte auf der Bank die langen dünnen Beine unter seiner Soutane übereinandergeschlagen. Ich warte, hatte er gesagt.

Als Dahlmann zum Hotel hereingekommen war, hatte hinter der Rezeption ein blasses Mädchen mit Haarschleife alle zehn Fingerspitzen auf den Tresen gestützt. Sie hatte sich vorgebeugt, und er hatte tief in den Ausschnitt eines verfilzten rosa Pullovers schauen können. »First floor«, hatte sie gemurmelt. »Cigarettes, first floor.« Je blasser die Mädchen, desto größer ihre Schleifen. Osten eben, hatte Dahlmann gedacht. Eine vergitterte Leuchtröhre über der Rezeption hatte den Raum aufgerissen, hell, aber nicht einladend. Das Mädchen hatte hinter ihm die Glastür zur Straße abgeschlossen. Er ging hinauf in den ersten Stock zum Zigarettenautomaten und riß auf dem Gang zwischen den Zimmern die Packung im Gehen auf, zögerte, schaute kurz auf die verschlossenen Türen, auf deren Nummern und betrat dann den dunklen Frühstückssaal. Er ging zum Fenster und hob die verrauchte Gardine zur Seite, um nach dem Priester zu schauen. Der saß an der Bushaltestelle. Die Straße war nicht befahren. Und in dem Moment sah er das Paar da unten in der Nacht, sah beide auf den Taxifahrer zugehen. Dahlmann drückte die Nase gegen die Scheibe. Er sah richtig, Die Frau schaute zwei oder drei Herzschläge lang zu seinem Fenster hinauf, ohne ihn zu bemerken.

»Nein«, sagte Dahlmann und rückte sein Brillengestell zurecht. »Das darf doch nicht wahr sein!« Er zündete sich eine Zigarette an und hielt die Feuerzeugflamme gegen die dunkle schmutzige Fensterscheibe. Seltsames Mädchen, dachte er und merkte, zwei Gefühle saßen auf dem gleichen Moment. Er freute sich und war enttäuscht.

Sie und der junge Mann überquerten die leere Fahrbahn, zwischen ihnen der Abstand eines Paares, das es noch nicht lange gibt und nicht für längere Zeit. Sie gingen auf das Haus zu, das auf der anderen Seite der Straße lag. Dahlmanns Haus von früher, jetzt unbewohnt. Auch das Restaurant im Erdgeschoß war geschlossen. Trotzdem stand die Tür zum Flur offen. Sie gingen hinein, als ob sie dort wohnten. Am Fenster des Hotel Globe zog er an seiner Zigarette und drehte sich mit dem ersten Zug nach dem Frühstückssaal um. Aus der Dunkelheit stachen weiß die aufgestellten Servietten. Warum er hier stand? Er stieß den Rauch aus. Ach, diese ganze Sache mit der Umarmung und der Nacktheit, ihm brauchte doch keiner was zu erzählen.

Warum er also hier stand?

»Darum«, sagte er laut. O. sei die Pforte nach Galizien, hörte er den Priester in dem Moment wieder sagen. Ein Refrain, der im Ohr festsaß. Er drehte sich zum Fenster zurück, hob die verrauchte Gardine wieder an und sah nach unten. Der Priester saß noch immer an der Bushaltestelle. Wenige Schritte entfernt war der Taxifahrer wieder in seinen Skoda gestiegen und schälte eine Banane. Die Fahrertür stand offen. Die Innenbeleuchtung brannte. Dahlmann sah über die leere Fahrbahn hinweg. Im Haus gegenüber war das Flurlicht angegangen. Dem Haus fehlte der dritte Stock. Früher war es höher gewesen. Es hatte eine Wunde im Stein vom Krieg. Auch daran erinnerte er sich, während er wartete.

Als er die dritte Zigarette anzündete, nachdem er die anderen Kippen in die graue Blumenerde einer Topfpflanze gedrückt hatte, kam sie aus dem Flur zurück, stand in der Tür, Licht fiel ihr in den Rücken. Sie hob die Hand, zögerte, als wolle sie winken, aber sie griff nur zurück in den Flur. Das Licht ging aus. Sie überquerte die leere Straße Richtung Bahnhof und Hotel, im Rücken das Haus und den Flur. Die Hände in den Jeanstaschen, Ellenbogen angewinkelt wie ein Boxer, lief sie schnell. Hinter dem Hotel liefen die Gleise nach Westen in die Nacht, nach Osten in den Morgen. Sie sprang die Stufen zum Hoteleingang hoch. Er hörte, noch am Fenster stehend, die Nachtglocke. Sicher kam das bleiche Mädchen von der Rezeption, gähnte und zupfte an der Schleife, statt zu lächeln. In dem Moment trat auch der junge Mann aus dem Flur, zögerte im Türspalt, wischte sich durch das Gesicht, fuhr sich ins Haar und schob die Hände in die Hosentaschen. Er überquerte die Straße und ging auf die Fußgängerbrücke beim Bahnhof zu, die hoch über den Gleisen hinüberführte ins Dorf Brzezinka. Vorbei an der alten Rampe. Nicht ein Blick von ihm suchte sie, die mittlerweile im Hoteleingang verschwunden sein mußte.

Dahlmann ging die Treppe hinunter und ihr entgegen. Sie trafen sich beim Gummibaum, der über dem Aufgang zu den Hotelzimmern rankte und seine Luftwurzeln ausstreckte. Sie schlug überrascht die Hand vor den Mund. Er nickte und merkte, jetzt freute er sich wirklich. Als er ihren Namen sagte, war ein Fragezeichen in seiner Stimme. Sie toupierte mit links ihre Haare, und er, der vor ihr stand, spielte an seiner Packung Zigaretten, dann an einem fetten Gummibaumblatt. Sie sagte die Telefonnummer des Hotels und ihre Zimmernummer. Er merkte sich beides. Zahlen waren für ihn noch nie ein Problem gewesen. Es war zwanzig nach zwei.

Er trat auf die Straße und ging Richtung Bushaltestelle. Auf dem bewachten Hotelparkplatz stand ein einziges Auto. Ein roter Volvo Kombi aus Deutschland, und der Priester saß noch immer auf der Bank bei der Haltestelle. Ein Obdachloser im Schatten der Nacht, dachte Dahlmann und legte ihm die Hand auf die Schulter.

»Das war Lena«, sagte er.

»Kennst du sie?« Der Priester hielt Dahlmann am Ärmel fest und merkte, der wollte gar nicht weg. Der Oberarm fühlte sich dünn in seiner großen Hand an. Ein Hühnerflügel.

»Kennst du sie?«

»Wieso, kennst du sie etwa?« fragte Dahlmann.

»Wieso?«

»Weil du mich so festhältst.«

Der Priester ließ Dahlmanns Arm los.

»Lena«, sagte Dahlmann, »ist meine Untermieterin.«

»Du hast eine Untermieterin? Warum?«

»Sie ist ihre Tochter, und sie kam in die Stadt zurück.«

»Wessen Tochter?«

»Die von meiner Marlis.«

»Ich wußte nicht, daß du eine Marlis hast.« Der Priester zögerte. Dachte nach. Dann hatte er eine Idee.

»Du bist wegen ihr hergekommen? Nicht wegen mir?«

»Weiß ich nicht. Ich glaube«, sagte Dahlmann, »ich kann nicht sagen, warum ich hergekommen bin. Ich weiß nur, daß ich es wollte.«

»Du wußtest doch, daß sie hier ist, Julius? Oder?«

»Ja, wußte ich.«

»Ja, wußtest du, Julius. Und hast nichts gesagt. Und ich wundere mich. Erst sie, dann du, beide aus der gleichen Stadt. Ist das ein Zufall, habe ich mich gefragt. Das konnte doch kein Zufall sein. Und du hast nichts gesagt.«

»Warum brüllst du so, Richard? Du hast ja auch nichts ge-sagt.«

»Wovon?«

»Von ihr. Mir gegenüber. Du scheinst sie ja auch zu kennen.«

»Wolltest du sie denn nicht hier treffen, Julius?«

»Weiß ich nicht«, sagte Dahlmann, »und wirf mir nicht im-mer meinen Namen an den Kopf.«

Der Taxifahrer packte die Bananenschale in ein Stück Zei-tung und hörte Autoradio. Als er es abstellte, wurde es still und die Nacht schwärzer.

»Hast du mal was zu schreiben?« fragte Dahlmann. Er sah zum Hotel. Der Mond schien ihnen in den Rücken und warf ei-nen langen und einen etwas kürzeren Schatten auf den Asphalt. Der lange Schatten trug ein Kleid.

»Was willst du denn schreiben?«

»Da drüben haben wir mal gewohnt, da, wo die Tür zum Flur offen steht«, sagte Dahlmann.

»Das weiß ich mittlerweile. Das willst du aufschreiben? Wen interessiert denn das heute noch?«

»Stimmt. Warum macht da nicht endlich mal einer die Tür zu?« sagte Dahlmann, nahm einen Kassenbon aus seiner Jacken-tasche und schrieb Zahlen auf.

»Was ist das?«

»Ihre Telefon- und Zimmernummer. Und soll ich dir mal was sagen?«

»Ja, bitte, Julius.«

»So ein Volvo ist ein schönes Auto, und darin fahre ich mor-gen mit zurück.«

Da schaute der Priester sich angestrengt in der Dunkelheit um, bis er sagte:

»Ich fahre mit.«

So eine Nacht war das, als hätte einer eine Schicht Erde über die Stadt gekippt.

Kein Wunder

»Achtung, Graben und dunkler Wald«, sagt Dahlmann und greift Lena ins Steuer. Der Priester nickt mit geschlossenen Lidern in die Richtung, in die sie fahren. Daß er schläft, glaubt sie nicht. Er will ihren Augen im Innenspiegel nicht begegnen. Dahlmann hat noch immer den Finger auf der Karte, um das Gelände zu sichern. Er sagt »Rybnik« und will, daß sie einen Umweg fährt. Damit er vor dem ehemaligen *Hotel Grenzwacht* stehen und empört den Kopf schütteln kann. Ein fensterloser Kasten ist das heute, dem weht der Wind durch jede Ritze. Rybnik, sagt Julius Dahlmann kurz vor Kattowitz noch immer. Rybnik heißt übersetzt: Wie schlecht die Welt doch geworden ist, seit damals. Er nimmt einen Schluck aus seinem silbernen Flachmann. Sie fahren durch Mailicht am Ende eines sonnigen Tages. In vielen Gärten brennt ein Feuer, und Mädchen sitzen mit langen Zöpfen dabei, auf weißen Plastikstühlen. Links Polen, rechts Polen, die Seen sind dunkler und die Vögel größer und scheuer als in Deutschland. So war es auf der Hinfahrt schon. Dörfer, die an Frauen in billigen Strümpfen denken lassen, bevor man Frauen sieht, die an rote Suppe und Kirschkompott denken lassen, bevor man etwas ißt. Neben ihr liest Dahlmann die Karte, entlang einer Welt, die er von früher noch zu kennen glaubt.

»Also Polen, das kann ich gar nicht aussprechen«, sagt er.

»Was denn sonst?« fragt sie.

»Schlesien«, sagt Dahlmann und wiederholt lauter: »Schlesien, und haben Sie Ihren Bericht für dieses Käseblatt schon fertig?« Er schaut auf ihr Haar, das aus der Kapuze hängt. »Verstehen Sie eigentlich was von Fußball, Lena?«

Sie steckt sich in der Kurve eine Zigarette an.

»Aber doch nicht in der Kurve«, sagt Dahlmann.

Als sie herfuhr, war es genauso, aber ohne blöde Kommentare. Und die Kirche stand auf der anderen Seite der Kurve. Sie erinnert sich. Dem Gekreuzigten links vom Herrn steckte auch vor vier Tagen ein Blumenstrauß zwischen den Knien.

»Weiß er, wann wir in Berlin ankommen?« fragt Dahlmann. Jemand, der nicht mitfährt, ist plötzlich da. Rennt neben dem Auto her und zieht im Lauf mit gekreuzten Armen einen grauen Pullover aus, wirft ihn durch das geschlossene Fenster, und einen Moment lang liegt er, der Pullover, leer, auf dem Rücksitz neben dem Priester, fährt mit, auch wenn kein Ludwig drin ist. Den nächsten Moment verdirbt Dahlmann.

»Weiß er es?« fragt er.

»Wer?«

»Der Ludwig.« Dahlmann drückt mit seinem Zeigefinger gegen die Frontscheibe. Ludwig. Unter seinem Finger hält er den Namen für sie fest.

Als sie aufgehört hatten, sich zu küssen, und die Augen wieder öffneten, war es dunkel gewesen. Der Wald hatte zu rauschen begonnen. Ein Streulicht vom Vollmond lag wie Blei auf den Gesichtszügen. Das Rauschen vom Wald kam immer wieder, später tiefer. Wie Regen. Kühle stieg aus dem Gras auf, das sich unter dem Wind mit der silbernen Seite nach oben bodenwärts drückte. Er rollte sich auf den Bauch, griff in die Halme. Die waren mittlerweile feucht. Sein grauer Pullover lag neben ihm. Mitten in der Zuneigung starrte er sie fassungslos an. Sie waren zusammen zur Schule gegangen. Er war drei Klassen unter ihr gewesen.

Vor zwanzig Jahren.

»Was ist passiert?« fragte sie. Plötzlich war es ganz still, so still, daß die Welt sie beide hätte belauschen können.

»Lena, das von früher, das geht nicht mehr«, sagte Ludwig.

Das war die Nacht im Gras. Ludwig, sechsunddreißig, rauchte hastig.

Ludwig, dreizehn, war ihr an jenem ersten Tag nach den großen Ferien aufgefallen, als er sein Rad bei der Schulhofmauer anschloß. *10.9. Ende des Sommers. Es beginnt die Zeit der Angst. Die Schule.* Das hatte oberhalb von Ludwigs Fahrrad in weißen Buchstaben auf der Mauer gestanden. Sie hatte die Schrift angeschaut. Er hatte sie angeschaut, bis sich ihre Blicke trafen. Er war drei Klassen unter ihr, daran hatte sie gedacht. Sie hatten sich noch immer angeschaut. In dem Blick war ein Kuß gewesen.

Es hatte geregnet an dem Tag, ihre Augen lagen in schwarzen Kratern. Die Wimperntusche war verwischt. Sie war siebzehn gewesen. Für Ludwig mit den kurzen Hosen und dem Rennrad eine ältere Frau. Sie lächelte knapp und roch ihr nasses Haar, Shampoo grüner Apfel, als sie präzise wie ein Junge die halbe Drehung Richtung Schultor machte.

Sie war in den Ferien in London gewesen. Bei einem Brieffreund. Er hieß James Green und kam aus Barnet, im Norden von London. Boy meets Girl, hatte er gleich an Waterloo Station gesagt, damit sie wußte, wo es langging. Im Zimmer seiner Schwester stieß er sie am zweiten Abend auf das rosa Bett neben dem rosa Elektrokamin und räumte nicht einmal Teddybären und Stoffkrokodile beiseite. Sie sah in sein Gesicht dabei und dachte, so sehen Männer also aus, wenn sie onanieren. In der Küche schloß Mrs. Green das Fenster. Als sie nach vier Wochen mit dem Schiff zurückfuhr, war sie zehn Pfund schwerer geworden von Shandie, giftgrünen und schweinchenrosa Törtchen und Chips. Ihre Eltern waren auf dem Bahnhof in S. an ihr vorbeigelaufen, bis sie sie schließlich an ihrem Gepäck erkannt hatten.

Ludwig und sie flirteten seit dem ersten langen Blick beim Fahrradständer. Ein Jahr verging. Der stumme Zustand von Liebe blieb, groß und hartnäckig und unerfüllt. Sie sprachen nie miteinander. Am letzten Schultag vor den nächsten großen Ferien schenkte Ludwig ihr eine Kassette, bespielt mit Liedern, die ein sinnvolles Leben versprachen. Sie hatte die Kassette nie ganz angehört. Am Tag, bevor sie wieder nach London abreiste, traf sie Ludwig spätabends auf der Hauptstraße von S., wo man sich täglich mindestens zweimal traf. Sie war schwimmbadbraun seit Mai und in Erwartung des Brieffreundes, der nicht mehr schrieb, ganz Frau. Die Straßen waren menschenleer und ohne Autoverkehr, aber voller Vogelgezwitscher gewesen. Aus den geöffneten Fenstern war die Erkennungsmelodie jenes Serienkrimis gekommen, nach dem ganz S. süchtig war. Plötzlich hatte Ludwig sein Rad neben Lena her geschoben. Mit ernstem Gesicht, als schöbe er sein Rad durch hohen Schnee. Sie gingen vorbei, wo er wohnte, sie gingen vorbei, wo sie wohnte, sie gingen bis ans andere Ende der Stadt, hinauf zum Schwimmbad im Wald, das lag ganz still da mit seinem glatten blauen Wasser. Auch der Mond war an diesem Abend ernst, vor allem um den Mund herum. Als sie bereits auf das leere Haus zugingen, sprang ein Esel gegen seinen Zaun und lachte sie mit gelben Zähnen an. Der Esel Gustav vom Kinderheim. Das Kinderheim gab es nicht mehr. Seitdem lebte Gustav an seinem Hang allein. Wenige Schritte später war die Straße zu Ende, und der

Asphalt ging über in festgefahrene Erde. Was sie redeten? Über einen gemeinsamen Lateinlehrer, über den Schulchor, die Oberstufenreform, das Hallensportfest, dann über nichts.

Das Haus stand seit Jahren leer. Im Winter hatte sie gesehen, daß Schnee in den Zimmern lag. Sie kannte das Haus schon länger und dachte, wenn er mich küßt, schmeckt er den Rotwein. Sie gingen durch das Gartentor. Der Zaun war heruntergetrampelt. Sie gingen in den Hausflur, die Tür war herausgebrochen. Auf dem Linoleum lagen Splitter von buntem Glas. Sie stiegen über ein abgerissenes Waschbecken, und er nahm ihre Hand. Sie trug Sandalen. Sie stiegen über Kerzenstummel in Einmachgläsern und zwei blaugrau gestreifte Matratzen, die wie aufgeplatzte Staubsaugerbeutel im Weg lagen. Seine Hand rutschte höher und faßte ihr Handgelenk, er hielt sie hart. Der Treppenaufgang war mit Rosen tapeziert.

»Sieht aus wie Geschenkpapier«, murmelte sie.

Sie stiegen bis hinauf auf das flache Dach. Ludwig fand einen großen Umzugskarton. Er faltete ihn auseinander.

»Bitte.«

»Danke«, sagte sie. »Hast du Zigaretten?« Ihre Stimme klang wie aus der Übung.

Hinter dem Haus lagen die Felder mit Steinen voneinander abgegrenzt. Daran dachte sie, als Ludwig sie küßte. Sie dachte an das, was hinter dem Haus lag. Und noch weiter dahinter. An den Wald und den kleinen Teich, auf dem seit Jahren keine Seerosen mehr schwammen.

»Ab jetzt müssen alle Frauen nach Rotwein schmecken, wenn ich mich verlieben soll. Schlaf mit mir«, sagte Ludwig.

»Ich habe einen Freund«, sagte sie. »Der ist schon fast zwanzig und Engländer. So richtig kann ich nicht, ich kann aber so.«

Sie fuhr mit der Hand über seine Hose, über den Reißverschluß und mit dem Finger unter den Gürtel. Ließ los, und er wiederholte ihre Bewegung, aber mit seiner Hand. Weil sie plötzlich traurig war, war sie sehr erregt. Sie öffnete seine Hose. Einen Moment lang drückte etwas hinter ihren Augen, als hätte sie lange nicht mehr geweint. Das Gefühl breitete sich aus über den Körper, später über ihr Leben. In dem Augenblick verstand sie, was es heißt, jemanden in der Hand zu haben. Sie schauten sich an, während sie ihre Hand plötzlich überraschend langsam bewegte, und er deshalb schnell kam. Langsam ist zärtlicher. Nur kurz zog es ihm die Augen weg. Nur kurz war sie allein, während er undeutlich etwas sagte, das aber nicht wie ihr Name klang. Ihm spritzte es weiß ins Gesicht. Dann lag er starr, die Augen offen. Der Mond war vom Schwimmbad aus gefolgt und hatte noch immer einen ernsten Mund.

»Entschuldigung.« Er fuhr mit dem Unterarm durch sein Gesicht.

»Du fährst morgen?«

»Ja.«

»Dann will ich dich morgen nicht sehen.«

Am folgenden Morgen fuhr sie mit dem Zug nach Ostende, dann über den Kanal nach Dover und weiter mit dem Zug nach London. In dem Sommer fand sie den Namen James Green blöd. Seine Schwester spielte offensichtlich nicht mehr mit Stofftieren. Das rosa Bett bewachte irgendein Starschnitt, unter dessen verschleiertem Blick James nach ihr griff. Er nahm ihr die Klammer aus dem Haar und fragte, ob sie es lieber manuell oder richtig hätte. James' Mutter hatte umwickelte Beine und verließ kaum noch ihre Küche. Vom Wäschegalgen über dem Herd tropften die Unterhosen von Mr. Green in die Kochtöpfe von

Mrs. Green. Im vertrockneten Hyde Park dachte Lena an ein leeres Haus, an eine andere Blümchentapete als hier und an Zimmer voll Schnee.

»Woran denkst du«, fragte James.

»An Zuhause«, sagte sie.

»Du bist langweilig«, sagte er.

»Du auch«, sagte sie.

Am Ende der Ferien riß sie den Starschnitt von der englischen Blümchentapete, und James machte deswegen Schluß. Endlich zu Hause, schnitt sie sich vor dem Badezimmerspiegel die Haare wie Pola Negri. Deren Bild klemmte sie als Vorlage an den Spiegel. Pola Negri als Hamlet, schwarzweiß und stumm. Sie machte nicht den Eindruck einer Frau, sondern einer Tiefe.

»Bist du unter den Rasenmäher gekommen?« Ludwig Frey, vierzehn, rauchte. Er warf die Zigarette ins Gebüsch, als ein Lehrer vorbeikam, und sie sah das Gesicht, das er einmal haben würde. Sein Lachen griff ihr in den Bauch. Sie sah seine Unterarme, kräftig, die Augen, blau. Weiche Schale, harter Kern. Einer, der seinen Schmelz einzusetzen verstand. Bei den anderen Jungen war es genau umgekehrt. Der hier würde eines Tages hochmütig sein und hatte damit schon angefangen. Er trug lange Hosen, obwohl es warm war.

»Hast du die Kassette gehört?« fragte er. Sie, siebzehn, wurde rot.

Sie hatte ihn beim Eiscafé Venezia getroffen. Wieder schob er sein Rad. Daß sie in der Mauser war, schien ihm zu gefallen. Wieder ihre braunen Beine dicht neben seinen Speichen, wie im Jahr zuvor, wieder das stille Schwimmbad, das mit offenen Wasseraugen schlief, wieder der Weg bergan und der lachende Esel. Danach ging der Asphalt über in harte Erde. Wieder das Haus, aber neu das Schild im Vorgarten. *Achtung, Lebensgefahr*, las Ludwig laut. Er lehnte sein Rad an das Schild.

Auf dem Dach zog sie erst sich und dann Ludwig aus. Sie froren trotz der Wärme, sie lagen aneinandergedrückt, dann lag er auf ihr, keine drei Minuten lang. Komm-her-Hau-ab-Komm-her-Hau-ab-Komm-her. Er kam bei Hau-ab. Wütend. Sein Blick hatte keine Wimpern, als er sie ansah danach. Er zog sich langsam an, stand langsam auf und schnürte seine Turnschuhe mit zwei Babyschlaufen zu, wie kleine Kinder es tun.

»Bitte bleib.« Sie lag nackt.

Er ging, und sie blieb. Sie hörte, er nahm das Rad vom Schild im Vorgarten, hörte, er ließ den Dynamo gegen den Vorderreifen schnellen, hörte die pfeifende Fahrt bergab. Plötzlich war das leere Haus bevölkert mit Wesen, die sie sich nicht vorstellen wollte. Ein fahler Schimmer, ein unbestimmtes Licht ohne Quelle fiel auf das flache Dach, auf die grauen gesplissenen Holzplanken und das weiße Geländer. Auf die Reling, dachte sie. Einen Moment lang war das Haus ein Schiff, ein Schiff auf einem Meer, in einer Unendlichkeit, die nur eine Eigenschaft hatte: Kälte. Sie zog die Hände aus der Dunkelheit zurück und schob sie unter den Hintern, zu starr, um sich anziehen zu können. Jede Bewegung konnte Aufmerksamkeit und Gefahr auf sich ziehen. Im unbewohnten Raum unter ihr prüften Wesen mit toten Augen, ohne Erinnerung an menschliche Zuneigung, was mit ihr weiter geschehen sollte. Sie standen im leeren Flur und machten ihn noch leerer. Sie waren nur halb gestorben und irrten ins Unsichtbare hinein und manchmal wieder heraus. Sie waren grüner als vergessene Milch und hielten sich am liebsten in der Nähe von Menschen auf, die Angst zeigten. Jetzt lauerten sie unten im Flur. Böse Reste von Menschen waren sie, selbst wenn sie zu Lebzeiten freundliche Seelen beheimatet hatten. Noch nie in ihrem Leben hatte Lena solche Angst gehabt und solch ein tiefes Gefühl von Scham.

Dann fuhr ein Wagen vor und brachte so das Haus in die Welt zurück. Ein Motorgeräusch erstarb, plötzlich zirpte auch eine Grille, und eine langsame Musik kam aus dem Wageninnern. Leises Lachen, Lena stellte sich zwei lebende Menschen vor, die rauchten und sanft miteinander sprachen. Ganz normale, also gute Menschen. Sicher ein Mann und eine Frau. Sie schlich vom Dach treppabwärts zur Hintertür. Auf jeder zweiten Stufe zog sie ein weiteres Kleidungsstück an. Unten angekommen, tastete die Hand die Wand des schwarzen Flurs entlang, eine Wand aus einem unbekannten Metall.

In der ersten Stunde nach den großen Ferien sagte der Französischlehrer: »Pola Negri.« Er sagte es vor der ganzen Klasse. Ludwig mied in den Pausen ihren Blick. Vier Wochen später sagte der Lehrer wieder Pola Negri, aber leise in seinem Auto.

»In Hamlet«, sagte er, »haben Sie den Film gesehen?«

Sie hielt ihm das Gesicht hin, eine große weiße Fläche. Eine Landschaft, die einen in Träumen überrascht und in der man die Spur findet von einem Menschen, aber ihn selber nicht. Man fängt an, sich zu sehnen nach dem, der da verschwunden ist. Selbst wenn man ihn nicht kannte.

Sie traf den Lehrer, weil Ludwig sie noch immer nicht anschaute und sie kümmerlich wurde davon. So ein dummer kleiner Junge! Vor dem Badezimmerspiegel hatte sie die Haare für das verbotene Rendezvous nachgeschnitten und auch die Nägel, auch die an den Füßen. Man wußte ja nie, in welche Situation man kommt. Sie fuhren in den Wald. Nachdem er mit ihr geschlafen und vorher gesagt hatte, Sie tragen ja keinen BH,

Lena, aßen sie in einem Waldgasthof Bockwurst und tranken Kirschwein. Es war ein Montag, die Gaststube leer und Ende September schon überheizt. Sie blieb am Tisch kleben, als sie sich mit dem Ellenbogen aufstützte. Sie ekelte sich, endlich. Als der Lehrer zur Toilette ging, bezahlte sie schnell ihr Essen und sagte, als er zurückkam, sie wolle sofort gehen. Er blieb vor dem Tisch stehen und stützte die Fingerspitzen auf die Kante. Wie in der Schule auf das Pult.

»Zusammen«, sagte er zur Kellnerin.

»Die Kleine hat schon«, sagte die Kellnerin.

Als sie auf der Rückfahrt durch das Industrieviertel zwischen S. und der Nachbarstadt kamen, sah Lena Ludwig vor dem Schaufenster neben der Shell-Tankstelle stehen. Es wurde eben dunkel. Ludwig sah sich Motorräder an. Dann drehte er sich um. Gleichzeitig schaltete die Ampel vor der Tankstelle auf Rot. Es ließ sich nicht vermeiden. Er sah sie an, zuerst noch mit dem Blick, mit dem er die Motorräder geprüft hatte. Dann wurden seine Augen leer und das linke klein, wund. Böse. Das war dann so geblieben. Das linke Auge tat wie tot, wenn es sie sah. Das von früher, das geht nicht mehr, sagte es. Jedesmal.

Ein polnischer Friedhof, ein Feld, die Apfelbäume, der Wald. Lena fährt langsamer. Über das nächste Feld geht eine Nonne, schnell, so daß der schwere schwarze Rock ihr zwischen die Beine schlägt. Die Nonne verschwindet Richtung Abend. Irgendwo da draußen wird eine Kapelle sein, wo sie Topfblumen gießt, Geld aus dem Opferstock des Marienaltars nachzählt, selbst eine Kerze anzündet, aber ohne zu zahlen, ja wo die Nonne hinkniet, um zu beten, für die Eltern und den Verlobten, der sich wegen ihr mit einer anderen verloben mußte.

Einmal hat Lena auf der Bühne eine Nonne gespielt. Es war keine große Rolle gewesen.

Sie schaltet das Radio ein. Eine polnische Schlageramsel singt. Wie nennt man das: einsamer Weg einer Nonne durch ein Feld? Nonnenweg? Und warum ruft das Bild vom Nonnenweg ein anderes hervor, das schon länger zu ihr gehört? Jedes Ereignis hat seine seltsame Wirklichkeit darin, daß es auch anders hätte geschehen können. Einmal in der Eifel hat sie ein zahmes Huhn gestreichelt und fremde Menschen dabei angestarrt. Warum wird das Huhn durch die Nonne wieder sichtbar? Wieso erinnert sie Polen an die Eifel?

Nach Polen war sie wegen eines Fußballspiels gefahren, das noch keine Woche zurücklag. Natürlich interessierte sie sich nicht für Fußball, aber manchmal für junge Männer, die Fußball spielen und nach dem Weichspüler ihrer Mütter riechen. Sie hatte der lokalen Rundschau von S. eine Reportage über das Freundschaftsspiel einer deutschen Jugendmannschaft gegen die polnische Jugendmannschaft O. angeboten.

»Aber du bist doch Schauspielerin«, hatte der Sportredakteur Stephan gesagt. Sie kannten sich lange. Er kannte auch Ludwig. Stephan hatte kaum noch Haare, aber im Nacken einen dünnen Zopf, dünn wie der nackte Schwanz einer Ratte und abgeklemmt mit einem roten Gummi. Er fuhr einen Carman Ghia Cabrio. Früher hatte er klassische Gitarre gespielt. Er legte einen Antrag auf Reisekostenerstattung auf den Schreibtisch. Der Bericht sollte überregional erscheinen, um die Ausgaben für ihre Reise zu rechtfertigen. Außerdem sollte Lena Fotos machen.

»Hast du einen Fotoapparat?«

»Ja.« Sie unterschrieb.

»Magdalena Krings«, fragte er. »Noch immer Krings?«

»Ja.«

Das Büro ging auf den Hof. Es regnete in den geöffneten Papiercontainer. In S. regnete es fast immer. Wenn etwas Ungewöhnliches geschah, sagten die Leute von S.: Kein Wunder, bei dem Regen.

»Du fährst mit dem Auto«, fragte Stephan und sie sagte, »ja klar«, und er fragte, »was für eins ist es denn?« Sie holte Luft und sagte, »es ist ein Volvo«, so wie man sagt, es ist ein Junge.

»Gut, dann trag hier die Kilometer ein.« Er machte mit Kuli ein Kreuz auf das Formular, fügte hinzu, grüß den Ludwig, und sie, schon in der Tür, fragte, wieso?

»Ich habe euch zusammen gesehen«, sagte er, und sie lehnte sich an den Türpfosten, um locker zu sein.

»Ludwig fährt mit?«

»Nein, wieso?«

»Ich habe euch oft zusammen gesehen«, wiederholte er.

Am Mittwoch hatte sie sich mit dem Volvo an den Mannschaftsbus angehängt. Es war früh am Morgen gewesen. Sehr früh. Sie hatte kalte Hände und Füße und nicht genug zu essen dabeigehabt, um sich wach zu halten. Als sie kurz vor sechs unter der Selbstmörderbrücke Blombacher Tal bei Elberfeld herfuhr, hatte sie das Gefühl, es sei schon spät in ihrem Leben. Aber mit dem Gaspedal hatte sie schon immer Gemütszustände regulieren können. Zu schnell fahren, das hatte ihr oft das Leben gerettet. Mit dem Auto hatte sie schon ganz andere Stimmungen abgehängt als diese. Auf irgendeiner Landstraße überholte sie den Mannschaftsbus. Die Jungen winkten wie Mädchen auf Klassenfahrt, aber mit verschlafeneren Gesichtern, als Mädchen sich durchgehen lassen würden. Einer hielt ein Schild hoch, auf dem er deutlich und grob zu verstehen gab, ihm fehle eine Frau. Sie fuhr knapp Achtzig. Wiesen und Felder, und manchmal kleine Laubwälder. Nebel lag in Fußhöhe über der Welt.

Kurz vor Tschechien hielt sie das erste Mal an, trat mit den Füßen fest auf den Boden, entdeckte einen neuen Kratzer an der linken Autotür, trank einen Kaffee im Stehen und hob an einer kleinen Post, die keine Post, sondern nur ein Schalter neben der Coop-Wursttheke war, Geld ab. Sie kaufte Proviant. Zwei Krakauer Würstchen, zwei Briefchen mittelscharfer Senf. Und als sie über die Grenze fuhr, vorbei an Mädchen, die mit schneeweißen, weichen Armen winkten, vorbei an Lauben-piperhütten mit Tüllgardinchen, Topfpflanzen und Leucht-schriften *Non Stop Extase*, die sich an Regenrinnen festhielten, war sie einsam gewesen. Es war eine Einsamkeit, die man nicht sofort bemerkte.

Und jetzt? Die polnische Amsel singt den dritten Schlager im Autoradio. Der Tag, an dem sie sich für den Rest ihres Lebens den Namen einer polnischen Schlagersängerin merkt, ist ein Tag mit Datum. Joanna Czudec, 28. Mai. Lange hat Lena gestern nacht auf dem Gang vor ihrem Hotelzimmer gestanden. Sie stand am Fenster und starrte auf die leere Straße vor dem Hotel Globe. In ihrem Rücken die Zimmertür war halb offen, und nur die Nachttischlampe brannte. Sie öffnete das Fenster. Da gab es nichts Besonderes unten auf der Straße. Nur ab und zu einen Mann in einem dunklen Anzug, der um die Ecke kam und rauchte. Ab und zu vor dem Hoteleingang ein Taxi, in dem mit weiblicher Funkstimme die Zentrale sprach. Und einen

Mond gab es, der schwer und tief über dem Haus gegenüber hing. Dort, wo die Tür zum Flur offen stand. Ein Flur ist ein Raum zwischen den Räumen. Sie hat immer schon Flurangst gehabt.

»Lena?«

»Ja, hier.«

Dahlmann schaut angestrengt aus dem Fenster und rückt seine Brille zurecht.

»Was sehen Sie da?« fragt sie.

Dahlmann hat die Brille abgesetzt. Ein Elefant ohne Rüssel.

»Sehen? Wenig im Moment, aber diese Landschaften kenne ich gut«, sagt Dahlmann und starrt sie mit Augen an, in denen sich die Pupillen aufzulösen und mit dem Weiß zu verschmelzen scheinen. Kindlich, sein Blick.

»Und Lena, finden Sie nicht, die Radiomusik stört?« sagt er leise.

Du weinst ja, hatte das Kind auf Schweizerdeutsch gesagt und seine Mutter auf Französisch: Halt den Mund. Mutter und Kind sahen arabisch aus und trugen Gelb zum schwarzen Haar.

In einem Zug von Basel nach Karlsruhe hatte Lena angefangen zu weinen, als der EC länger in Basel Badischer Bahnhof herumstand als sonst. Sie hatte die Sonnenbrille aufgesetzt und von den anderen Reisenden weg aus dem Fenster gesehen. Es hatte geregnet, und die kommende Spielzeit würde ohne sie beginnen. Sie würde die Wohnung kündigen müssen und nicht wissen, wohin. Mit Bett und Tisch und Stuhl und sich. Sie würde sich einen Hund aus dem Tierheim holen, dem es noch schlechter ging als ihr. Der Hund müßte schwarz sein und sie würde ihn Achill nennen. Oder Doktor.

»Weinst du? Warum?« Das Kind war auf den freien Nachbarsitz gerutscht.

»Ist jemand gestorben?«

»Nein.«

»Was dann?«

»Das kann ich dir nicht sagen!« Sie stützte das Kinn in die Hand und versteckte den Mund.

Mann, hat die dicke Titten! hatte der Kerl gesagt, sie aus der ersten Reihe angestarrt und dabei Kaugummi gekaut. Sie, oben auf der Bühne, hatte die Kostümbildnerin verflucht. Blöde Idee, jemanden auf der Bühne so auszustellen. Die rechte Brust nackt.

»Bist du schlecht in der Schule?« fragte das Kind weiter.

»Ich geh nicht mehr zu Schule.«

»Hast du dann Kinder?«

»Nein.«

»Was hast du dann?«

Lena hatte vorn an der Rampe gestanden, und der Kerl hatte weiter Kaugummi gekaut. Jung, hohe Stirn, ein schöner Mund. Sie spielten die zweite Vorstellung von Penthesilea. *Und bricht den Hals sich nicht und lernt auch nichts / Sie schickt sich nur zu neuem Klimmen an.*

Lena sah den Kerl in der ersten Reihe scharf an. Er grinste zurück.

»Mann, so dicke Titten«, sagte er da noch mal, als hätte er bereits ihre Brust gegen sie in der Hand.

Drei Abende später saß auf dem Platz, auf dem der Kerl gesessen hatte, eine alte Dame. Die Dame war für den Abend zum Friseur gegangen, und fast tat es Lena leid. Aber sie blieb genau vor diesem Platz stehen. Aus einer Gasse hüstelte ein Kollege, wie Schafe husten, grell und würgend. Der Zuschauerraum aber war still, wie es selten still ist im Theater. Es war ein Samstag.

»Ich war Penthesilea«, sagte sie.

Nach fünfzig oder sechzig Herzschlägen, die unter dem Amazonenbüstier links immer heftiger wurden, wiederholte sie den Satz noch einmal.

»Ich war Penthesilea.«

Die Dame in der ersten Reihe sah Lena aufmerksam an, faltete die Hände und lächelte sogar. Sie hatte vielleicht ein Abonnement, ging regelmäßig ins Theater und war einiges gewöhnt. Sie lächelte, als dächte sie an bessere Zeiten, an ihren verstorbenen Mann, an gemeinsame Abonnements, an irgendwelche vergangenen, aber gelungenen Gefühlsäußerungen in einer legendären Faust-Aufführung. Eine, der man noch die genaue Befragung des Textes anmerkte. Das waren bessere Jahre gewesen, privat und auch sonst. Die Dame lächelte. Sie liebte das Theater und hielt deswegen diese entgleiste Schauspielerin da oben für Kunst. So etwas kam heutzutage vor. Besser lächeln und den Kopf ein wenig wiegen. Es würde schon weitergehen.

Lena konnte nicht mehr zurück. Also blieb sie stehen, gefangen in dem Augenblick, und für die Augenblicke, die danach kommen sollten, schon befreiter. Sie würde ab morgen nicht mehr diesen Menschen gehorchen müssen, die andere Menschen über die Bühnen jagten. Weil ihnen etwas fehlte. Das hier würde der letzte Moment sein am Ende vieler unglücklicher Momente, in denen sie mittelmäßig und gefesselt an hohle Anweisungen und ausgestellt im gleißenden Licht gewesen war. Ein dicker Scheinwerfer war auch heute auf sie gerichtet. Sie stand an der Rampe und hätte gern leise zu der Dame gesagt: Kino ist besser als hier. Im Kino gewesen. Geweint, hat Kafka gesagt.

Die Dame lächelte.

»Ich war Penthesilea«, sagte Lena zum dritten Mal und lächelte zurück. Nichts passierte. Noch immer hielten die Zuschauer den Satz für eine menschliche Anstrengung, die sich Regie nennt. Aber das war sie, der Satz. Sie war nicht nur wegen der dicken Titten aus dem seelischen Gleichgewicht geraten.

»Ich war ...«

»Vorhang«, sagte jemand aus der zweiten Gasse. Der Inspizient ließ den Vorhang fallen, während Lena mit der Rechten in die Luft schnippte und sich einbildete, zwischen Daumen- und Mittelfinger entstünde eine Flamme und sie fackelte vor aller Augen die Vereinbarungen für eine Wirklichkeit nieder, an der sie alle so viele Monate lang gearbeitet hatten. Sie warf die fertige Geste über die Schulter. Sie fiel in den leeren Raum hinter Lena und warf ein Bild zurück. In dem Bild zog Lenas Mutter einer kleinen Lena die alte blaue Strickjacke mit den Edelweißknöpfen vor der Brust zusammen, um das Kind kurz vor Ladenschluß zum Einkaufen zu schicken. *Ein Viertel Butterkäse, aber dünn geschnitten, ein halbes Pfund Mischbrot und eine Packung Novo Petrin. Der Papi hat wieder Kopfschmerzen, Lenalein.* Alle Geschichten, so hatte sie in ihrem letzten Moment auf der Bühne gedacht, alle Geschichten gehören irgendwie zusammen. Ein Kollege hatte sie bei den Schultern von der Rampe weggezogen.

Am übernächsten Tag holte sie ihre Papiere im Betriebsbüro ab. Der Intendant roch aus dem Mund nach Lakritze, als er sie verabschiedete. Er sagte ihr, was ihm immer an ihr gefallen hätte und warum sie von Anfang an die Besetzung für die großen Rollen gewesen sei. Ehrlich, sagte er. Sie sah ihn amüsiert an. Sie sei, sagte er, eine, die sich auszeichne durch ein gewisses

Nicht-Dazu-Gehören. Wenige Jahre nur würden sie, Lena, von der Generation derer trennen, die jetzt das neue Gesicht hätten. Doch sie habe nie das neue Gesicht gehabt. Stimmt, sagte sie. Nein, selbst in ihren jugendlichsten und erfolgreichsten Rollen nicht, sagte er. Ein Jahr, nachdem sie, Lena, Schauspielerin des Jahres gewesen sei, hätten die meisten Journale und Restaurantbesitzer sie bereits wieder vergessen gehabt.

»Richtig«, Lena nickte.

Ja, sagte der Intendant, er wisse auch, woran das liege. Sie habe eben ein einzigartiges, aber unauffälliges Gesicht. An ihr erkenne man keine neue Generation, der man zujubeln wolle. Sie sei schön, ohne deswegen größere Hoffnungen tragen zu müssen. Mit ihrem Gesicht würde nicht etwas anfangen, sondern etwas aufhören.

»Danke«, sagte Lena, »sehr ermutigend.«

Aber der Intendant ließ sich nicht beirren. Ihr Gesicht verrate große Gefühle und auch, was sie unvergänglich mache. Ihre Vergänglichkeit. Sie sehe eben in jeder Rolle anders aus, und man vergesse, wenn man sie sehe, daß man sie schon einmal gesehen und auf der Bühne schon einmal bewundert habe.

»In Ihrem Lächeln steht auch, was Sie versäumt haben, und daß der geglückte Moment abhängt vom Moment. Nicht vom Glück«, sagte der Intendant.

»Es reicht«, sagte Lena, fühlte sich bedroht, stand auf und hob die Hände über den Kopf.

Sie roch nach Schweiß.

»Und was machen Sie jetzt?« Sein Telefon schnurrte, er griff zum Hörer, und sie nutzte den Moment, um mit einem Kopfnicken sein Büro zu verlassen.

Sie blieb in Basel, sie mochte die Stadt. Ihre Wohnung hatte drei Monate Kündigungsfrist. Bis zu den Theaterferien las sie jeden Tag in einem dicken verschmutzten Buch aus der Stadtbücherei, ging am Abend ins Kino und telefonierte mit einer Freundin, während stumm der Fernseher lief und es draußen regnete. Sie waren zusammen zur Schauspielschule gegangen, hatten Kleidung und Autos und Jobs getauscht. Männer nicht.

»Ein schottischer Sommer«, sagte die Freundin. Lena lag mit dem Gesicht auf ihren Haaren. Sie war leer.

»Verstehe ich«, sagte die Freundin. »Das war bei mir genauso.«

»Bei mir ist das anders«, widersprach Lena. »Ich will nicht mehr von Eindrücken leben, die mir nicht gehören.«

»Verstehe ich«, sagte die Freundin.

»Was soll ich denn jetzt machen. Ich war doch dankbar, wenn eine fremde Figur mich über die Bühne zog. Ich gehe doch sonst nirgendwo freiwillig hin. Ich bin nur, solange Theater ist. Verstehst du?«

»Ja«, sagte die Freundin und lief hörbar mit ihrem Telefon in der Wohnung herum. Eine Schublade wurde aufgezogen. Besteck klapperte. »Verstehe ich«, sagte sie zerstreut. »Das war bei mir mit vierzig genauso«, und räumte die Spülmaschine ein. Lena griff nach ihren Zigaretten.

»Das schlimme ist«, sagte Lena, »ich fühle mich nicht alt, sondern schlimmer, ältlich. Meine Hüften sind irgendwie höher geworden, wie aufgebockt.«

»Das ist normal«, sagte die Freundin. »Das habe ich schon hinter mir. Ich war nur nicht so ausgeliefert wie du. Ich hatte ja früh meine Familie.«

»Ja.«

Im Hintergrund verstärkten sich die Geräusche der Familie,

die darauf wartete, daß Mutter endlich aufhörte, mit der Welt draußen zu sprechen. Denn ohne Mutter war es beim Abendessen kälter unter dem Tisch. In Lenas Zimmer war es nur still. Sie blies ein Streichholz aus.

Sie wünschte sich einen Halbtagsjob in einer Bäckerei, einen blauen Nylonkittel und im Hochsommer den blauen Nylonkittel mit nichts darunter. Sie wünschte sich am Wochenende ins Kino der nächstgrößeren Stadt zu fahren, besser, sich dorthin fahren zu lassen, um im Dunkeln neben einer flüchtigen Bekanntschaft, die nach Rasierwasser und Weichspüler roch, Eis und Popcorn zu essen, während ihre nackten Knie, zwei helle Inseln, aus dem Kinodunkeln ragten.

»Rauchst du wieder?« fragte die Freundin.

»Ja, blöd.« Sie hatten aufgelegt.

Durch das geöffnete Zimmerfenster hörte sie Stunden später, als der Regen aufgehört hatte, Menschen auf der Caféterrasse vor dem Haus sprechen oder zur letzten Straßenbahn gehen. Die Nacht war warm. Es war das geöffnete Fenster, es war der Sonntag, sie hatte kein Kind. Bist du glücklich, bist du glücklich, mit diesem Herumwirbeln ohne Kreis? Morgen würde ein anderer Tag sein.

Montag war Kinotag. Vor dem Lux gegenüber dem Theater traf sie die Kollegen. Es war der erste freie Abend am Ende der Spielzeit.

»Was machst du jetzt?«

»Das frage ich mich auch. Und ihr?«

»Wir haben gestern letzte Vorstellung gehabt, weißt du doch.«

Einer, mit dem sie nach einer Premierenfeier auf dem Sofa in der Maske gelandet war, legte den Arm um die neue Souffleuse.

»Wir fliegen nach Sri Lanka«, sagte er.

Lena nahm am nächsten Morgen den Zug, einfach so. Sie stieg in Karlsruhe aus und setzte sich auf die Terrasse vom Café Sinn. Das lag gegenüber dem Bahnhof. Im Gehege neben dem Café Sinn standen stolz die Flamingos in einem heißen süddeutschen Morgen herum. Sie aß zum Kakao einen Apfel. Die Sonne schien. Sie freute sich. Nachdenken mit Sonne war besser als Nachdenken ohne Sonne. Am Nachbartisch sprach sanft ein Mann im Rollstuhl seinen Dackel an.

»Nein, wirklich nicht, du bist nicht zu dick«, sagte der Mann zu seinem Hund.

Es war kurz vor zehn auf der Bahnhofsuhr, als der Anruf kam. Eine schnelle Folge von Bach dudelte in ihrer Reisetasche, und der Mann im Rollstuhl rief »Telefon! Telefon!« Sein Dackel stand sogar auf.

»Wo bist du?« Die Stimme an ihrem Ohr war belegt.

»Im Café Sinn.«

»Sei nicht albern«, sagte die belegte Stimme, »übrigens, deine Mutter ist …«

In dem Moment fuhr ein Laster vorbei. Der Fahrer schaute nach Lena, und sie schaute der türkisfarbenen Plane hinterher, die laut Nummernschild aus Polen kam.

»… und bring schwarze Sachen mit«, sagte die belegte Stimme.

»Hast du mich schon mal in Rot gesehen?«

Den, der anrief, kannte sie lange, aber nicht gut. An ihm hatte sie in den letzten dreißig Jahren studieren können, daß es keiner besonderen, schon gar nicht besonders guter Eigenschaften bedurfte, um geliebt zu werden. Der Anrufer war ihr Vater, weil er der Mann ihrer Mutter gewesen war. Sie bückte sich nach der Reisetasche und zog in der Bewegung die Nase kraus. Der Rollstuhlfahrer hatte seine Schuhwichse zu dick aufgetragen. Einen Moment lang gefror sie in der gebückten Haltung über der Reisetasche. *Übrigens gestorben.* Der Moment würde für immer nach Schuhwichse riechen.

Fünf Minuten später stand sie im Bahnhof Karlsruhe vor dem gelben Aushang mit den Abfahrtszeiten. Wenigstens wußte sie jetzt, wohin mit ihrem Gepäck und dem angebrochenen Sommer.

10.07. IC. Dann umsteigen in die S-Bahn nach S. Denn in S. hielten die großen Züge nicht. Heimat ist dort, wo man sagen kann, die Frau da drüben trug als Mädchen eine Zahnspange. Der Ort, wo Lena das sagen konnte, war S.

Es war Mittag, als sie aus dem Bahnhof von S. trat. Die Straße, die hinauf in die Stadt führte, lag halb in gleißender Sonne, halb im Schatten. So waren die Straßen früher auch geteilt gewesen, wenn Lena im Hochsommer aus der Schule kam. In verdunstendes Schwarz und unwirkliches Weiß. Ein junger Türke führte sein Mädchen an der Hand. Lena folgte. Auf dem Bahnhofsvorplatz warteten drei Busse. Sie gingen zu dritt auf die Nummer 248 zu. Das Mädchen rauchte, trug Kopftuch und beschrieb mit der Zigarette ein Problem in die Luft. Armreifen schlugen gegeneinander, während sie Deutsch und Türkisch mitten im Satz wechselte. Am Bus angekommen, hob sie den langen Rock an und trat unter einem hohen Absatz die Zigarette aus. Dann küßte sie ihn. Der Mann hielt die Augen offen und schaute über das geblümte Schultertuch seines Mädchens hinweg Lena an. Er trug eine dunkelblaue teure Trainingshose. Lena setzte ihr Gepäck ab und strich die Haare zurück. Ein Wind kam auf, wie früher, und sie konnte die Brauerei riechen. In S.

trank man das Bier von hier, und es gab Kneipen an fast jeder Ecke, aber nur ein Gymnasium.

Ich komme nicht zurück, ich komme nur so, sagte sie sich.

Plötzlich wurde der Wind stärker. Er kam vom Bahnhof, von den Zügen her, die in S. durchfuhren, so schnell, daß Reisende nicht einmal den Namen der Stadt lesen oder bei den zwei grünen Kirchturmspitzen und der roten Klavierfabrik aufmerken konnten. Sie war jung gewesen in S. Die Züge, die durchfuhren, waren der Wind gewesen, der Lena von hier fortgenommen hatte.

Sie entschied sich für die Straßenseite im Schatten. Vor einem Imbiß sortierte ein junger Mann die Zwiebeln aus seinem Kebab. Ein roter Sonnenschirm warf einen rosa Schatten auf sein Gesicht. An einem leeren Tisch standen zwei Stühle ungeschützt in der Sonne, aber einander zugewandt. Die Menschen, die hier gegessen hatten, waren längst fort. Nur ihre letzte Bewegung war noch da, in der Spanne zwischen Stuhl und Stuhl.

Früher, wann war das gewesen?

Früher? Da waren die Kinder im Hof, hatte ihre Mutter einmal gesagt.

Die Klingel glänzte golden in der Mauer neben dem Gartentor. Lena tippte sie nur an, vielleicht um rasch wieder gehen zu können. Es war zehn vor drei. Das Haus lag an einer steilen, aber ruhigen Straße im Villenviertel. Zwei Steinlöwen, nicht größer als Terrier, saßen aufrecht auf den Mauerecken rechts und links vom Tor. Ihre Mutter hatte das Haus Löwenburg genannt. Hinter dem Haus rauschte eine hohe Pappel, und eine Elster schimpfte in der Mittagsstille. Die Jalousien im ersten Stock waren halb heruntergelassen. Sie trat in den Vorgarten.

Ist er ein Freund von dir, Mama?

So etwas Ähnliches, und nur bis dein Vater kam.

Und dann?

Dann weniger.

Warum?

Darum.

Weil er so komisch ist?

Wieso ist er komisch?

Weil du das sagst. Weil alle das sagen.

Nachdem Dahlmanns Mutter gestorben war, hatte er eine Zeitlang allein im Haus gelebt. Dann hatte er ein Schild ins Erkerfenster gestellt. *Zimmer zu vermieten.*

Netter Garten, dachte Lena und suchte nach ihrer Packung Zigaretten. Sie fühlte sich unwohl. Sicher hatte er einen Spiegel am Fenster, mit dem er ungebetene Gäste beobachten konnte. Sie hielt die Zigarette im Mundwinkel, ohne sie anzuzünden. Die Haltung sollte lässig und männlich sein. Im Garten wuchs, was wollte, in den heißen August hinein, und Schritte im Haus kamen eine Holztreppe hinunter.

Lena zählte auf, was sie erinnerte. Sicher hatte er immer noch naturkrauses, aber vielleicht gefärbtes Haar, hatte immer noch die zwei Schwestern, die jüngere verheiratet mit einem Cousin ersten Grades, die ältere mit seinem besten Freund Oswald, der immer so gut Akkordeon gespielt hatte auf jeder Hochzeit. Auch auf der ihrer Mutter. Eine Kette wurde auf der anderen Seite der Tür ausgehängt. Sie nahm die Zigarette aus dem Mund. Die Tür öffnete sich. Sie sah auf den Boden, Steinfliesen schwarzweiß, darauf ein Paar Schuhe. Schwarz. Die Socken weiß. Sie sah hoch.

Alle Menschen werden älter, dachte sie.

»Guten Tag. Sie vermieten doch?« Sie war plötzlich schüchtern. Er schob seine Hand den Türrahmen hinauf. Das sah wie Nachdenken aus.

»Sie hätten vorher anrufen sollen. Ich seh ja aus!«

Er trug Jeans, braunen Gürtel, ein weißes langärmeliges Hemd, bis zu den Ellenbogen sorgfältig aufgerollt. Gepflegt, und darunter verwahrlost. Er schob seine Brille zurück und kam gleichzeitig mit dem Gesicht näher. Am Ende der Bewegung schnaubte er.

»Mein Gott, jetzt weiß ich, wo ich Sie gesehen habe!«

»Wo?«

»Na, aber neulich im Fernsehen«, sagte er, »in dieser Theateraufzeichnung. Die Jüdin von Toledo. Ziemlich modern war das alles. Sie sind einen Akt lang in einem Pool herumgeschwommen zusammen mit dieser sehr guten, sehr berühmten Schauspielerin namens Schäfer. Der Vater ist auch Schauspieler. Sie wissen, wen ich meine.«

»Ja, Silvana Schäfer«, sagte sie, »und kann ich jetzt das Zimmer sehen?«

»Ja, ich vermiete ja«, erinnerte er sich.

Sie nickte ihm zu und stellte sich vor, sie hätte das Gesicht eines Mannes. Eines jungen hübschen Mannes und sei in dieser Tarnung eben vom Pferd gesprungen, hätte die Zügel über das Torgitter und leider auch über die Stockrosen dahinter geworfen und zum Gruß einen großen Hut in den verschwitzten Nacken geschoben. Sie setzte ein Männerlächeln auf. Es wirkte.

»Herrlich, aber natürlich. Ich weiß jetzt auch, wer Sie sind!« rief er so laut, als hätten auch die Nachbarn Interesse daran, zu erfahren, wer sie sei.

»Da sind Sie klüger als ich«, sagte Lena.

Er öffnete den Mund einen Spalt, einen breiten traurigen Mund, der manchmal über das Leben klagen, aber eigentlich nicht unhöflich sein wollte.

»Sie sind ja …«

»Stimmt, genau die«, wollte sie sagen.

»Sie sind die Tochter«, flüsterte er. »Sie sind die Tochter von meiner Marlis. Ich hoffe, Sie spielen nicht mehr Klavier.«

Sie folgte Julius Dahlmann ins Haus.

Die Osterblumen waren auf einer polnischen Postkarte gewesen und Weihnachten 1943 in S. angekommen. Die Sache mit der Weihnachtskarte war eines der zwei oder drei Dinge, die Marlis gern über Julius Dahlmann erzählt hatte, wenn sie etwas Komisches erzählen wollte. Daß es so kommen konnte, sagte sie dann. Es sei in O. passiert, es sei alles in O. passiert, wiederholte sie. Auch vor Lena.

Was auf der Rückseite stand, lasen drei Menschen, bevor die Karte verschwand. *Das Wetter ist gut. Wie geht es dir? Liebe Marlis, weine nicht, ich weine auch nicht. Hier ist es ganz schön, nur bei Westwind stinkt es aus dem Lager. Robbi Bolz sagt dann: »Ach, immer diese Juden.« Robbi Bolz ist nicht mein Freund. Kannst du nicht kommen? Dein Julius. Ich liebe dich sehr.* Von dem Tag an war Marlis überzeugt davon gewesen, daß Julius Dahlmann in O. komisch geworden war. Kein Zweifel. Umgeben von ödem Brachland und Fichten am Horizont, eingesperrt jenseits dieses schwarzgrünen Zackenbands, war er ein komischer Vogel geworden. Denn nur wer komisch geworden war, schickte zu Weihnachten unbefangene Osterblumen. Marlis hatte die Karte mehrmals gelesen, in den Bund ihrer Turnhose geschoben und am Abend noch mal gelesen, bevor die Karte am nächsten Morgen aus ihrem Nachttisch verschwunden war. Sie fragte nicht nach. Sie wartete. Später im Sommer würde Julius kommen. Sie würden wie im letzten Jahr alte Wollsachen aufribbeln. Er würde den Faden spannen, sie das Knäuel wickeln. Kann ich dann den roten Rock auch mal anziehen, würde Julius fragen. Sie würde großzügig nicken und verlegen werden. Was ist denn mit dir? Sie würde ihn fragend an den Bauch fassen.

Wie sah er denn aus, Mama?

Verboten, hatte die Mutter gesagt. Einfach verboten. Mit der Antwort hatte Lena sofort ein Bild im Kopf gehabt. Dahlmann, dunkle Locken, schmales Gesicht, Feenfüße, und heimlich unterwegs in einem Fummel ihrer Mutter. Sie hatte gelacht. Komisch, das sollte in O. passiert sein?

Mit der schönen Landschaft ist es kurz vor Katowice vorbei. Eine Schmutzglocke trennt Himmel und Stadt voneinander, und eine Umgehungsstraße führt sie um das Zentrum herum. Straßenbahnschienen, einstöckige Backsteinhäuser, Kopfsteinpflaster, alte Frauen, die zu zweit und auf krummen Beinen die ganze Breite des Gehsteigs einnehmen. Aus den Augenwinkeln sieht Lena in die fremden Straßen, die ihr so tief vorkommen. Tiefer, als sie in Wirklichkeit sind, und diese tiefen Straßen ähneln der Gegend, aus der sie kommt und die mit den Jahren einem finsteren Traum immer ähnlicher wird.

Bei einem McDonald's halten sie an und trinken zwischen Lastwagenfahrern einen Kaffee.

»Wo werden Sie beide schlafen in Berlin?«

»Im Kloster Moabit«, sagt Dahlmann. »Wir sind Gäste bei einem Pater, der auch mal Schauspieler war, umsattelte und seine

Bühnenerfahrung in den Dienst der Kirche stellte. Ich habe an einem seiner Kurse in Schwerte teilgenommen.«

»Einem Schauspielkurs?«

»Sprecherziehung«, sagt der Priester.

»Daher kenne ich auch Richard. Nicht wahr, Richard?« Dahlmann zeigt mit dem Daumen nach hinten.

»Ja«, sagt der Priester.

»Seit mehr als zwanzig Jahren, nicht wahr, Richard?«

»Ja.«

»Ich habe nach dem Kurs jeden zweiten Sonntag im Monat am Altar das Evangelium vorgelesen«, sagt Dahlmann. »Meine Mutter und meine beiden Schwestern saßen in der ersten Reihe, manchmal mit Marlis. Ich war gut, nicht wahr?«

»Ja.«

»Ich weiß nicht, was er manchmal hat, dann sagt er nur ›Ja‹«, sagt Dahlmann.

»Vielleicht ist er zum ersten Mal bei McDonald's«, sagt Lena.

Dahlmann lacht. Lena streicht sich die Haare aus dem Gesicht. Der Priester schweigt.

Wenn dieser Richard Franzen mich mehr als zwanzig Jahre lang kennen würde, es würde mich belasten, denkt Lena. Sie stellt sich den Kurs vor, hat dabei den Geruch von Erbsensuppe und vorgekochtem Kaffee aus Plastikkannen in der Nase, von alleinstehenden Männern, die dünne Popelinemäntel mit zu kurzen Ärmeln tragen, und draußen herrschen gemeine vier Grad unter Null und Nässe. In Schwerte. In der Bewegung, mit der die alleinstehenden Männer ihre Mäntel überziehen, riecht es nach Katze. Bestimmt.

Drei Lastwagenfahrer vom Nachbartisch starren sie an.

»Magdalena«, sagt Dahlmann.

»Ja?« Sie steht auf und geht zum Auto. Der Priester, sieht sie, wirft die drei Kaffeebecher weg. Jetzt starren die Lastwagenfahrer hinter seiner Soutane her.

»Finden Sie den Namen eigentlich schön?«

»Welchen?« Sie schließt die Beifahrertür auf.

»Ihren«, sagt Dahlmann, »als Ihre Mutter uns den Namen mitteilte, habe ich ...«

»Magdalena?«

»Ja, als Marlis uns den Namen Magdalena mitteilte, da habe ich zu Helma gesagt: Ist ganz schön gewollt, Magdalena. Wie das klingt! Aber wir sind in der Familie über Traugott hinweggekommen, dann werden wir auch über Magdalena hinwegkommen. Also Traugott, den hatte seine doofe Mutter so genannt, als sie schwanger vor dem Fernseher saß und einen traurigen Film sah, und der Regisseur hieß Traugott Soundso. Sie hatte sehr schön bei dem Film geweint. Deshalb bekam das arme Menschlein in ihrem Bauch den Namen Traugott.«

»Aber Marlis finden Sie schön?«

»Ja, Marlis fand ich sehr schön.« Er stellt die Füße dichter zusammen und schaut aus dem Seitenfenster. Im letzten Licht sieht er aus, als hätte er Sonnenbrand.

»Woher weißt du das?«

»So etwas weiß eine Frau.«

»Bist du schon eine?«

»Fast.«

»Und wie ist das so?«

»Du fängst an zu bluten«, sagte Martina.

»Wo?«

»Da.« Martina zeigte auf den Reißverschluß ihrer Jeans. »In

drei Jahren vielleicht«, sagte sie, »und dann dreißig Jahre lang alle vier Wochen.«

»Wo genau?«

»Da!« Martina zeigte zwischen ihre Beine.

»Aus dem Hintern?«

»Nein, davor. Da kommen auch die Kinder raus.«

»Wo? Und wie kommen sie da rein?«

»Auch vorn.«

»Ach so, also nicht durch den Hintern?«

»Nein, durch den Hintern sicher nicht«, sagte Martina. Lena und sie waren in der gleichen Nacht im gleichen Krankenhaus zur Welt gekommen.

»Aber ich bin zwei Stunden älter«, sagte Martina.

Ihre Eltern hatten das größte Textilgeschäft am Ort. *Lichtblau* stand in Neonblau und mit dem Schwung der fünfziger Jahre über die Breite von sechs Schaufenstern geschrieben. Über dem *t* hatte Martina ihr Zimmer, im ersten Stock. Das Fenster schaute auf den Markt. Hinter dem Haus lag ein privater Park, mit Teich, Rosenrondell und Kastanienallee. Bei Lena zu Hause spielten sieben wüste Kinder im Hof. Sie ging gern zu Martina. Im Lager für Schaufensterdekorationen hatte Lena ihre ersten Auftritte als Schauspielerin. Wenn Lena mit Martina spielte, war es ihnen beiden ernst. War es Arbeit für sie. Im Lager für Schaufensterdekorationen entdeckte Lena, daß die Rückseite der Welt aus Sperrholz war. Den Torso einer Schaufensterpuppe zwischen sich gelehnt, sprachen sie über den Tod. Da waren sie acht. Martinas Mutter war alt, reich und immer beschäftigt. Lenas Mutter war jung, langweilte sich und wollte erziehen. Martinas Eltern sprachen oft Englisch miteinander. Martina konnte mit sieben Jahren perfekt nähen.

»Geborene Schneiderin eben«, sagte Lenas Mutter. »Schön wäre es, Lena, wenn du auch so begabt wärest.«

Am Tag vor der ersten Kommunion liefen Martina und Lena unter einem schwarzen Männerschirm zur Beichte. Es regnete heftig. Martina erzählte, sie habe in der Nacht Besuch in ihrem Zimmer gehabt. Sie hatte ihn nicht genau erkannt, war aber ziemlich sicher, daß es der Teufel gewesen sein mußte. Denn er hatte einen Schwanz.

»Wo?« fragte Lena.

»Ich glaube«, antwortete Martina, »ich glaube im Profil.«

Sie und Martina saßen in der Grundschule in der letzten Bank, vor ihnen zwei italienische Jungen, die unanständige Wörter kannten. Martina trug beim Rechnen Brille. Titten, sagten die Jungen. Martina war gut in der Schule, gut für zwei, und dabei beschlug ihre Brille. Lena schrieb ab. Sie hatte keine Lust zu denken und schrieb einfach ab: *Wo wir geboren sind und wo wir unsere Kindheit verleben, da ist unsere Heimat. Da fühlen wir uns wohl. Unsere Heimat ist S.* Alles stand bei Martina drei bis fünf Herzschläge früher im Heft. *Bei uns zu Hause geht es ordentlich zu. Der Vater verdient das Geld. Vater, Mutter und die älteren Geschwister beraten gemeinsam, wie es verwendet werden soll, und was der Familienrat beschlossen hat, führt die Mutter aus. Vor der Zeit des Familienrats herrschte die Pest im Dorf S., die Pest und ein großes Feuer, in dem sogar die Kirchenglocken schmolzen.* Über das Kapitel vom Familienrat malte Lena schwarz-rot-goldene Fähnchen an einer Kette, hängte zur Sicherheit ein »h« an das Wort Familienrat und schmückte das Kapitel ›Pest und Feuersbrunst‹ mit schwarzgelber Girlande aus, wegen Borussia Dortmund. Martina fand das gut und lieh sich die Buntstifte. Martina malte ab. Der Lehrer sagte, ihr seid dumm, besonders Lena. Denn in Martina war er verliebt. Ihre Haut war Seide, und nicht nur der Lehrer war in das Mädchen aus Seide verliebt. Sie führte in ihrem weiß-rosa Kinderzimmer eine undurchsichtige Existenz, ging ins Ballett, aber nur bei Regen, saß bei Sonnenschein im Keller auf einer feuchten Korbliege, die weißen Arme hingen an den Seiten herunter, und eine Hand mit blauem Kinderring lag herrisch auf dem Käfig, in dem ein Hamstermännchen mit zwei blutroten Blasen zwischen den Hinterbeinen herumrannte. Draußen verblühten die Kastanien ohne die Mädchen. Die Putzfrau kam mit zwei Gläsern Saft in den Keller, sagte, draußen, die Kastanien, die blühen. Geht doch mal an die Luft, Martina, das hat deine Mutter auch gesagt. Tags darauf stolperte Martina mit erhobenem Schuh durch den Hausflur. Sie wollte ihre Mutter töten. Manchmal unterschieden nur das gebügelte Kleid und das gekämmte Haar sie von einem Tier. Ein vornehmes Tier, das zog sich aus und ein kurzes Nachthemd über, mitten am Nachmittag, und schnitt den roten Kindersandalen die Riemen hinten ab. So strafte sie wenigstens die Sandalen, so klapperte sie durch das Haus, als sei das Haus Rom, beritt den Park auf einem Tapezierbock, ein Feger, eine Frau, die Haare als Fahne. Bisweilen war Martina die Ursache eines Schweigens im Raum, das nicht von einem kleinen Mädchen allein stammen konnte. Die Zeit mit Martina fühlte sich für Lena später an, als wären sie beide schon als Kinder nicht mehr Kind gewesen. Sie liebten sich und konnten sich eigentlich nicht leiden.

Zu ihrem elften Geburtstag lud Martina die ganze Klasse zum Schokoladenfondue auf dem Dachboden ein, und alle kleinen Mädchen waren neidisch, auf die Party, die schönen Brüder, auf die blonde Putzfrau mit Hochfrisur, den geschmückten Dachboden, auf Martinas frühkindliche Verruchtheit. Lena und

Martina wurden zwölf und dreizehn, und die Glockentürme der Kirche bekamen grüne Ersatzteile. Ein Kran stülpte sie über die letzte Wunde vom Krieg. Auch das Wasserschloß bekam wieder Wasser in seinen Graben, und fünf Schwäne dazu, da war der Krieg in S. endgültig vorbei, und Lena aß zum ersten Mal Meerrettich im Schinkenröllchen und schrie »Feuer!« Im Nachbarzimmer schrie der Vater »Tor« und die Großmutter schrie »Ruhe! Das ist immer noch mein Fernseher!« Ende September '72, aus der Erde standen hart die Astern, und dazwischen lagen zwei Leichen in den Gärten am Fuß der Roten Berge, da verbot die Stadtverwaltung das Spielen in der Umgebung der Roten Berge.

»Verbotene Gärten«, sagte Martina. »Gehen wir hin!«

Ohne die Roten Berge, hatte Lena oft gedacht, ohne die Roten Berge würde sie ihr Leben nicht verstehen. Dort, bei den Halden eines versiegten Eisenbergwerks, die zu Müllkippen verkamen, hatten Martina und sie in dem letzten Sommer gesessen, in dem sie noch nicht erwachsen waren. Sie hatten sich auf ein rotes Sofa fallen lassen und in ihrem Wohnzimmer zwischen Holundersträuchern das Leben aufgeblättert. Das Leben, das sie hinter sich hatten, und das Leben, das auf sie wartete. Auf dem roten Sofa am Fuß der Roten Berge erzählte Martina für Lena, wie Lena zur Welt gekommen war. Sie hätte auch erzählt, wie die Welt zur Welt gekommen war.

»Woher weißt du das alles?« fragte Lena.

»Ich sage dir«, sagte Martina, »das waren vielleicht Zustände bei deiner Geburt.«

An der hinteren Wand des Kolpingsaals habe eine katholische Combo Gene Vincent und Buddy Holly gespielt. Auf einem der vorderen Tische habe verlassen ein billiges Jackett gelegen, und im Hospital gegenüber dem Kolpinghaus schrie eine junge Frau das Kruzifix von der Wand. Das linke Bein hing bleich und unrasiert aus dem Bett. Die Hebamme schloß das Fenster. Die Musik von drüben war ihr zu laut.

»Das Jackett gehörte deinem Vater, der tanzte, und das Bein, das aus dem Bett hing, deiner Mutter«, sagte Martina, »und die Hebamme, mit dir auf dem Arm, fragte: Wie soll die Kleine denn heißen? Deine Mutter zuckte mit den Achseln. Darüber muß ich erst mit meinem Mann reden, sagte sie und drehte ihr Gesicht zur Wand. Vor Anstrengung waren die Adern auf Wangen und Nase geplatzt. Draußen herrschte eine heiße Nacht.«

Lena sah, wie die Hebamme das Baby zur Mutter legte, die Arme vor der Brust verschränkte, zurück zum Fenster ging, das Becken wiegte und ein Lied von Buddy Holly mitsummte. Wie sie sich die Hände erst auf die Schultern legte, dann gekreuzt um ihren Leib. Sie trug einen gestärkten, weißen Kittel. Aus einer Person wurden zwei. Ein Liebespaar, das sich umarmte.

»*I'm gonna love you, too,* kam von drüben aus dem Kolpinghaus, und deine Mutter starrte in sich hinein«, sagte Martina.

»Du liest zu viel«, sagte Lena.

»Sei froh«, sagte Martina, »so habe ich dir wenigstens was zu erzählen. Am Morgen darauf hat dein Vater ein Joghurt gegessen und ist zum Standesamt geschlichen, nah an den Häusern entlang, denn es war immer noch sehr heiß.« Martina stand auf, schlich einmal um das Sofa herum und blieb vor Lena stehen.

So habe er eine Zeitlang unschlüssig am Fuß der Treppe gestanden, das rote Familienstammbuch unter dem Arm. Ein Mädchen, acht Pfund, 57 Zentimeter. Eine Wuchtbrumme, hatte die

Hebamme nachts noch gesagt. Wuchtbrummen hießen Rosi oder Dolly oder Irene. Tänzerinnen hießen so. Der Vater rümpfte die Nase, und auf seinem Rücken hatte sich ein Schwitzfleck mit den Umrissen von England ausgebreitet.

»England?« fragte Lena.

»Ja, England. Denn jetzt komm ich«, sagte Martina.

»Wieso?«

»Sie haben ja ganz England auf dem Rücken! sagte nämlich mein Vater, als er hinter deinen trat.«

Lena sah einen kleinen, fast alten Mann, der legte die Linke zum Gruß an die Krempe seines Huts, ein Hut, schwarz wie ein Brikett. Auch er hatte das rote Familienbuch unter den Arm geklemmt.

Martina buckelte ein wenig vor Lena herum und fing an, die zwei Männer zu spielen, mit verteilten Rollen, aber ohne die Stimme zu verstellen.

»Sie haben eine Tochter?«

»Ja. Sie auch?«

»Ja, gerade bekommen.«

»Ach.«

»Ja, wie nennen Sie sie denn?« Martina sah Lena mit aufgerissenen Augen an.

»Beide standen reglos, wie gefroren in der Hitze«, flüsterte sie, als sei Hitze etwas wie eine üble Dunkelheit, in der jedes Verbrechen geschehen kann.

»Der Ältere, nämlich mein Vater, nahm den Hut ab. Der Jüngere starrte auf die Stirn, auf den roten Druckrand der Krempe. Er fragte:

Und Sie? Wie nennen Sie Ihre?

Ich weiß noch nicht, sagte mein Vater.

Ich nenne meine Jenny.

Das geht bei meiner nicht, Jenny heißen meine Frau und die Frau von Karl Marx, und man weiß ja nie, in welche Situation man noch einmal kommt.

Wieso? Klingt doch sehr englisch, klingt sehr nach Welt.

Da ging mein Vater einmal um deinen Vater herum und schaute auf das verschwitzte Hemd. Er sagte: Da war ich mal.«

»Wo?« fragte Lena.

»Das fragte dein Vater auch. Und meiner sagte: In England. Und deiner fragte: Vor kurzem? Nein, von achtunddreißig bis siebenundvierzig, sagte meiner.« Martinas Daumen beschrieb zwischen den beiden Zahlenangaben einen Halbkreis.

»Es dauerte, bis dein Vater das Ausmaß des Halbkreises begriff.«

»Und dann«, fragte Lena.

»Dann war er kurz verlegen.«

»Warum?«

»Du bist genauso dumm wie dein Vater«, sagte Martina. »Mensch, achtunddreißig bis siebenundvierzig? Verstehst du nicht?«

»Stimmt. Hatte ich vergessen«, sagte Lena.

»Ganz wie dein Vater«, sagte Martina. »Der Apfel fällt nicht weit vom Stamm. Aber mein Vater machte dann den Vorschlag. Wir nehmen die Namen überkreuz, sagte er, dann haben beide Mädchen was davon. Magdalena, schlug deiner vor. Martina, sagte meiner. Sie sagten es, wie man beim Pokern Karten auf den Tisch legt, wenn es wirklich um was geht.«

»Wirklich«, flüsterte Lena, »so war das?«

»So war das«, sagte Martina und setzte sich wieder, »ich schwöre es. Beide gingen sie dann ins Standesamt hinein. Über dem Eingang hing wie naß die Deutschlandfahne. Ihre Schatten blieben einen Augenblick länger auf den Stufen, dann blieb der Ort ohne sie zurück. Als sie beide an die Tür mit den Buchstaben L–Z klopften, biß die Beamtin vielleicht rasch noch einmal in ihr Salamibrot. Sie kaute, als sie eintraten. Draußen schrien Kinder, denen die Hitze nichts ausmachte, und spannten ein Seil vor der Tür. Denn freitags heirateten die Menschen und warfen Geld, wenn sie wieder hinaustraten. Als nach zehn Minuten zwei Männer aus dem dunklen Rathausflur zurück in die Hitze traten, waren die Kinder enttäuscht, und das gespannte Seil wurde schlapp. Da griff mein Vater in die Hosentasche. Toffies, sagte er, vielleicht nur leise und sprach es englisch aus, und vielleicht warf er die Bonbons auch nur vorsichtig.«

»Ja«, sagte Lena.

»Das war der Anfang unserer Freundschaft.« Martina lehnte sich zufrieden auf dem roten Sofa zurück. Mit rechts drückte sie eine vorwitzige Sprungfeder in die Polsterung. Der Holunder blühte, und es roch nach verbrannten Autoreifen.

»Wir sind also so etwas wie verhinderte Zwillinge«, sagte Lena.

»Sind wir«, sagte Martina kühl.

In diesem Herbst mußte Martina zum Arzt. Eine seltsame Beule wachse ihr aus der Herzgegend, jammerte Martinas Mutter. Das würden dann einmal zwei, meinte der Arzt. Zwei so Beulen wie bei Ihnen. Er zeigte auf die Brust von Martinas Mutter dabei.

»Und das ganze Leben verändert sich dann«, sagte Martina, als sie und Lena sich nachmittags wieder beim roten Sofa trafen.

»Was passiert denn dann?«

»Die Liebe.«

An einem Morgen, als Martina noch mit Buch auf dem Bauch und vollem Aschenbecher unter dem Bett schlief, ging Lena, achtzehn, mit Koffer an der Elektrohandlung Adam Dunkel vorbei und an dem nächsten Schaufenster, und an dem nächsten, und schließlich an dem Fenster, in dem bereits der griechische Schneider saß. Über der alten Nähmaschine brannte ein Neonlicht. Er biß überrascht einen Faden ab, als er Lena mit Koffer sah. Dann stand er auf, ging drei Schritte rückwärts in die Tiefe des Raums, lehnte seinen Scheitel an das silberne Ofenrohr und schüttelte den Kopf.

»Lena, triffst du dich eigentlich mit dem kleinen Ludwig?« hatte Martina wenige Wochen zuvor gefragt.

Zwei Wochen, nachdem Lena aus S. fortgegangen war, träumte sie, Martina nehme ihr an einem Warmwassertag im Hallenbad Ludwig weg.

Von Ludwig sprach Lena nie. Aber von Martina. Sie redete von ihr, wenn sie von sich sprechen wollte. Martina hatte das gewisse Etwas, das sie manchmal auf der Bühne spielte, wenn sie Magdalena schützen und doch zeigen wollte. Etwas, das sie blind erkannte, aber nicht sehen wollte. Martina war gemein und deshalb wahr. Wahrheit? Ist das nicht das, was einen verbraucht? Martina verließ zwei Jahre nach ihr, ohne Abitur, aber mit dem Auto ihrer Mutter die Stadt. In S. erzählte man, Martina habe eine Zeitlang in einer Show mit Haien gearbeitet und sei damit durch Schweden, Österreich und Deutschland gefahren. Sie sei im Bikini zwischen den Haien herumgeschwommen, faul und gedankenlos, habe aber eines Tages im Aquarium einen Unfall gehabt und viel Blut verloren, aber nicht die Furchtlosigkeit. Weil alles noch dran war, sei sie nach dem Unfall Aktmodell geworden. Mit ihrer Haut wie Weißbrot und den

Haaren, rot wie auf Tizians Bildern. Einmal war sie noch zu Besuch gekommen, vorletzte Weihnachten, und hatte die Stadt bald wieder verlassen, mit einem Iraner, den sie noch aus der Schule kannte, und diesmal mit dem Schmuck ihrer Mutter Jenny, die ahnungslos in einem tiefen Mittagsschlaf gelegen hatte.

»Warum so ein schönes Auto in Polen nicht geklaut worden ist«, will Dahlmann wissen und tätschelt das Armaturenbrett des Volvos wie den Hals eines Pferdes. Diesmal sagt er Polen, nicht Schlesien. Die Karte hat er zwischen die Knie geklemmt. So sitzt er immer, auch wenn er nichts zwischen die Knie geklemmt hat.

Sie fahren in einer Kurve der Landstraße an einer Bar vorbei. Sie kann den Namen lesen. Babel. Auf der Wäscheleine hängen Turnschuhe. Sie fahren an einem Storch im Nest vorbei. Sie fahren an Ständen mit Blumen und Honig und an Frauen mit Kopftüchern vorbei.

»Was mir auffällt beim Betrachten der Landschaft«, sagt Dahlmann, aber er schaut gar nicht hin. Er richtet die Eselsohren in der Straßenkarte. Als er damit fertig ist, kann er auch sagen, was er eigentlich sagen wollte.

»Kommen Sie mal zurück ...« sagt er und nimmt einen Schluck aus seinem Flachmann. Sie zieht die Nase hoch. Cognac, nein, Vecchia Romana.

»Neunzehnhundertfünfundvierzig«, sagt Dahlmann, »kommen Sie da mal zurück und müssen dann am Einwohnermeldeamt bei einem dümmlichen Fräulein Kruse angeben, Sie kämen aus Auschwitz. Und Fräulein Kruse war vor dem Krieg die Geliebte des einzigen Kommunisten am Ort, der dann im KZ ermordet worden ist. Das ist doch ein Ding der Unmöglichkeit, und außerdem hat Fräulein Kruse aus Versehen noch einen Clip im Haar von ihrer Morgentoilette. Gehen Sie damit mal um! Wie sag ich ihr das mit Auschwitz? Sag ich das mit dem Clip? Da ist man überfordert und deshalb sagt man, man kommt aus Birkenau. Denn unter Birkenau hat sich niemand etwas Schlechtes vorgestellt, wenigstens 1945 nicht. Über den Clip sieht man hinweg und redet sich ein, es sei eine silberne Spange.«

»Birkenau«, wiederholt sie und sieht die schmale Fußgängerbrücke über den Gleisen, darauf Schulkinder, die einem Zug winken, während über ihre Schatten am Boden ein junger blonder Mann Richtung Birkenau geht. Zwischen den Gleisen am Bahnsteig sieben und acht steht Gras.

Sie kramt mit der Linken in den Hosentaschen.

»Suchen Sie Ihr Feuerzeug?« fragt Dahlmann. »Mir sind schon ganz andere Sachen abhanden gekommen.« Julius Dahlmann nimmt noch einen Schluck.

Die Sonne steht tief. Sie reckt den Hals, um Schatten für die Augen zu haben. Und während Dahlmann sich zum Priester dreht, als wolle er nach einem schlafenden Hund auf dem Rücksitz schauen, erinnert sie sich. An einem Samstag hatte sie die Mutter auf den Friedhof begleitet. Die Mutter ging die Gräber gießen. Auch unbekannte, wenn sie Durst hatten oder ihr der Name oder der Grabsteinspruch gefielen. Jener Samstag im Juli war Lenas letzter Besuch zu Hause gewesen. Sie hatten lange unter der Rotbuche bei den Grabkammern gesessen. Bei den Reichen, sagte die Mutter. Früher hatte sie hier mit Lena und Kinderwagen gesessen, und Lena, in Rückenlage, hatte die Unterseite der Buchenblätter angequäkt. Ihre helleren Bäuche. Die Mutter hatte immer gern bei den Reichen gesessen. Früher hatte sie Porzellan verkauft und wie Jackie Kennedy ausgesehen. Früher, als die Kinder noch im Hof waren. Sie war immer von Männern angesprochen worden, sobald sie auf der Straße langsamer ging, selbst noch mit Tochter an der Hand. Auf dem Rückweg vom Friedhof zur Bushaltestelle lag ein rötlicher Ton über den Gräbern und dahinter ein sinkendes Blau vom Himmel. Rhythmisch schwappte ein Rest Wasser in der Gießkanne zwischen ihnen, und die Schritte der Spaziergänger wurden schneller mit der Dämmerung. Auch sie gingen schneller. Der Bus, hatte die Mutter gesagt, und zaghafter: Kommst du Weihnachten? Lena hatte sich aus der Antwort heraus gedreht und den Fahrplan mit ihrer Uhr verglichen. Da hatte der Bus schon angehalten, so daß sie keine Antwort geben mußte. Das hatte der Mutter den Rest des Jahres leichter gemacht. Lena war zum Bahnhof gefahren, kurz vor neun. Die Gründe zu bleiben hatten sich nach einem Tag abgenutzt. Sie hatte sich umgedreht. Die Mutter winkte mit der leeren Gießkanne, und als sie den Arm höher hob, war das Herz zu sehen. Dann waren die Straßenlaternen aufgeflackert. Das Licht hatte sie getrennt. Der Bus war mit Lena als einzigem Fahrgast durch ein menschenleeres S. gefahren.

»Lena?«

»Ja, hier«, sagt sie.

»Achtung«, sagt Dahlmann.

Eine Frau steht am Straßenrand und hält eine Ziege fest. Lena fährt langsam vorbei. Im Rückspiegel, scheint ihr, schaut die Frau wie eine Ziege und die Ziege wie eine Frau hinter dem Auto aus dem Westen her, das noch nicht geklaut worden ist.

Sie dreht das Radio lauter. Dem Sprechrhythmus nach läuft der Wetterbericht. Städtenamen erkennt sie, und ob es dort regnen wird oder nicht. Kraków, Poznań, Lublin. Was ist das nur mit diesem Polen. Polen kommt ihr vor wie ein Ort, an den sie zurückgekehrt ist, obwohl sie nie dort war. Polen ist ein Ort ihrer geheimsten inneren Geographie. Rote Siedlungshäuser, billige harte Gardinen, kleine dreckige Bahnhöfe und böse Spielplätze mit bösen frühreifen Jungen darauf, die einem beim Rutschen unter den Rock schauen. Und immer hängt der Himmel bis tief auf die frischgewaschene Wäsche herunter.

»Es ist schon Abend«, sagt der Priester. »Wie weit fahren wir heute noch?«

Sie schlief gut in Dahlmanns Haus, in der ersten Nacht. Da bei der Hitze alle Fenster offen standen und so die Wohnungen sich tief öffneten, hörte sie bis lange nach Mitternacht Stimmen am Telefon und Stimmen im Fernsehen. Das war tröstlich. Sie drückte mal die eine, mal die andere Gesichtshälfte in eine gestärkte rosa Bettwäsche. Ein harter fremder Leib, der Schutz gab. Von den drei Fenstern ihres Erkerzimmers aus konnte sie den Mond zwischen dem runden katholischen und den evangelischen Doppeltürmen wandern sehen. *Ein kleines Fenster, im dritten Stock, jemand beugt sich heraus, vor langer Zeit.* Mit dem Bild schlief sie ein.

Am Morgen war der Frühstückstisch weiß gedeckt. Dahlmann roch gut, und fünf dicke rote Rosen tranken gemeinsam aus einer silbernen Teekanne und verblühten dabei. Dahlmann wies ihr einen silbernen Serviettenring zu, der die Initialen seiner Mutter trug, und sagte, was das Zimmer koste.

»Zweihundertachtzig im Monat.«

»Ich bleibe keinen Monat.«

Sie stand auf. Es war kurz vor neun. Im Flur hing Dahlmanns Turnbeutel an der Heizung. Darunter der goldene Schirmständer hatte die Form eines Schirms. Ein albernes Teil. So einen hatten sie auch zu Hause gehabt. Ein Geschenk von Dahlmann, zum Hochzeitstag. Er war jedes Jahr zum Gratulieren gekommen, in weißen Socken, und hatte sich gegen Lenas Klavier gelehnt, während Lenas Vater nicht gleich aufgetaucht war und Mutter sich im Schlafzimmer rasch etwas Hübscheres angezogen und dabei die Tür einen Spalt offen gelassen hatte. Was spielst du da? hatte Dahlmann gefragt. Bartok! Sie hatte weitergespielt. Und dein Klavier ist also ein Hammerklavier? hatte Dahlmann gefragt. Drei Schalen für Kullerpfirsiche kamen auf den Tisch und ein Limonadenglas. Die Gläser wackelten auf den selbstgebastelten Untersetzern aus Bast, und eine Stimmung zum Fürchten breitete sich aus. Lena hatte unter dem niedrigen Couchtisch nach Dahlmanns weißen Socken gesehen. Sie hatte sich die Stellung der drei Paar Füße zueinander angesehen. Gemütlich, nicht? sagte immer irgend jemand, und irgend jemand stellte das Radio an. Operettenmelodien. *Gern hab ich die Frauen geküßt.* Die Mutter hatte die Hände in den Schoß gelegt, so daß das Taftkleid leise knisterte, hatte zwischen zwei Männern, ihrem Mann und Dahlmann, auf der Mitte der grünen Couch leise mitgesummt, während die Kullerpfirsiche in ihren Schalen gekullert waren und sie zu dritt nebeneinander in einem komischen und grauenhaften Nachmittag herumgesessen hatten, ohne es zuzugeben. Komisch und grauenhaft, nur Lena hatte die Wörter zusammengedacht.

»Wohin?« fragte Dahlmann jetzt und stand am Schirmständer neben ihr.

»Ich bleibe keinen Monat«, wiederholte sie. An den Satz hatte sie noch oft denken müssen, in den Monaten danach, in denen sie blieb.

»Wohin?« wiederholte Dahlmann.

»Ich laufe einfach nur herum.«

Sie ging zur Leichenhalle.

Auf dem Hauptweg, wo die alten dunklen Grabsteine unter hohen Buchen standen, schüttelte sie zweimal Kieselsteine aus den Schuhen, und jedesmal kamen ihr die Vögel am Himmel und die drüben auf der Friedhofsmauer vollzählig vor. Die Gardine des Büros bewegte sich, als sie den Kiesweg hinunterging. Der Friedhofswärter öffnete, bevor sie klingeln konnte, führte sie in Zelle vier, und als sie fragte, warum ist denn die Kiste schon zu, ließ er sie allein. Das Fußende des Sargs stand Richtung Norden.

Die Mutter hatte in folgender Rangfolge geliebt: den Mann, der Lenas Vater war, Blumen, Ärzte, Handarbeiten, Talkshows, Bananen mit Schokoladenüberzug, schöne Babys, deren Hintern, Heizkissen, ihre Friseuse und Lena, aber nur bis Lena sprechen konnte, und früher einmal Dahlmann. Sie hatte gehaßt: Überraschungen, Mitesser, fremde Länder, das Älterwerden, die Flecken dazu und überhaupt »wie man dann aussieht«, Alkohol, Autofahren, kurze Röcke, Fliegen in der Wohnung und Wind im Haar.

Lena sah den Schieber im Sargdeckel auf der Höhe des Gesichts der Toten. Ob der noch ging? Ob sie ihr Socken angezogen hatten? Tote sollen mit dem Kopf nach Westen und den Füßen nach Osten liegen. Oder, Mama?

»Mama?« Sie schob den Wedel einer häßlichen Zimmerpalme vom Sargdeckel.

Du kommst zu spät, Lena.

Mama?

Laß mich. Sonst dreh ich mich um.

Im Sarg?

Wo denn sonst. Übrigens, wie seh ich aus?

Weiß ich nicht.

Dann mach doch mal den Schieber beiseite. Ich habe nämlich den Fön dabei.

Wieso?

Ich muß mir noch die Haare machen.

Wo hast du denn den Fön her?

Grabbeigabe.

Als säße da ein Vogel, der aus dem Nest gefallen war, griff Lena nach dem Schieber, umrundete ihn mit zittrigem Zeigefinger und ließ es wieder. Sie hatte in S. kein Kinderzimmer und keine Mutter mehr. Sie hatte nicht gewußt, daß ihr etwas fehlen würde, denn ihr hatte jeder Weisheitszahn mehr gefehlt als ein Zimmer in S. oder eine Mutter. Bis die gestorben war.

Und der mit den langen ungepflegten Haaren ist ja jetzt auch schon tot, sagte die Mutter.

Welcher?

Der aus dem Beatclub.

Jimi Hendrix?

Nein, es war ein deutscher Name, sagte die Mutter. Und mir ist langweilig.

An Samstagnachmittagen vor vielen Jahren hatten Männer mit langen Haaren an ihren E-Gitarren gerissen, während Lena in Kniestrümpfen auf der grünen Couch saß und eine Buttercremeschnitte, eine Haselnußschnitte und eine halbe Holländerschnitte aß. Als ob der Hunger zunähme mit dem Essen. Der Couchbezug kratzte an den Schenkeln. Sie aß die andere Hälfte der Holländerschnitte auch noch und ahnte, daran lag es nicht. Was war das nur zwischen einem Mädchen mit Kniestrümpfen und den Männern im Fernsehen? Am Samstag darauf trug sie Söckchen, aß weniger und schämte sich für ihr kleines Leben. Vor Jimi Hendrix.

Mir ist so langweilig, wiederholte die Mutter.

Daran mußt du dich gewöhnen.

Langweilen sich Tote immer?

Sie hörte das Nachthemd der Leiche knistern. Sicher eins von diesen gestärkten Meßgewändern, die hinten im Schrank unbenützt auf die besondere Gelegenheit gewartet hatten. Auf Kur, Krankenhaus, Tod.

Lena, langweilen sich Tote nicht immer?

Nein.

Gott sei Dank.

Nicht immer, Mama. Ewig, sagte sie, aber sie preßte die Hüften dabei gegen den Sarg wie gegen einen Menschen. In der Nachbarzelle weinten andere Menschen über einen anderen Toten. Alle Toten wurden kleiner.

Weil was fehlt, sagte die Mutter.

Und was?

Also bei mir sind es die Schuhe, sagte sie.

Auf dem Gang vor den Zellen hörte Lena die Stimmen mit dem breiten Tonfall von hier. Eine Frau weinte. Es klang wie Piepsen.

Und Dahlmann, sagte die Mutter. Spricht er immer noch so laut?

Die letzten zehn Jahre ihres Lebens hatte die Mutter ähnlich wie Dahlmann in Gesellschaft von Talkshows verbracht. Sie hatte mitgeredet. Über alles, und laut. Daß sie keine Antwort bekam, war ihr nicht weiter aufgefallen. Sie hatte allein vor dem Fernseher mitgeredet, während sie auf ihren Mann wartete. Ihr Leben hatte die Farbe des Wartens angenommen, die Farbe der Liebe und der Angst. Ein eingeschüchtertes Rot, in das sich erst Gelb und dann Schwarz gemischt hatte.

Er trinkt, sagte die Mutter.

Wer?

Dahlmann, sagte sie, und daß du bei dem wohnst? Daß du das aushältst.

Vorsichtig, um niemanden zu wecken, zog Lena den Schieber über dem Gesicht der Toten zurück. Der Kopf lag ein wenig schräg, das Kinn war zurückgefallen, der Mund geöffnet. Nicht weit, aber häßlich. Zwischen den Lippen, die sehr rosa waren, zackten sich die kleinen, nicht ganz regelmäßigen Zähne.

»Bist du geschminkt?« fragte Lena laut. Sie beugte sich über das Gesicht und hauchte es an. Kälte kam zurück, eine graue, trockene Kälte.

Dahlmann mußte ihr Zimmer in der Löwenburg gemacht haben. Die vier Ecken der Tagesdecke waren hochgeschlagen, und unter dem Bett fehlten die Staubmäuse. Sie stellte sich an das linke schmale Fenster mit Blick ins Tal, auf die Stadt, die zwei grünen Kirchturmspitzen, den Gaskessel, die Klavierfabrik und die Neubausiedlungen, die den Hang gegenüber hinaufkrochen. Sie ging ans rechte Fenster. Eine steile Straße, die führte hinauf ins Grüne und hinunter in die Stadt. Am Bordstein hielt ein schweres schwarzes Motorrad. Als der Fahrer den Helm kurz abnahm und sich mit der Hand durch die dunklen Haare fuhr, dachte sie, den kenne ich. Mit dem bin ich in die Schule gegangen. Aus dem Nachbarhaus kam ein Mädchen in weißem Kittel und stieg auf. Das Mädchen war viel jünger als der Mann und griff nach hinten, um sich am Sitzbügel festzuhalten. Lena legte sich auf das Bett.

Ob sie morgen ohne Strümpfe würde gehen können?

Sie sah ihre Beine an, theaterblaß, aber glatt. Sie stand auf und hängte einen schwarzen Rock, einen kleinen grauen Pullover und eine kleine graue Jacke ans Fenster. Die Jacke roch unter den Ärmeln nach Schweiß und schaute sie aus verdrehten Augen an. Zwei Knöpfe hingen lose am Faden.

Achselblätter, hatte die Mutter gesagt. Du mußt bei teuren Sachen Achselblätter einnähen. Du solltest bei engen Oberteilen auch einen BH mit Stangen tragen.

Warum? Lena legte sich zurück auf das Bett.

Darum. Tu ich auch. Und näh dir Trägerhalter in die Sommerkleider, damit nicht jeder gleich die Farbe deines BHs kennt. Mach dir die Haare zusammen. Mal dir die Augen nicht so schwarz, das sieht verlebt aus! Der Rock von letztem Sommer ist zu kurz. Wenn du einmal dreißig bist, kannst du eh nicht mehr mit nackten Beinen herumlaufen.

Ich sterbe vorher.

Das will ich sehen, aber die Lederjacke, laß die trotzdem im Schrank, die ist zu groß für dich und gehört deinem Vater! Und bleib nicht an Autos stehen, wenn dich einer anspricht.

Warum nicht?

Darum nicht. Tu ich auch nicht.

Aber dich spricht ja auch keiner mehr an.

Die Ohrfeige hatte gesessen.

Mach, daß meine Mutter stirbt, hatte Lena jeden Abend dem Vaterunser als Bitte angefügt. Gott war wirklich zu blöd. Er hatte nicht auf das Verfallsdatum ihres Gebets geschaut, als es vorgestern bei ihm ankam.

Es klopfte. Lena stand nicht auf

»Herein!«

In der Tür stand ein Königspudel. Julius Dahlmann war beim Friseur gewesen.

»Wie seh ich aus?«

»Es geht so«, sagte sie, winkelte auf dem Bett ihren Arm an und schob ihn als Stütze unter den Kopf. Ihre Mutter hatte Julius Dahlmann nicht als Mann, sondern als Trauzeugen genommen. Bei dem Anblick, den er im Türrahmen bot, verständlich.

»Es hat was«, sagte sie und zeigte auf seinen Kopf.

»Was denn?« Mit den Fingerspitzen befühlte er das Ausmaß seiner Frisur.

»Was Dekoratives«, sagte sie. Irgendwo im Haus lief ein Fernseher.

»Gehen wir morgen zusammen hin?« fragte er.

Sie nickte.

»War ja klar, daß sie vor mir sterben würde, war ja wesentlich älter als ich«, murmelte er.

»Ja?«

»Ja, vier Wochen.«

Er sagte vier Wochen, und darin steckte ein ganzes Leben. Lena sah ihre Mutter und Julius Dahlmann als Kinder nebeneinander herlaufen. Sie der Junge. Er das Mädchen. Sie schneller, er vorsichtig, aber mit Anmut. Lena sah die beiden am geöffneten Fenster vor dem Radio sitzen. Er kämmte sie. Aber Kinder bekamen keine Kinder. Kinder kamen nicht vom Kämmen, selbst wenn es zärtlich war. Lena sah das Ergebnis. Dahlmann und seine Marlis waren nur in einer unsichtbaren Ordnung füreinander bestimmt gewesen. Wer hatte der Liebe als erster den Rücken gekehrt?

»Was hat die Marlis eigentlich von mir erzählt?«

»Dies und das«, sagte Lena.

Er machte eine halbe Drehung Richtung Flur, dann eine halbe zurück, zeigte auf Rock und Twinset am Fenster. Jetzt würde er gleich sagen, nehmen Sie das weg. Wegen der Nachbarn.

»Das wollen Sie morgen anziehen?«

Sie nickte, er schüttelte den Kopf, und so stritten sie stumm, hoffnungslos und ohne Bedeutung, bis er in sich hineinmurmelte:

»Aber der Rock, der ist zu kurz für deine Beerdigung, Marlis.«

Am Nachmittag ging sie trotz der Augusthitze in die Sauna und war mit einer dicken alten Frau allein. Sie schnitt sich in der Dusche die Zehennägel, benutzte eine Haarkur, die sich kaum auswaschen ließ, kaufte sich einen Krimi von Simenon, den sie schon einmal gelesen hatte, studierte das Fernsehprogramm und kreuzte an, was sie hätte sehen wollen, und hörte dann doch Radio auf ihrem Zimmer, einen Reisebericht über Czernowitz, und bekam Hunger auf Pflaumen. Sie wusch sich noch mal den Kopf und ging mit nassen Haaren zu Bett. Das Radio spielte leise, und da waren Schritte auf dem Flur von jemandem, der nicht schlafen konnte. Als sie noch einmal zur Toilette ging, war die Schüssel voller Kippen.

Am Morgen spielte das Radio noch immer leise. Sie strich sich, auf dem Rücken liegend, die Haare aus dem Gesicht. *Ein Fenster im dritten Stock, jemand beugt sich heraus, vor langer Zeit.* Aus welchem Material war das Bild gemacht? War es Erinnerung? War es nur erzählt, und später wie eigene Erinnerung erinnert, weil es so festsaß?

Kirchenglocken in den zwei grünen Türmen läuteten schwerfällig den Tag ein. Heftiger Wind wehte, und so waren die Farben klar, die Konturen scharf, wie mit schmalem Tintenstrich umzeichnet. 16. August. Sie betrat mit Dahlmann die Kirche. In der vordersten Bank sah sie den Rücken ihres Vaters, als sie mit Dahlmann am Weihwasserbecken stand. Die ganze Familie saß in der ersten Bank. Neben ihr holte Dahlmann mit Weihwasser zu einem großen feierlichen Kreuzzeichen aus. »Afrikanischer Beton«, murmelte er und zeigte auf die Kacheln des Beckens, als ob die das Besondere an diesem Tag wären.

Sie ging ohne ihn und eilig die Stufen zum Kirchenschiff hinunter, dann durch den Mittelgang und nach vorn zur ersten Bank. Eine einzelne dunkle Glocke läutete nah und sehr langsam. Langsam sei traurig, langsam sei zärtlicher und erregender als schnell, sagte sie sich. Auch bei der Liebe. Sie ging schnell.

Die Familie in der ersten Bank mußte rücken. Es interessierte sie nicht, daß sie neben dem zu sitzen kam, der ihr Vater war, weil er der Mann ihrer Mutter gewesen war. Sie trug eine Regenhaut, die keiner ihr ansah. Das Material dafür hatte sie sich mit den Jahren angeschafft. Seelenzellophan. Falls einer sie anrührte, konnte sie so tun, als berühre er ihre Haut. Was von ihr blieb, war, was sie spielte.

Dahlmann war ihr gefolgt und setzte sich neben sie. So saß sie zwischen Marlis' Mann und Marlis' Dahlmann. Sie sah die fünf

Tanten aus der Eifel, Oberarm an Oberarm und alle dick. Sicher waren sie morgens um vier in ihrem Dorf in einen alten orangefarbenen Audi gestiegen mit zwei Thermoskannen, Tee und Kaffee. Ob sie in ihren schwarzen Mänteln, die um die Hüften spannten, im Dunkeln noch Hühner gefüttert hatten? Ob sie die Mäntel mit einem Rest schwarzen Morgenkaffees ausgebürstet hatten, wegen der blanken Stellen im Stoff? Ob sie zuletzt die Gummistiefel gegen die guten Schuhe ausgetauscht, dabei den Stich im Kreuz gespürt und den leeren, aber nicht lieblosen Blick zum Foto des Mannes auf dem Küchenschrank vergessen hatten? Wie lange war man jetzt schon Witwe? Die letzten Fragen hatten sich längst erledigt, und der Knirps gegen plötzliche Regenschauer bei Beerdigungen, der in einer unförmigen Handtasche verschwand, war ihr einziger unabkömmlicher Begleiter.

»Mußtest du den mitbringen?« flüsterte der Vater und lächelte Dahlmann zu.

»Wieso, ich wohn doch bei dem. Stört er dich?«

»Ja.«

»Warum?«

»Was sollen denn die Leute denken.«

»Und was hast du gegen ihn?«

»Er zieht sich falsch an.«

Sie warf einen kurzen Blick auf Dahlmann, drehte sich zu ihrem Vater zurück und lächelte verbindlich.

»Aber heute geht es doch«, sagte Lena da leise. »Heute hat er nicht Mamas roten Rock an.«

Da schlug die Glocke im Turm acht. Lena schaute auf ihr Twinset und bemerkte zum ersten Mal, daß sie einen Ansatz zum Doppelkinn hatte. Egal, das Twinset machte einen vernünftigen Eindruck, Jacke grau, Pullover grau, ein Paar, auf das sie sich verlassen konnte. Dann schaute sie auf und schlug wohl in dem Moment die Beine übereinander. Die anderen standen auf. Sie blieb sitzen. Es war der 16. August. Was von dem Tag übrig blieb? Wenig. Nicht einmal, daß Dahlmann aus dem Mund nach Kaffee roch, als er anfing, das erste Kirchenlied zu singen. Daß die Predigt nur zwei Eigenschaften ihrer Mutter nannte, Freundlichkeit und Liebe zu Blumen, und daß eine Stunde später der Vater, während sie nebeneinander und als erste hinter dem Sarg hergingen, ihr zuraunte, sie solle jetzt bloß nicht anfangen zu weinen, und als sie fragte, warum nicht, daß er da antwortete: Damit nicht alle denken, du seist trauriger als ich! Sie sah nur den großen Sarg mit einer kleinen, toten Mutter darin, die zuletzt achtundneunzig Pfund gewogen hatte, wie am Tag ihrer Hochzeit. Sie schluckte, und danach war ihr egal, wie sehr ihr Ring bei jedem Händedruck der Kondolierenden schmerzend ins Fleisch schnitt, wie ungeschickt ihre alte Ballettlehrerin ihr den Rand eines schwarzen Hutes, wagenradgroß und hart, mehrmals ins Gesicht stieß, statt zu küssen, bis Lena deswegen endlich weinen konnte, um nicht zu lachen, und wie ein fremdes blondes Mädchen sofort mitlachte, dann gegen Lenas Schienbein trat, um mit einem abgebissenen rosa Fingernagel auf die gelbe Moosrose am Kopf des Grabes zu zeigen und dazu die tröstlichsten Worte des Tages zu sprechen: Schau mal, meine ist am weitesten geflogen! Es blieb nichts davon übrig, daß jemand am Grab zu ihr sagte, du zitterst ja, und daß, ehe sie antworten konnte, die spitze Antwort einer anderen Frau kam. Aber sie hat ja auch keine Strümpfe an! Lena hatte sich gleichgültig ins Beerdigungscafé führen lassen, gleichgültig am bereits gedeckten Kaffeetisch nach Wespen geschlagen, und gleichgültig gehört, wie sogar die Tanten aus der Eifel sich die Hände rieben nach der ersten Tasse Kaffee und versicherten, es gehe ihnen schon viel besser. Jemand erzählte die Geschichte von einem zugeflogenen Wellensittich, der zwei Wochen in einer Friteuse gefangen gehalten und dann Harald genannt wurde, obwohl er ein Weibchen war, und schließlich doch einen Käfig gekauft bekam, weil man wieder Pommes Frites essen wollte. Es blieb nichts davon übrig, daß spätestens bei dieser Geschichte alle wieder lachten. Und am lautesten Dahlmann, zwei leere Biergläser vor sich auf dem Tisch. Dahlmann, der die ganze Zeit mit blauen und gelben Trockenblumen spielte, bis die Vase umfiel und überraschend Wasser auf die gute Decke lief, so daß die Kellnerin wischen kommen mußte und Dahlmann bei der Gelegenheit gleich noch ein Bier bestellte, was sie ihm aber nicht mehr brachte, weil der Besitzer vom Beerdigungscafé es mit einem diskreten Kopfschütteln verbot. Es blieb für Lena nichts davon übrig, daß er an der Kuchentheke zwei Klare ausschenkte und mit einem Augenzwinkern ein Glas für sie herüberschob, daß es in dem Moment nach Sachertorte und Schwarzbrot roch und daß seine Ehefrau die ganze Zeit über strafend ihren fröhlichen Mann anschaute, während sie Lena umarmte, wie man es an schlimmen Tagen tut. Sie fragte, ob Lena sich noch an die rothaarige Tochter des Hauses erinnern könne, sie seien doch zusammen in eine Klasse gegangen. Lena erinnert sich höflich, aber eigentlich gar nicht, auch an die roten Haare nicht, aber nickte: Jaja, gerade die Rothaarigen seien zäh und treu. Solche wie die kämen am Wochenende noch immer gern nach Hause, jaja, und solche wie sie, Lena, freuten sich sehr, daß diese rothaarigen Klassenkameradinnen von früher jetzt Lena so gern im Fernsehen sähen. Nichts blieb übrig von diesem 16. August, nicht einmal Dahlmann, wie er irgendwann mühsam aufstand, »bis gleich« in den schon halbleeren Café-raum murmelte, aus dem keiner ihm antwortete. Er öffnete die Schwingtür zwischen Café und Verkaufsraum, sah Lena dort stehen und griff unsicher auf die Scheibe. Dann schlich er an ihr vorbei hinaus auf die Straße. Die Bäckersfrau schaute hinter ihm her, während sie die Tortendekorationen aus dem Schaufenster holte, und sah Dahlmann im Fortgehen stolpern, wandte sich mit verdrehten Augen nach Lena um, verdrehte die Augen noch mal, ausdrücklich, während Lena mit einem zweiten Klaren sich selbst zuprostete und dachte: Menschen, die stolpern, sind mir aber lieber. Ihr Blick fiel auf die Schwingtür. Dahlmanns Hand hatte eine weiße Pfote auf dem Glas hinterlassen. Nichts von all dem, was dieser Tag mit sich brachte, blieb übrig. Bis auf eins.

Als die Sakristeitür sich geöffnet hatte, die schwere Glocke im Turm acht schlug und hinter dem dicken kleinen Meßdiener, der das Glöckchen neben dem Türsturz zog, ein zweiter Mensch stand, fing ihr Herz so heftig an zu schlagen, als wollte es etwas sagen.

»Was soll denn das?« fragte Lena lauter als die Orgel. *Maria breit' den Mantel aus*, sangen die andern, und Dahlmann roch nach Kaffee dabei.

»Das ist Ludwig«, flüsterte ihr Vater.

»Nein!«

»Doch.«

»Nein!«

»Doch, siehst du doch.«

»Und warum?«

»Das hat deine Mutter sich so gewünscht.«

Daß sie keine Schauspielerin mehr sein wollte, hatte der Garderobier George als erster bemerkt. An jenem Abend stand sie aufgelöst vor ihrem Garderobentisch, und er kam herein. George hatte Aids.

»Tisch«, sagte sie, als er die Tür öffnete. »Tisch, Tisch, Tisch!«

Die Vorstellung war gerade zu Ende, und George sammelte die Kostüme für die Reinigung ein. Sie kannte ihn seit über zehn Jahren. Sein Schritt war in schwierigen Zeiten das Metronom ihres Lebens gewesen, sein unregelmäßiger, fetter, kleiner Schritt. Georges Freund war vor einem halben Jahr gestorben, und die gemeinsame Wohnung, einschließlich des ungespülten Geschirrs, hatte George in einem Container untergestellt, um sofort und ganz allein in ein möbliertes Zimmer ziehen zu können. Er war ohne anzuklopfen mit seinem Wäschekorb in ihre Garderobe gekommen.

»Was überlegst du«, fragte er.

»Ob dieser Tisch ein Tisch ist«, sagte sie und stieß absichtlich mit den Hüften gegen die Kante. George faßte in ihr Haar. Das war ganz trocken von der letzten Färbung.

»Mach dir keine Gedanken, Lena.«

»Keine Sorge«, sagte sie, »kann ich gar nicht.«

Er sammelte Korsage, Slip, Knieschoner und Strümpfe vom Fußboden auf, während sich draußen auf dem Flur das Schauspielerinnenlachen zum Geschrei von Hühnern steigerte, denen man die Stange wegzog. George lief hinzu, um ja keine Albernheit zu verpassen. Kaum war sie allein in der Garderobe, wuchs aus dem Tisch ein Mann, löste sich vom Holz und wurde nicht richtig Fleisch. Er schloß, als er mit dem Erscheinen fertig war, den untersten Knopf seines Jacketts und lehnte sich gegen die Tischkante. Gleich neben seiner Hand stand das Plastiktablett für Haarnadeln. Es hatte Farbe und Form der Pillentabletts in Krankenhäusern.

»Da bin ich.«

»Was soll das?«

»Du hast mich gerufen«, sagte Ludwig und sah ganz natürlich aus. Warum auch nicht? Es sollen schon Geister aus Flaschen gekommen sein, wenn man nur deren Hals rieb. Sie quälten sich vielleicht auch aus Tischen, wenn man voller Zweifel dagegen stieß?

»Was ist passiert?«

»Nichts, Lena, ruhig.« Sagte Ludwig.

Sie sah seinen Rücken und ihr eigenes Gesicht im gleichen Spiegel. Sein Haar war schwarz, ihr Gesicht weiß. Sie griff nach dem Melkfett zum Abschminken. Zwischen Ludwig und ihr stand nur ein Stuhl. Stuhl, dachte sie, Stuhl, Stuhl, und fuhr mit fettigen Fingern durch ihr Gesicht. Unter den vertrauten Bewegungen begann es zu lächeln. Ludwig lächelte zurück, um den Mund einen Zug, der nicht von der Enthaltsamkeit kam.

»Einen schönen Bademantel hast du da an.«

»Nachtblau«, sagt sie, »und du hast dich nicht verändert, Lieber.«

»Du bist blond geworden«, sagte Ludwig.

Sie hockten voreinander. Er auf dem Tisch, sie mit dem Oberkörper auf ihrem Unterkörper, bewegungslos oder gelähmt beide, die Hälse geknickt, zwei Raubvögel in Grundspannung, aber noch nicht auf der Lauer. Noch nicht bereit zum Angriff.

»Ach«, sagte sie und fuhr mit der Hand durch die falsche Farbe auf ihrem Kopf. »Ach, blond! Das war so eine Idee von unserem neuen Bühnenbildner. Er hat zu Hause eine Frau, die ist am ganzen Körper braun wie Hundescheiße, Haare, Zahnfleisch, Brustwarzen, alles braun, obwohl sie aus Bielefeld ist. Er versteht sich mit ihr nicht mehr, deshalb müssen alle Frauen im Nathan blond sein.«

»Soll ich mir den Nathan anschauen kommen, Lena?«

»Nein, lieber den Koltès. Der kommt später im Jahr.«

Mit dem Mittelfinger rührte sie im Melkfett, und eine alte Heftigkeit, die sie vergessen hatte, kam auf. Wie Regen aufkommt, oder Wind. Sie erinnerte sich, wie die Spucke in seinem Mund schmeckte. Sie wünschte sich seinen Mund an ihrem Hals, seine Hände auf ihren Schultern, den Stuhl zwischen ihnen weg, und noch während der fiel, sagte Ludwig: »Dreh dich um.«

Das Frottee vom Bademantel wurde dünn zwischen ihnen, als er mit der Hüfte gegen sie stieß. Das Licht in der Garderobe brannte, aber an jeder Stelle, wo sein Finger war, war es dunkel. Sie wußte, was sein Finger da tat, in ihrem Nabel, eine Handbreit tiefer im Haar, das nicht blond war, sie wußte, was sein Finger tat zwischen ihren Lippen. Sie hatte einmal wirklich mit ihm geschlafen und hatte es oft allein wiederholt. Sie waren immer besser dabei geworden, sie beide. Nur wußte Ludwig nichts davon.

»Was tust du da?«

»Beweg dich nicht.«

»Was tust du da?«

Im Spiegel über dem Tisch sah sie, sein Gesicht war ernst, während er sich die wenigen Zentimeter von ihr weg und auf sie zu bewegte. Ernst, wie mit Brille. Und in ihrem Gesicht war das Mädchen, das sie gern geblieben wäre. Dieses Mädchen saß noch immer aufrecht auf dem Fahrrad, gelassen und ein wenig arrogant, wenn es an einem Jungen wie ihm vorbeifuhr, der drei Jahre jünger war. Tannennadeln steckten in den Wollstrumpfhosen, und der Wald begann fast beim Haus. Ihre Knie waren schon rund und erwachsen, dafür, daß sie so jung war. Jung, aber ruhig und aufmerksam, mit sicheren Händen und hartem, zerwühltem Haar. Die Augen standen noch in einem kindlichen Winkel zum Gesicht, zerstreut und mit viel Weiß darin.

Beide Hände am Tisch, wollte sie sich umdrehen, um sicher zu sein, er war nicht nur ein Bild mit Spiegel, das sich auf die Unterlippe biß. Er war da.

»Halt still«, sagte Ludwig und legte die Rechte hart auf ihre Hüfte, die Linke um ihren Hals, nicht in den Nacken. Als ihr die Luft wegblieb, wußte sie, je stiller sie hielt, desto lauter würde der Schrei sein, mit dem sie nicht kommen durfte, hier am Tisch, der vielleicht kein Tisch war. Noch immer war Ludwigs Gesicht ernst und gefaßt, ähnlich seinem Rücken zu Anfang. Lauter ernste Falten. Um die Nase war er bleich, wie an einem schlimmen Tag. Ludwig war anders als die anderen. Er bewegte sich nicht, wenn er kam. Denn er kam aus der Erinnerung, aber etwas Lebendigeres als ihn gab es für sie nicht, in dem Moment. Er sagte etwas in ihren Nacken.

»Man trifft sich immer zweimal im Leben«, sagte er. Sie griff hinter sich und hatte ihren Bademantel in der Hand.

»Ludwig, was tust du da!«

»Ich liebe dich.«

Dann ein dumpfer Schlag. Gegen die Wand? Gegen den Fußboden, mit dem Körper? Mit ihrem? George stellte in dem Moment den Wäschekorb hart ab.

»Na, hast du dich mit dem Tisch wieder angefreundet?« George kaute Lakritz. Das konnte sie riechen.

Sie stand noch immer über den Tisch gebeugt, die Hände gespreizt auf der Resopalplatte. Unter dem Druck der Arme wurde die Haut unter ihren Nägeln rosa und zu den Rändern hin weißer. Das Melkfett glänzte auf ihrem Gesicht. Die Haarnadeln im türkisen Tablett steckten mit ihren Fliegenbeinen unzertrennlich ineinander. Sie hatte den Tisch losgelassen.

George hatte den Stuhl aufgehoben.

»Das hat deine Mutter sich so gewünscht«, flüsterte Lenas Vater. Ludwig am Altar breitete die Arme aus. Auf seinem lila Kleid entfaltete sich ein schwarzes Kreuz. Jemand neben ihr sang inbrünstig mit. Dahlmann. Ihr Vater bewegte nur die Lippen und sah immer wieder heimlich auf die Uhr. Lena aber wollte sofort zurück in ihr Zimmer und am Fenster stehen, sich dort anlehnen, ein Buch zu Ende lesen, ein Brot dabei essen und dann zufällig das Mädchen in Weiß auf dem schwarzen Motorrad wiedersehen, mit den Händen hinter dem Rücken, wie gestern. Sie wollte sofort das Mädchen sein. Denn dieser Ludwig am Altar kam ihr so hochmütig vor.

»Ich rufe zu dir den ganzen Tag und die Nacht noch rufe ich vor dir«, sang Ludwig mit dem alten Pastor ins Mikrophon. Sie drehte den Kopf nach links und sah Dahlmann an.

Wie Dahlmann wohl da vorn im Kleid aussehen würde? Was hatte George immer gesagt? Es gibt drei Geschlechter, Männer, Frauen und Kleriker.

»Ist der denn zurückgekommen?« fragte sie leise den Vater.

»Ja, und er fährt jetzt Sprudelkästen aus.«

»Sprudelkästen?« Sie sah Ludwig streng an, sah durch sein Kleid hindurch. Ludwig, immer in Schwarz, immer allein. Si-

cher gefiel er so den Frauen. Seine Augen waren blau bis zu ihr
herüber. Sein Blick faßte an ihren Hals, glitt über die Schultern,
streifte die linke Brust, umkreiste den Bauchnabel, tiefer, tiefer
und ohne ihre Augen aus den Augen zu lassen. Während sie sich
unverwandt ansahen, glitt Lena in eine Umarmung hinein wie
in einen Mantel und war mit allem einverstanden, was er ihr
Blick um Blick vom Altar aus vorschlug.

»Hör auf zu flirten!« sagte der Vater und stieß sie in die Seite.
»Deine Tanten schauen schon die ganze Zeit her.«

Wer kommt in meine Arme

Zum Glück hatte es seit zwei Wochen nicht geregnet, denn das Geländer war aus Holz, würde Marlis über diesen Tag im Juli '44 einmal zu ihrer Tochter Lena sagen.

Die Puppen Martha und Maria saßen unter ihren dicken echten Haaren im Bollerkarren. Helma und Häschen zogen, Julius und Marlis liefen nebenher. Sie waren auf dem Weg zum Wasserschloß. Marlis hatte sich die Zöpfe abschneiden lassen.

»Haselnuß«, sagte Julius Dahlmann, als er am Anfang der Ferien mit seinen Schwestern aus O. kam, und berührte die braunen Haarspitzen, die borstig in alle Richtungen stachen. Er rieb die Spitzen zwischen seinen Fingern, als ob er sie dort schmeckte.

»Haselnuß.«

»Nee, Läuse«, sagte Marlis. »Nimm dich zusammen.«

Zum Schloß führte eine kleine Brücke, die vielleicht zwölf Schritte lang war. Darunter lag die eingleisige Bahnstrecke. Zwanzig nach drei kam der einzige Zug des Tages vorbei. Den wollten sie angreifen.

»Warum«, fragte Julius die Mädchen.

»Nimm dich zusammen«, wiederholte Marlis leiser, »wir sind jetzt eine Bande. Banden machen so etwas immer.«

Julius lachte, preßte dabei die Lippen aufeinander und sah, eine Grimasse auf dem Gesicht, hinüber zum Wasserschloß. Aus den tiefen Fensternischen wehte Wäsche, der man von weitem ansah, wie geflickt sie war. Im Graben vor dem Schloß waren kein Wasser und kein Schwan mehr, und in allen drei Flügeln lebten seit den Bombardierungen Flüchtlinge aus der Eifel, die auf den Mühlsteinen im Innenhof Picknick machten, auf dem Friedhof vom Freiherrn Salat pflanzten und ihre schmutzigen Kinder in den Schloßpark zum Rosenköpfen schickten. Drei Jungen kamen ihnen entgegen, verwegen und schon ziemlich groß. Marlis hob die Hand.

»Stop, was habe ich gesagt?«

»Wir sind eine Bande«, flüsterten Helma und Häschen zurück.

»Ja«, sagte Julius zaghaft und feierlich, »das sind wir.«

»Jawohl«, sagte Marlis streng, »und die da hängen ihre verfurzten Socken an unser Schloß. Das bedeutet Krieg.«

Die Jungen aus der Eifel kamen näher.

»Zigeuner, Zigeuner«, lispelte Häschen eifrig. Keiner beachtet sie, und Helma fing an zu flirten. Auf ihre Art. Sie starrte den ältesten Jungen trotzig an. Der blieb dicht vor ihr stehen und lächelte. Die beiden anderen lehnten sich an das Brückengeländer und schoben die Bäuche vor. Stumm standen sie da, vier gegen drei, auf der Mitte einer einsamen kleinen Brücke, und kein Zug kam. Das Gras am Bahndamm stach braun in den letzten Kriegssommer hinein, und die Mädchen trugen schwarze Turnhosen unter den Röcken. »Schattenmorellen«, sagte Häschen plötzlich, um alle, auch den Feind, an etwas Schönes zu erinnern. »Schattenmorellen im Glas.« Daß sie Hunger hatten, merkten sie alle in der Magengegend zu genau, als sie vereint über dem Brückengeländer hingen und den Zügen nachsahen, die nicht kamen. Auch der eine um zwanzig nach drei blieb aus.

»Den wollten wir angreifen«, sagte Häschen und fühlte sich wohl mit den fremden Jungen, die für sie schon fast Männer waren. Sie plapperte. »Der Zug um zwanzig nach drei hat Luftlöcher im Dach, man kann auf die Löcher zielen.«

»Wie?«

»Spucken«, sagte Häschen wild.

»Wer hat das gesagt?«

»Die.« Häschen zeigte auf Marlis.

»Was hat die genau gesagt?«

»Daß es einem dann besser geht.«

Das Signal stand auch um halb vier noch auf Rot. Während die anderen sich langweilten und über dem Geländer hingen, Marlis in rot, Helma in braun, Häschen in blau und neben Häschen die fremden Jungen in ihren verdreckten Hemden, hob Julius die Puppen aus dem Karren, drückte in der Hocke den Rücken gegen das Geländer und kämmte ihnen die echten Haare. Die Jungen sahen ihm zu, mit groben Gesichtern, die aber nicht häßlich waren. Häschen und Helma sahen den Jungen zu. Marlis aber schaute weg und auf eine Ratte, die mit vier Kleinen die Gleise überquerte.

»Da!« Sie spuckte als erste auf die Alte. Die anderen machten es ihr nach, aber wurden davon nicht zufriedener. Also spuckten sie sich probeweise auf die Köpfe, auch dem Julius, auch den Puppen.

»Laßt das«, sagte Julius und wischte die Puppen ab.

»Laßt das«, sagte Marlis und wischte Julius ab.

»Wir können ja Vater-Mutter-Kind spielen«, rief Häschen, als sie die Hände von Marlis in Julius' Haar sah, und die drei Jungen lachten sie aus. Einer ging Helma an das Kleid, das aus einem Bettlaken genäht und braun eingefärbt war. Da verging ihr das Flirten.

»Laß das«, sagte Marlis.

»Blödes Waschbrett«, antwortete der Junge, »bei dir muß man ja eine Schleife anbringen, damit man weiß, wo vorn ist.«

Er steckte beide Hände in die Taschen und zog ein Klappmesser heraus. Klappte es auf, klappte es zu, auf, zu. Mit jedem Mal gefährlicher. Die Sonne schien weißlich durch eine dünne Wolkenschicht auf das Geländer aus Holz. Gegen Abend würde es regnen, oder früher schon. An den blauen Himmel der letzten vierzehn Tage erinnerte nur noch das blaue Band in Häschens blondem Haar, das Band, das Julius sich manchmal nahm, weil er blond sein wollte. Weil er wie Häschen sein wollte. Häschen hob mit besorgtem Mund die Puppen von Julius' Knien und legte sie zurück in den Bollerkarren. Helma sagte, da kommt heute nichts mehr und nahm den Wagengriff an der verlängerten Deichsel. Er war mit Wolle umwickelt. Marlis trat gelangweilt gegen ein Hinterrad. Die Jungen wollten nicht, daß die Mädchen gingen, obwohl es nur Mädchen waren. Julius, der nicht zählte, stellte einen Fuß über den anderen, um etwas zu tun, das Haltung hatte, wenn er schon dazwischen stand. »Komm, Julius«, sagte Marlis. Die Mädchen gingen. Er folgte zögernd.

Da lief der Mittlere der drei Jungen an ihnen vorbei und stieg am Ende der Brücke auf das Geländer.

»Nur wer rüberläuft, ist ein Mann«, rief er. Die Mädchen hielten den Bollerwagen an.

»Da ist ja noch Böschung unter dir«, sagte Marlis und zog die Nase hoch. »Da ist es ja noch gar nicht gefährlich, du blöde Printe.«

Sie trug einen schweren karminroten Strickrock, der war einmal die Jacke ihres Vaters gewesen, bevor sie aufgeribbelt und auf einer Rundnadel wieder verstrickt worden war. Zum roten Rock. Der Rest Wolle war um den Griff vom Bollerkarren gewickelt. In dem Rock sah Marlis reifer aus. Seine Wolle hatte schon viel gesehen, kratzte, hielt die Haut wach und machte das Mädchen schwerer.

»Nur wer rüberläuft, ist ein Mann«, rief der Junge wieder, machte zwei Schritte und sprang ab. Direkt vor Julius' Füße.

»Komm, Julia«, piepste der Junge mit verstellter Stimme, »zeig, daß du ein Mann bist, bevor wir nachschauen müssen.«

Häschen fing sofort an zu weinen. Das half fast immer. Laß die Kleine doch, die Kleine darf nicht weinen, sagten die Erwachsenen immer. Doch diesmal half es nicht, keiner war hier erwachsen. So nahm sie die Puppe Martha aus dem Wagen, als würde die weinen. Marlis sah die Jungen mit müdem Blick an und strich sich die dicken Haare aus dem Gesicht. Sie sah wie ein wütender, nasser Rasierpinsel aus. Helma, dreizehn, stand mit hängenden Armen dabei und spuckte schließlich auf den Boden. Einen Moment lang schauten die Jungen sie neugierig an. Doch dann fiel ihr Blick wieder auf Julius, weil er als einziger nichts tat.

»Los, mach hin.«

Als Julius den ersten Fuß auf das Geländer setzte, weinte er wie Häschen, aber so klein hatte er sich das Häschen-Sein nicht vorgestellt. Vor sich sah er das Wasserschloß. Er blieb in dem Moment, einen Fuß oben, einen unten, wie eingefroren stehen.

»Was ist«, rief der Junge mit dem Klappmesser. »Mußt du etwa pinkeln?«

Julius sah noch immer Marlis an, als sie sich abrupt umdrehte und zum gegenüberliegenden Ende der Brücke lief. Jetzt hatte das Wasserschloß einen schönen Vordergrund. Seine Marlis, und die rief etwas. Zwischen ihnen war der Abstand vielleicht zwölf Schritte lang.

»He«, rief sie und zog ihre nackten Füße aus den schweren, schwarzen Kriegsschuhen. In den Spitzen steckte Zeitungspapier, weil sie zu groß waren.

»Hierher schauen«, rief sie und setzte sich rittlings auf das Geländer, die Hände verschwanden hinter ihrem Rücken. Sie hob den einen Fuß, verlagerte das Gewicht, hob den anderen Fuß und drückte sich mit einer Welle im Körper aus der Hocke hoch in den Stand. Sie zögerte mit durchgedrückten Knien, krallte die schmutzigen Zehen auf dem Holz zusammen, hob die Arme zu Flügeln und prüfte die Balance. Zum Glück hatte es seit zwei Wochen nicht geregnet, denn das Geländer war aus Holz.

»Damit kannst du zum Zirkus gehen«, sagte der älteste Junge fast zärtlich. Sie hob leicht den roten Rock und knickste. Das merkte sich Julius für den Rest seines Lebens. Soviel Mut, soviel Mut in der Anmut! Auf ihren Schienbeinen lag ein Glanz, und Julius sagte nichts, hatte beide Füße wieder unten am Boden und strich sich durch die dunklen Locken. Ein schöner Rock, dachte er. Darin würde ich auch schön aussehen.

»Los, sag es«, rief Marlis.

»Was denn«, flüsterte Julius.

»Sag, wer kommt in meine Arme.«

Julius zuckte mit den Achseln.

»Sag, wer kommt in meine Arme, dann komme ich. Ich komme dann«, rief sie.

»Komm«, flüsterte Julius und zuckte immer mehr mit den Achseln, als stünde er unter kaltem Strom.

»Nein, ich brauche den ganzen Satz. Sag es, los!«

»Wer kommt in meine Arme«, flüsterte Julius, und sie lief los. Im roten Rock kam sie auf ihn zu und wurde immer kleiner.

Eine optische Täuschung, die an Julius Aufgeregtheit liegen mochte. Der Rock, der ist zu warm für das Wetter, dachte er, aber er gibt ihr Halt. Wenn sie hier ankommt, nehme ich sie in die Hand und setzte sie mir in Rot auf die Schulter. Dann sind wir für immer zusammen, dachte er.

»Los, sag es noch mal. Sonst fall ich noch.«

»Wer kommt in meine Arme«, schrie Julius aufgeregt.

»Lauter«, flüsterte Marlis. »Lauter und fester! Los, hol mich. Hol mich.«

Er schrie und sie auch. Das Signal stand längst auf Grün, und der verspätete Zug wurde in der Kurve sichtbar, fuhr wegen der Verspätung vielleicht schneller als sonst auf die Brücke zu. »Nein«, schrie Helma und preßte Häschen an sich, die die Puppen Martha und Maria an sich preßte. Die Jungen nahmen die Hände aus den Taschen, wie man es in einem schlimmen Moment immer tut, und Julius wischte sich etwas aus dem Gesicht. Etwas Nasses. Es hatte zu regnen begonnen. Aber Marlis ging weiter. Und als der verspätete Zug unter ihr hindurchfuhr, fuhr ihr etwas zwischen die Beine, zog sich hoch bis zum Nabel, fiel wieder zurück, aber nicht ganz herunter und kam noch einmal und noch einmal, und es pochte in den Leisten, als sei da ein kleines nasses, aber warmes Tier, das in einem Anfall von Glück hinaus und hinein wollte zugleich. Sie schaute Julius in die Augen. Dieses komische Gefühl im Schritt bei jedem Schritt, wenn sie ihm das nur hätte sagen können! Dann zog es ihr kurz die Pupillen weg, und sie ging drei Schritte blind. Als sie ihn wieder ansah, hatte es richtig zu regnen begonnen. In zwei Wochen wurde sie zwölf.

»Hört zu«, schrie sie gegen den Lärm des Zuges an, »Julius ist mein Mann. Also ist er ein Mann. Verstanden!«

Und Häschen packte die Puppe bei den echten Haaren, schleuderte sie mehrere Runden, ließ los und kreischte. Der Kopf zerbrach auf dem letzten Waggon.

»Schade, hatte echte Haare«, sagte Marlis, als sie vor Julius' Füße sprang und lange und dicht vor ihm stehenblieb. Zwei schwere Falten ihres roten Rocks berührten seine Hose.

Jemand beugt sich hinaus, vor langer Zeit

Am Ende des Sommers fuhren Dahlmanns von S. zurück nach O. Im gleichen Jahr zu Weihnachten verließen sie in aller Eile das Haus gegenüber dem Bahnhof von O. und fuhren zurück nach S. Nur der Vater und der Weihnachtsbaum blieben zurück. Die Sonne ging gerade auf, als die Mutter mit Koffern, Säcken, Decken und drei Kindern vor das Haus trat. Das SS-Kasino, parterre, war noch geschlossen. Der Schatten, den die Fußgängerbrücke auf die Gleise warf, hatte lange Beine. Auf dem Bahnhofsvorplatz hatten die Deutschen angefangen, Schützengräben auszuheben. Später würden dort einmal ein Taxistand und eine Bushaltestelle sein.

»Nehmen wir den Weihnachtsbaum nicht mit?« fragte Julius, als sie gerade über die Straße zum Bahnhof laufen wollten.

»Tür zu«, sagte die Mutter da und griff nach ihrem Gepäck. Julius schloß die Haustür und lief hinter den Schwestern her. Plötzlich ging ein Pfeifen und Schießen los, und nach einigen Takten setzten entferntere Detonationen ein und hellere Salven und fügten sich mit dem nahen Pfeifen und Schießen zu einem großen vollen Klang, zu einer unsichtbaren Glocke, unter deren musikalischem Schutz sie O. verließen. Ein gelungener Abgang. So kam es Julius vor. So bildete er es sich wenigstens ein. Er schaute hinüber zu den Gräben. Das waren Orchestergräben! Von seiner Position aus waren zwar keine Musiker zu sehen, bei denen er sich mit Applaus hätte bedanken können. Trotzdem hob er die Hände.

»Hände runter«, sagte seine Mutter böse. »Sei nicht so albern. Nimm lieber Häschens Gepäck.«

Er griff nach Häschens Bastkoffer. War doch egal, wenn sie vor der roten Armee weg und hinüber zum Bahnhof liefen. War doch egal, wenn er auf dem Weg einen Handschuh verlor. Er verlor schließlich auch seine Angst. Die Musik war von solcher Schönheit, daß er, zwölf Jahre alt, zum ersten Mal in seinem Leben daran dachte, wegen dieser Schönheit sein Leben zu ändern.

»Dreht euch nicht um«, sagte die Mutter. »Julius, du auch nicht, Julius! Laß ruhig den Handschuh liegen!«

Der Handschuh lag noch auf der Straße, als er sich doch umdrehte, und jenseits des Handschuhs brannte ihr Haus. Aus den Fenstern schlugen die Flammen wie orangefarbene Vorhänge, und Häschens Klavier, sah Julius, fiel durch die Decke hinunter ins Kasino, wo Tische und Stühle beim Aufprall auseinandersprengten. Nur ein Tisch am Fenster blieb ruhig stehen und war weiß eingedeckt.

»Das Klavier brennt«, hörte er Helma sagen, und sie lief schneller danach.

»Das Klavier hat nicht gebrannt«, sagte die Mutter später.

»Das Haus hat nicht gebrannt. Das hat der Julius sich alles eingebildet«, sagte Helma.

Den Vater sahen sie nie wieder. Dazu sagte niemand etwas.

Tage später kamen sie in der Abenddämmerung am Kollenbuscher Weg an. Keine Fensterscheibe leuchtete ihnen entgegen. Im Haus waren vom letzten Angriff alle Scheiben zersprungen. Sonst nichts.

Auf dem kalten Dachboden schrieben Marlis und Julius ihr Geheimnis auf ein Blatt, das Marlis extra aus ihrem Poesiealbum riß. *Wir sind schon mal Mann und Frau, wir sind es schon richtig.* Beide unterschrieben mit Namen und Geburtsdatum. Sie gingen zusammen zur Schule. Wenn es regnete, gingen sie unter einem Schirm. Er trug ihre Tasche. Tata marschiert, sangen sie mit festem Schritt und hatten es immer eilig. Als sie in die letzte Klasse kamen, rief der Schuldirektor Marlis in sein Zimmer. Julius ging mit und mußte vor der Tür warten. Drinnen fing Marlis an zu lachen, so daß Julius dachte, sie machen sie verrückt. Sie kitzeln sie aus. Dann kam sie vor die Tür und warf die neuen Zöpfe in den Nacken.

»Was ist?«

»Erzähl ich dir später.« Sie ließ Julius stehen und wollte ab da allein unter dem Schirm gehen.

»Marlis, gehst du mit dem Dahlmann? Ist das dein Freund?« hatte der Direktor sie gefragt.

»Der? Der mein Freund?« Sie hatte hysterisch gelacht. »Aber der doch nicht. Der hat doch einen Vogel.«

Julius hatte die Sätze vom Verrat vor der Tür stehend nicht verstanden. Als er sie später doch erfuhr, weil Marlis an einem Abend betrunken war und in Gesellschaft etwas Lustiges erzählen wollte, lachte er auch darüber. Auch hysterisch. Vor allen Leuten.

Ins Wasserschloß zog bald nach dem Krieg das Standesamt ein, und die Brücke davor bekam ein neues Geländer aus Eisen. Häschen trug den roten Rock von Marlis auf, und einmal zog Dahlmann ihn heimlich vor dem Türspiegel des Schlafzimmerschranks an. Er betrachtete seine schlanken Beine und nickte sich zu. Schade, daß ihn niemand so sah.

Zwei Jahre vergingen.

Marlis wurde Porzellanverkäuferin, und Julius, ein Rechentalent, ging in die Stadtkämmerei. Er erzählte sich sein Leben lang die Welt in Zahlen nach und wäre wegen seiner mathematischen Begabung fast auf das Gymnasium gekommen, aber damals waren die Zeiten nicht so. Er konnte Zahlen simultan in Geschichten übersetzen für den Gemeinderat, als er noch Stadtkämmerer war. Er saß, während die Jahre vergingen, am Kopf des langen Rathaustisches, immer montags, immer neben dem Bürgermeister. Die Bürgermeister wechselten, und rechts neben der Tür wechselten die Schwarzweißfotos im Rahmen. Adenauer, Kiesinger, Erhardt. Dann Brandt, Schmidt, Kohl, die in Farbe, aber in den alten Rahmen, damit es keinen Schatten auf der Wand gab. Diese weißen Schatten, sagte Dahlmann, die hätten ja an einen Vorgänger erinnert. Dahlmann hatte alle Zahlen des Haushaltes auswendig gekannt und hätte das Gesicht beschreiben können, das sie in der Realität annehmen würden. Hatte darauf bestanden, daß man Städte auch ohne Krieg zerstören und alte Häuser, die man leichtsinnig abriß, nie wieder aufbauen konnte. Daß alte Rechnungen neue aufmachten und aus Schulden einmal Schuld würde. Und daß Schuld doch die einzige Gewalt sei, die Geschichte umkehren könne. Das letzte hatte er so gelesen. Nicht alles, was ihn beeindruckte, konnte er mit Marlis teilen. Aber abends holte er sie vom Geschäft ab. Sie lief wieder unter seinem Schirm, aber nur, weil es regnete. Er sah sie oft auf Strümpfen und den Hintern Richtung Straße gestreckt zwischen Servicen und Vasen im Schaufenster herumrutschen. Sie dekorierte freitags um. Nichts, was sie gelernt hätte, aber etwas, das sie gut konnte. Es war an so einem Freitag, daß sie sich in einen andern verliebte, während Julius Dahlmann, nur durch eine Glasscheibe von ihr getrennt, auf sie wartete.

Es war kurz vor Ladenschluß. Sie kniete im Schaufenster, Dahlmann stand davor, und der dritte saß. Auf einer kleinen Backsteinmauer. Zwischen Mauer und Schaufenster lag die Straße. Hier Marlis und er, dort der andere. Der Pfadfinder. Marlis hatte eine Tasse aus der Serie *Anmut 2000* in der Hand und sah an Julius vorbei auf die andere Straßenseite. Der auf der Backsteinmauer war blond und sportlich.

Der, genau der, dachte Marlis.

Der, genau der, denkt sie jetzt, las Dahlmann von ihrer kleinen Stirn ab. Kurz verdeckte die Straßenbahn den Blick und ließ ihr Zeit, noch mit der Tasse in der Hand, ihre kleinen harten Entschlüsse zu fassen. Sie wollte ihre Haare modischer schneiden, sich den Kerl da drüben gefügig machen, sich zur Verlobung *Anmut 2000*, zwölfteilig, schenken lassen, so ausgerüstet heiraten, zwei Kinder bekommen, vier Zimmer mieten mit Balkon und nie wieder arbeiten. Ja, nie wieder arbeiten, denn wozu hatte man schließlich geheiratet, hatte Marlis später immer wieder gesagt, auch zu Dahlmann. Dahlmann sah, wie sie auf die Tasse hinablächelte. Als sie ihn anschaute, war ihr Gesicht eine kleine Faust. Der Kerl da drüben auf der Backsteinmauer war ein Anführer und hielt seine Rede an sieben kleinere Pfadfinder, die an seinen Lippen hingen. Wie Marlis hinter ihrer Glasscheibe. Die Räder standen an die Mauer gelehnt, alle schwarz und ohne Lampen. Einer der Jungen schlug ab und zu auf seiner Gitarre einen Akkord. Wer kommt in meine Arme?

Der Blonde kam. Fünf Jahre später wurde Dahlmann Trauzeuge. Dahlmann blieb ab da für immer allein. An jedem zweiten Mai war Hochzeitstag, zu dem Dahlmann nachmittags kam.

»Dieser Dahlmann«, sagte Marlis' Mann.

Die Jahre gingen. Der Hochzeitstag am zweiten Mai blieb. Irgendwann war ein Kind dabei und spielte Klavier.

»Denn wer Klavier spielt, hat Glück bei den Frauen«, sagte Marlis. Das Kind war leider unbegabt und ein Mädchen, das sie Magdalena genannt hatten.

»Was für ein Name«, sagte Dahlmann und beobachtete Marlis, die sein Geschenk zum zehnten Hochzeitstag auspackte.

»Was für eine Vase und wie modern!« sagte der Mann, der nicht mehr Pfadfinder war.

Das Kind Lena verließ wenige Jahre später die Stadt. Marlis schloß das Klavier zu und verlor den Schlüssel.

»Was macht sie«, fragte Dahlmann ab da immer zu laut über Bahnhofstraße, Kirchstraße, Kölnerstraße, Moltkestraße hinweg.

»Schauspielschule.«

»Nein!«

»Doch.«

»Was macht sie jetzt?«

»Engagement in Bochum.«

»Und jetzt?« Er wußte, daß sein lautes Rufen von einer Straßenseite zur andern Marlis unangenehm war.

»In Basel, sie spielt in Basel. Sie ist sehr zufrieden«, sagte sie und spitzte vornehm den Mund.

»Ist sie immer noch zufrieden?« fragte Dahlmann später.

»Ja, sie macht einen Film, in Frankreich.«

»Kommt sie an Weihnachten?«

»Ich muß jetzt gehen«, sagte Marlis.

»Bis dann«, rief Dahlmann fröhlich.

»Ja, bis dann.«

Dann kam Lena in die Stadt zurück. Julius Dahlmann gab ihr

das schönste Zimmer, das mit dem Erker im ersten Stock. Warum sie zu ihm gekommen war? Schließlich hatte sie noch einen Vater, und der hatte eine große Wohnung.

Dahlmanns Leben war bis dahin gut eingerichtet gewesen. Bis Lena kam. Rituale eben. Abends heimkommen, den linken Slipper mit dem rechten Fuß abstreifen, dann umgekehrt, aber mit mehr Gefühl, wegen des Sockens. Die Socken, immer weiß, außer bei Beerdigungen. Dann die Abdeckcreme gegen die roten Äderchen vom Gesicht waschen, dann zum Kühlschrank, das Bier, der Schnaps, das Bier und am Morgen der Geschmack im Mund, an dem er sich zwar wiedererkannte, aber nicht gern. Frühstück, Augentropfen, Duschen, Deo, nochmals Augentropfen, dann anziehen, rechts, links. Und zweimal in der Woche zum Friseur, gegen das Alter, die Krankheit, den Tod. Er sammelte weiße Porzellandosen mit fleischfarbenen Porzellanwürstchen als Griff, alte Lampen, Kaffeemühlen und Plakate von Knabenchören. Dann kam sie. Ja, sie war die Tochter und kam in die Stadt zurück. Er sah sie an jenem Tag von oben aus dem Schlafzimmer, wie sie in seinem Garten stand und Zigaretten suchte. Er sagte sich, gut, gut, sie ist die Tochter, und schüttete den Aschenbecher voller Kippen ins Klo, bevor er ihr öffnete. Nein, genauer. Er mußte genau sein, nicht nur den Aschenbecher hatte er entsorgt, er hatte auch den Kamm durch die Haare gezogen, aber gründlich, vor dem Spiegel die Zähne gebleckt, alle da, alle weiß, hatte mit Watte die Zahnpastaspritzer von seinem Spiegelbild abgerieben, war jugendlich die Treppe hinuntergelaufen, um die Tür auf und ein Lächeln über sein Gesicht zu reißen. Die Kippen im Klo hatte er in der Eile nicht abgezogen, und während er daran dachte, tat er so, als würde er sie nicht gleich erkennen. Sie nahm natürlich das Zimmer und sagte gleich, sie wolle keinen Monat bleiben. Oder sagte sie das später? Auf jeden Fall sah sie ihrer Mutter nicht sehr ähnlich, nicht sehr. Nur äußerlich ein wenig, hatte er einmal gedacht, als er sie vom Küchenfenster aus beobachtete, wie sie mit Ludwig die Straße entlangkam. Sie hatte die gleiche Art zuzuhören und dabei etwas Grünes, nicht in den Augen, sondern im Blick. Das schmerzte wie Splitter, wenn man zu tief hineinsah.

Sie blieb. Alles blieb beim Alten. Sie richteten sich nebeneinander ein. Eines Tages, da war Lena schon Monate in seinem Haus, redete sie von O. Sie würde dorthin fahren.

»Und Sie«, fragte sie ihn. »Wollen Sie nicht auch mal wieder da hin?«

»Ich weiß nicht, ach, ich weiß nicht recht«, sagte er und bereute es, ihr im Lauf der letzten Monate soviel von O. erzählt zu haben, aber er faßte seinen Entschluß. Drei Tage später sagte er zu seinem Friseur:

»Bitte kürzer im Nacken. Ich verreise wieder.«

»Wohin geht es denn diesmal«, fragte der Friseur. Dahlmann sah in den Spiegel und zögerte. Was er sah? Einen alten Esel, der sich schön machte, bevor er eine Dummheit beging. So war dann alles gekommen.

»Wohin?« fragte der Friseur noch mal und stellte den Fön eine Stufe schwächer.

»In die alte Heimat«, sagte Dahlmann. Der Friseur konnte damit nichts anfangen.

»Und das nächste Mal?« fragte er deshalb sofort.

»Das nächste Mal wieder Mallorca, oder wirklich einmal Israel«, sagte Dahlmann. Lena sagte er von seinen Reiseplänen nichts. Er hatte sich einfach anstecken lassen. Nicht von der Idee, nein, sondern weil sie Marlis' Tochter war.

Ein kleines Fenster, im dritten Stock, jemand beugt sich hinaus, vor langer Zeit. Es war kalt gewesen an dem Tag. Schnee hatte gelegen. Marlis saß mit einer Puppe am Fenster, Kollenbuscher Weg 6, dritter Stock, zweimal klingeln. In der Abenddämmerung kamen sie die Straße hinauf, die Mutter, die beiden Schwestern und er. Sie kamen zurück aus Polen. Die Mutter sagte, »komm rein, Julius, es braucht uns niemand zu sehen.« Aber er stellte sich unter Marlis' Fenster, und sie beugte sich heraus. Sie hatte den ganzen Tag gewartet. Wer liebt, wartet? Das war vor langer Zeit gewesen.

»Wer kommt in meine Arme«, rief er, als die anderen im Haus waren. Er rief hinauf zu ihr mit einem Gesicht, als würde er im verschneiten Vorgarten liegen, nicht stehen. Wer kommt in meine Arme, flüsterte Marlis und warf mit geschlossenen Augen ihre Puppe Martha herunter. Wie gesagt, es war der Tag, an dem er aus Polen zurückkam. Der Nachmittag vor Sylvester, und es dämmerte schon. Sie warf die Puppe, und er lächelte. Bitter. Marthas Haare breiteten sich weit und hielten sie, so schien es, eine Zeit in der Schwebe. Sie lag auf der Luft, bis Julius den Schritt beiseite ging. Martha schlug auf. Der Schnee lag dünn, und sie zerbrach.

Wenn Marlis heruntergefallen wäre, er wäre nicht beiseite getreten, sagte Julius später.

Ein kleines Fenster, im dritten Stock, Marlis beugte sich heraus, vor langer Zeit.

Du hast ja wohl einen Vogel, hatte sie geschrien.

Die Verlängerung

An der größten Kreuzung von S. stand Lena im Mittag herum. Nach links ging es zum Bahnhof. Geradeaus in die Stadt. Sie ging geradeaus. An der Ecke zur Bahnhofstraße räkelte sich ein Akkordeon aus Rumänien in der Mittagssonne, und auf dem Markt war Markt. S. war so klein, daß die Menschen langsam gingen. Am Morgen hatte Dahlmann mit Solarrechner einen ermäßigten Tagessatz für das Erkerzimmer ausgerechnet. Neunmarkdreißig.

»Also sagen wir: 280 Mark im Monat.« Früher habe er das im Kopf gerechnet, hatte er hinzugefügt. Sie bleibe keinen Monat, hatte sie wieder gesagt und aus dem Fenster in seinen Garten geschaut, wo die Glyzinien spät im Jahr noch einmal blühten. Vor fünf Tagen war ihre Mutter beerdigt worden. Seitdem hatte es nicht geregnet.

Vor dem Eiscafé Venezia zögerte Lena. Dann trat sie ein, um nicht allein zu sein.

Ein Schirmständer hielt die Tür offen. Der gleiche Tresen wie früher, darüber Neonröhren, von denen nur eine brannte. Zwei Frauen saßen an einem Tisch tief im Raum. Auf dem Kopf hatten sie stumpfe Locken. Vor ihnen brannte eine Kerze, hinter ihnen begann der Wald auf der Fototapete. Seit 1967 stand ein einzelner Eisbecher mit drei Plastikkugeln, rosa, creme, grün, mit einer verstaubten Sahnefrisur im Fenster zur Bahnhofstraße. Früher hatten die Schwestern Wagner in dem gleichen Fenster Mieder ausgestellt. Früher hatte Lena geglaubt, die zwei unverheirateten Schwestern seien pervers, pervers sei was mit

Fleisch und Einsamkeit, oder die Verwechslung von Leder und Haut, und das Wort »altrosa« sei eigens für die Schwestern Wagner erfunden worden. Jeden Tag hatten sie die Schaufenster geputzt und innen die dunkle Holzverkleidung abgestaubt. Bei Regen spritzten die vorbeifahrenden Wagen das Wasser bis an die Scheiben, und die ältere der Schwestern, die mit dem schütteren Haar, putzte sie am Abend ein zweites Mal. Als sie starb, hatte sie eine Glatze. Wenn die Schwestern Wagner draußen den Gummiwischer über die Scheiben gezogen und dabei die Arme gehoben hatten, hatte Lena sie bis zur anderen Straßenseite hinüber gerochen. Altrosa.

Jetzt war Signor Paolo der Pächter der Eisdiele Venezia. Lena schob die Sonnenbrille ins Haar. An einem Klapptisch beim Klo saß die Signora und löste Kreuzworträtsel.

»Uno, due, tre? Anderes Wort für Trennung? Sette, otto. Acht Buchstaben, der zweite ein ›b‹«, sagte die Signora, blond und mächtig, und kippelte auf der Stuhlkante.

»Abschied.« Lena sah ihr über die Schulter. Die Signora war Paolos Frau. Paolo hatte einmal das Gesicht eines Liebhabers gehabt, warm und träge. Mit den Jahren waren die Haare weniger, die Züge deutscher geworden, und die Schultern seiner Frau, die er als Verlobte aus Venedig mitgebracht hatte, glänzten nicht mehr. Die Signora hielt Lena am Arm fest. Ihre Stirn war glatt, als hätte sie soeben erst einen schweren Schleier zurückgeschlagen, um mit ihr zu sprechen.

»Lena?«

»Richtig.«

»Ich habe dich neulich im Fernsehen gesehen«, sagte sie ein wenig hart und mit italienischer Melodie in der Sprache, bei der man Hunger bekam.

»Richtig.«

»Du hattest früher eine Zahnspange, und damit hast du unser Eis gegessen.«

»Richtig.«

»Du hast die Zahnspange nie neben dich auf den Tisch gelegt.«

»Richtig.«

Da atmete die Signora schwer. Ihr Hals sah aus wie der einer Riesenschnecke.

»Du hattest doch früher so einen netten Freund?«

Lena ging hinaus. Draußen standen wenige Tische in der Augustsonne, so eine Sonne, die schmerzte, wenn gerade jemand gestorben ist. Sie setzte sich. Das Akkordeon spielte noch immer, und die Kellnerin schaute weg, als Lena die Rückenlehne des Stuhls bis fast an die Scheibe schob und die Sonnenbrille von der Stirn auf die Nase fallen ließ. Es schlug eins, und die erste Plane auf dem Markt wurde eingerollt.

»Cappuccino, bitte.«

»Tachchen«, sagte Sylvia Siepmann und hielt die Hände unter einer weißen Schürze versteckt.

»Du arbeitest jetzt hier?« Lena nahm die Sonnenbrille nicht hoch.

»Mhm.«

»Und eure Kneipe?«

Vor fünfundzwanzig Jahren hatten Sylvia und sie samstags am Bahnhof gespielt. Sie waren vor den durchfahrenden Zügen in die Unterführung geflohen. Nach dem Rennen hatte Sylvia den BH mit soviel Kraft zurechtgezogen, daß Lena sich vorgestellt hatte, diese Brüste müßten sehr groß und sehr schwer sein. Wie schwer, hatte sie nicht zu fragen gewagt und statt dessen verklemmt gefragt, ob Sylvia schon mal aufgefallen sei, Züge seien ein fahrender Flur? Nee, sei ihr nie aufgefallen, hatte Sylvia gesagt. Fahrender Flur, wie sie denn auf so was käme. Wegen deiner Brüste, hätte Lena gern gesagt, nur wegen deiner Brüste. Aber so etwas sagte man nicht zu Sylvia, die mit den gleichen Augen wie diese Puppe schaute, die Lenas Vater einmal auf der Kirmes geschossen hatte. Blaue Tülltaubenaugen.

»Und wenn die Züge vorbei sind, ist alles einen Moment lang anders.«

»Wie denn?«

»Wirklicher«, hatte Lena gesagt und an ihrem kleinen BH gezogen.

»Wirklich?« hatte Sylvia gefragt und mechanisch noch einmal an ihrem gezogen.

»Ja.«

»Wirklicher, so'n Quark.«

Sylvia war frühreif, ein Feger und in der dritten Klasse sitzengeblieben. Lena fand Sylvia sexy und sagte ihr in der Umkleidekabine nach dem Sport eine Zukunft beim Film voraus. Danach duschten sie gemeinsam. Jetzt waren sie beide fast vierzig. Mit wem duschte Sylvia jetzt? Sie waren damals im Schwimmverein Rote Erde und beide in den Bademeister verliebt, doch Sylvias Badeanzug war rasanter gewesen. Mit vielen dünnen Trägern, wie Fesseln. Lena aber schwamm besser. Beide hatten sie nicht den Bademeister, sondern eine andere Zukunft bekommen. Lena eine mit, Sylvia eine ohne Gymnasium. Sylvia sicher mit, und Lena meistens ohne Mann. Ob Sylvia sich an früher erinnerte? Ob früher für sie nur irgendwie gestern oder vorgestern oder einfach nicht mehr war? Sylvia stellte eine Tasse auf den Tisch.

»Cappuccino, bitte.« Sofort verschwanden die Hände wieder unter der Schürze.

»Gut, daß du das sagst«, sagte Lena, steckte den Löffel in einen Berg Sahne und schaute unter der Haube nach. Filterkaffee.

»Das trinken hier alle so«, sagte Sylvia Siepmann, »wir sind hier nicht in Italien. Leider.«

Unter der Schürze zog sie ein Kellnerinnenportemonnaie hervor.

Ein Schatten fiel in dem Moment auf die Sahne vom Cappuccino, und Lena kippte mit dem Stuhl weiter zurück, aus dem Licht in den Schatten. Nichts im Rücken als eine dünne alte Glasscheibe und den Eisbecher mit den drei ausgeblichenen Plastikkugeln.

»Setz dich doch.«

Da hatte Ludwig sich schon gesetzt.

Alle drei schauen aus dem Fenster. Keiner spricht. Lena fährt.

»Schöner Holunderstrauch da drüben«, sagt Dahlmann in die Stille hinein. »Und müssen wir nicht anrufen, um zu sagen, wann wir ungefähr ankommen?«

»Wen anrufen?«

»Na, Ihren Ludwig zum Beispiel.«

»Morgen.« Lena klappt die Sonnenblende hoch.

»Ludwig«, fragt der Priester. »Was ist mit dem?«

Sie dreht sich um.

»Achtung, Kurve«, sagt Dahlmann und greift ihr ins Steuer. »Hier vorn spielt die Musik.«

Ludwig Frey. Die Menschen mögen ihn immer, ohne genau zu wissen, warum. Seine Eltern gehörten zu einer Sekte, kurz

›Die Freys‹ genannt. Seine Großeltern hatten, als sie noch jung waren, Kranke gesundgebetet. Ludwig war mit sechzehn katholisch, mit vierundzwanzig Priester geworden. Die Jahre, bevor er Priester wurde, hatte sie sich manchmal vorzustellen versucht. Wie er zum Abschied das Gesicht einer Frau küßte und seine Linke weit unten auf ihren Rücken legte. Wenn eine bis dahin kein Hohlkreuz hatte, danach hatte sie eins.

»Ich schwör's«, murmelt sie.

Dahlmann dreht sich zum Priester um und ruckt sich auf seinem Hintern zurecht. Er hat etwas vor.

»Sag mal, Richard, wieso bist du eigentlich mitgefahren?« fragt er.

Sie sah über der Feuerzeugflamme Ludwigs hübsches, mittlerweile ein wenig schweres Gesicht mit den breiten Wangenknochen. Eine Katze, die gegen den Wind läuft. Unter den Augen waren Schatten, aber die Augen selbst waren so blau, daß Gott ihn vielleicht deshalb für sich ausgesucht hatte. Er hatte einen schönen Priester gewollt. Auch ihr gefiel er, sogar besser als damals. Er war müder, das stand ihm. Damals sah er wie ein Schlagersänger aus. Er schaute auf ihre Hände, die älter waren als sie.

»Ich habe ihr die Krankensalbung gegeben«, sagte er.

»Warum fällt dir das ein, wenn du meine Hände anschaust?«

»Nur so«, sagte er. »Wir müssen doch reden. Irgendwo muß man doch anfangen.«

»Morgen anrufen reicht«, meldet sich nach kurzem Schweigen der Priester vom Rücksitz. Dahlmanns Frage hat er überhört.

»Da, Schwalben.« Dahlmann zeigt aus dem Seitenfenster des Wagens auf einen Kirchturm. Kleine schwarze Leiber wollen im Flug eine Melodie aus gewagten Tonsprüngen in den Himmel schießen. Die Löcher in der Luft versucht Dahlmann als unsichtbare Noten zu lesen. Er summt etwas, das keiner kennt.

»Schwalben«, wiederholt der Priester.

»Maßlosschwalbenallein«, sagt Lena und dreht sich wieder um.

»Drehen Sie sich nicht andauernd nach dem um, Lena. Ich glaube, der mag Sie nicht«, sagt Dahlmann.

»Der mag mich, wetten?« Sie gibt Gas und nimmt mit Schwung die nächste Kurve. Beide Männer halten sich an den Griffen bei den Türen fest, und ein vorwurfsvoller Dahlmann schüttelt den Kopf.

»So traurig wie sie habe ich selten jemanden gesehen«, sagte Ludwig und winkte Sylvia zu sich, »und ich bin auch noch zu ihrer Krankensalbung zu spät gekommen. Deine Mutter saß in einem Tigermantel allein in der ersten Bank der Krankenhauskapelle. Ein Tigermantel im August, kannst du dir das vorstellen?«

»Bei ihr schon.«

Keiner hatte Lena etwas von der Krankensalbung im Marienhospital gesagt, die als größeres Ereignis stattgefunden haben mußte. Warum war sie nicht eingeladen worden?

»Cappuccino, bitte«, sagte Ludwig. Sylvia lächelte ihn an. Er lächelte zurück.

»Ich kam zu spät und bin der Länge nach im Mittelgang hingeflogen«, sagte er. »Ich bin über die Mikrophonschnur gestolpert, und alle anwesenden Bademäntel haben mich mißbilligend angeschaut. Dein Vater hat vor dem Altar gestanden und sein Handy weggesteckt, als ich hereingeflogen kam. Er hat die Glocke, die seit einer halben Stunde zur Andacht rief, abgestellt und mich am Arm zum Altar gebracht. Ich war mal Meßdiener, hat er geflüstert. In dem Moment hat deine Mutter sich umgedreht und laut Scheiße gesagt. Scheiße der Tod!«

»Warum warst du zu spät?« fragte Lena und wischte mit dem Finger hinter ihren Sonnengläsern herum.

»Wegen des Briefs.«

»Was für ein Brief?«

Er sah sie an. Ihre und seine Hand lagen auf dem kleinen Tisch. Lena hob vorsichtig den kleinen Finger in Ludwigs Richtung. Da stellte Sylvia die Tasse mit dem Sahneberg zwischen sie.

»Wir haben dann erst einmal alle gesungen, aber in einer mir fremden Tonart«, sagte Ludwig.

»In der Tonart der Bademäntel«, sagte Lena. »Sind viele gekommen?«

Ludwig nahm mit dem Löffel Sahne vom Berg. Er aß sie so.

»Ja. Manche sogar mit Galgen und Tropf. Ich habe dann auch noch meinen Text vergessen, vier blöde Zeilen als Tröstung für Sterbende, und dein Vater, der alte Meßdiener, hielt mir Buch und Ölgefäß hin und lächelte. Er fühlte sich wohl. Ich mochte ihn in dem Moment. Auf ihren Wunsch sangen wir am Schluß *Maria, breit den Mantel aus.*«

»Und der Brief?«

»Die Augen deiner Mutter«, sagte Ludwig, »haben mich an Scherben von Weinflaschen erinnert, grün, wie sie auf Mauern stecken, über die man nicht steigen soll. Im Zimmer später haben dein Vater und ich ihr Bett so gestellt, daß sie aus dem Fenster schauen konnte. Richtung Westen, mit Blick auf die

Rotbuche, den Sonnenuntergang und auf das Kolpinghaus hinaus. Sie sagte, hier sei sie schon einmal gewesen.«

»Und?« fragte Lena.

»Das war noch nicht das Sterbezimmer«, sagte Ludwig.

Vor Paolos Eiscafé, während der Wochenmarkt abgebaut worden war, hatte zur Akkordeonmusik das angefangen, was Lena und Ludwig später ihre Verlängerung genannt hatten. Eine Zeitlang blieben sie in S. Daraus wurde eine Bleibe. Als Lena aufstand, fiel ihr Stuhl um. Wie damals der Stuhl in ihrer Garderobe, als Ludwig aus dem Tisch gekommen war. Jetzt war Ludwig wirklich da. Sie nahm fallende Stühle ernst. Denn spätestens von nun an wartete alles nur darauf, zu geschehen. Als Ludwig sich an diesem Mittag gesetzt und sie angesehen hatte, war die Nacht im Gras schon hinter ihren Augen gewesen. Sie waren in diesem Jahrtausend geboren und würden im nächsten sterben. Soviel wußten sie, und daß es schon spät war in ihrem Leben.

»Gibst du mir Feuer?«

Sie hatte ihm die Flamme hingehalten. Kein Wind ging. Trotzdem baute er eine Höhle mit seiner Hand um ihre. Kisten wurden in die Lieferwagen zurückgeschleppt. Eine Marktfrau band ihr Kopftuch ab und wechselte die Schuhe. Morgen würde die halbe Stadt darüber sprechen, wie nah sie beieinander gesessen hatten. Der Priester und die Schauspielerin, die auch nicht mehr ganz taufrisch war. Hatten die nicht damals schon was miteinander gehabt, kurz bevor sie ging und er die Macke bekam. Ja, poussiert hatten die schon früh miteinander.

»Windsor«, sagte Ludwig und ließ die Packung auf dem Tisch hin und her schlittern.

»Für einen Priester gehst du sehr freizügig mit meiner letzten Packung aus der Schweiz um«, sagte sie

»Schweiz?« Er lächelte sie so an, daß man erst recht über sie sprechen würde. Vor allem Sylvia Siepmann. Die stellte jetzt zwei Gläser mit Orangensaft vor sie hin. Auf Kosten des Hauses, sagte sie und zeigte auf die Signora, die hinter der Scheibe stand. Lena sah Sylvias dunkle Nylonstrümpfe und die silbernen Riemchensandalen dazu. Es war August. Sie hatte Nylonstrümpfe an und unter den Strümpfen blaue Flecken an den Beinen.

»Warum bist du nicht mehr ins Café gekommen, nach der Beerdigung, Ludwig?«

»Ich wußte nicht, daß du da sein würdest.«

»Wußtest du nicht?«

»Ich hatte dich erst nicht erkannt.«

»Du hast mich vom Altar aus nicht erkannt?«

»Nein.«

»Du hattest mein Gesicht also vergessen?«

»Ja.«

»Aber wie konnte dir das passieren?«

»Vergessen passiert mir nicht. Vergessen tu ich.«

Er beugte sich über den Tisch. Sie roch und sah, er hatte sich frisch rasiert. Shaving Cream Sandalwood. Gab es nur in England, London, Jermyn Street. Konnte nicht sie ihm mitgebracht haben damals. Denn damals hatte er sich noch nicht rasiert.

»Mich zu vergessen, das hast du schon einmal versucht«, sagte sie.

»Stimmt«, sagte er.

»Ludwig, du hattest damals einen religiösen Wahn.«

»Stimmt.«

»Wegen mir?«

»Der Punkt ist der«, sagte Ludwig, unterbrach sich aber und winkte. Aus dem offenen Dach eines Carman Ghia winkte jemand zurück. Von den zwei grünen Kirchtürmen schlug es halb zwei. Wurst- und Fischstand fuhren als erste ab.

»Wer war das?«

Am Straßenverkauf bestellte ein rothaariges Mädchen eine Kugel Erdbeereis und stellte sich auf die Zehenspitzen dabei. Sie trug eine Zahnspange und schaute Ludwig an.

»Ißt du auch Eis«, fragte sie. Ludwig schüttelte den Kopf.

»Obwohl du ein Priester bist?«

Ludwig fuhr kurz mit dem Finger in den Stehkragen seines weißen Hemdes, nahm dann die Sonnenbrille ab und brach mit einem Blick ein Herz, das bisher nur für Erdbeereis geschlagen hatte.

»Wer war das gerade in dem Carman Ghia?«

»Stephan«, sagte er. »Der war bei dir in der Parallelklasse und ist jetzt Redakteur für Lokales und Sport.« Sie sagte: »Aber der hatte doch früher lange rote Haare«, und Ludwig sagte: »Tja, der hatte mal Haare.«

Plötzlich lagen ihre Finger ungebeten, ungestüm, weiß und nackt auf seinem behaarten Unterarm und freuten sich über das Abenteuer von Haut auf Haut. Ludwig hatte wegen ihr den einen schwarzen Jackenärmel hochgeschoben. Nicht wegen der Sonne. Nicht wegen Sylvia.

Irgendwie zutraulich saßen die Leute, die morgen über sie reden würden, an den Tischen vor dem Eiscafé Venezia. Sie saßen, wie sie früher auf den Bänken vor ihrem Haus gesessen haben mußten. Das war in S. noch nicht lange her. Ludwig griff wieder nach ihren Zigaretten, und sie stellte sich vor, am Stammtisch der Theaterkantine zu erzählen, wie er gewesen war, der Sommer. Es war ein heißer Sommertag. Sie mochte Geschichten, die so anfingen. Oder so: An jenem Tag im späten Sommer regnete es, und das Wasser zog feine Bahnen über das Fensterglas der Eisdiele, und morgen würde sie abreisen. Sie zündete sich eine Zigarette an, und der Sprecher im Radio sagte: Es folgt der Krimi am Samstag. Lena mochte solche Anfänge. Sie versprachen, sie würde im Rest der Geschichte geborgen sein. Da fiel ihr ein, sie würde nicht zurückgehen, an keinen Stammtisch, in kein Theater. In keiner Kantine mehr würde ihre blaue verfilzte Jacke über dem immer gleichen Stuhl hängen, mit Banane, Zigaretten, Wein oder Kaffee oder Aspirin auf dem Tisch davor. So viele nette Dinge, die immer auf sie gewartet hatten, bis nach der Probe, nach der Vorstellung, nach der Ensembleversammlung. Lenas Adlerhorst, hatten die Kollegen ihren Kantinenplatz genannt.

»Und wo bist du im Moment engagiert«, fragte Ludwig, und sie sagte, »gar nicht.«

»Aber du bist doch gut. Ich habe von dir gelesen, in den großen Zeitungen.«

Wer sich wohl um ihn kümmert, wenn er krank ist, dachte sie. Wer ihn dann besucht? Vielleicht nur ein dicker Freund? Wer dann seine Briefe zur Post bringt. Und als sie gerade wieder fragen wollte, was das für ein Brief war, wegen dem er zu spät kam, sagte Ludwig: »Da hat dich gerade einer gegrüßt, Lena.«

Julius Dahlmann, mit einem Einkaufsnetz voller Artischokken, winkte von der anderen Straßenseite herüber. Um ihn herum fegte die Stadtreinigung in Orange Obst- und Gemüseabfälle zusammen. Dahlmann stellte sich auf die Zehenspitzen, das machte die paar Meter zwischen ihnen zu einer ernstzunehmenden Distanz. Er rief nichts, er war ungewöhnlich still, und sie sagte: »Nicht schon wieder Artischocken.«

»Kann dir doch egal sein«, meinte Ludwig.

»Eben nicht«, sagte sie, »ich wohn bei dem.«

»Bei dem? Du wohnst bei dem? Und ißt du auch bei dem?«

»Manchmal. Artischocken manchmal.«

»Artischocken! Du weißt ja nicht, was du tust. Das ist doch der Sohn von diesem Typen.«

»Was für ein Typ?«

»Na, der von der SS oder SA glaube ich. Auf jeden Fall«, sagte Ludwig, »ist der Vater nach Polen nie wieder in Deutschland aufgetaucht.«

»SS also«, sagte Lena.

»Ich weiß nicht mehr genau, aber auf jeden Fall Polen.« Sie sagte, »was heißt denn hier Polen?« Er zögerte und sagte, »KZ.«

»Ach so, das«, sagte sie.

Noch immer winkte Julius Dahlmann mit seinen Artischocken, und sie grüßte rasch zurück, damit er nicht herüberkäme.

»Ist doch egal.«

Ludwig fuhr wieder mit einem Finger in den Stehkragen seines Hemdes. Da schlug sie die Beine übereinander, lehnte sich über den Tisch und sah, so vorgebeugt, daß Ludwig in ihren Ausschnitt sah. Mit Daumen und Mittelfinger schnippte er gegen ihre Zigarettenpackung. Sie flog gegen ihren Unterarm.

»Wenn du dich jetzt sehen könntest, Lena«, sagte er.

Bald danach stand sie auf und stieß den Stuhl um. Sie ging schnell, drehte sich aber noch einmal um. Ludwig sah nicht hinter ihr her, sondern schrieb. Auf Sylvias Bon. Poeterei sei von Anfang an nichts anderes gewesen als ein Zweig der Theologie, hatte George immer gesagt.

Langsam ging Lena die Schaufenster vom Kaufhof entlang und las die neuen Reiseangebote nach Djerba, Dubai, Marokko, Mallorca, Wien und Kuba, dann die Angebote für den Jahreswechsel 2000 nach Wien, Prag, Berlin, Stuttgart. Warum eigentlich Stuttgart? Das Gesicht in der Scheibe war das Gesicht, das sie in ein paar Jahren einmal haben würde, und auf dem Weg zu Dahlmanns Haus zählte sie die Briefkästen.

Seit zwei Kilometern fährt die polnische Polizei vor dem Volvo her. Es wird langsam dunkel. Die Straße ist schmal, eine Burgenstraße zwischen irgendwas mit Gora und Czestochowa. Gora heißt Hitze oder Berg? Lena könnte den Priester fragen, aber der könnte die Frage als Zeichen ihrer Zuneigung deuten.

In den Bäumen sitzen die Nebelkrähen. Krähen bringen den Zweifel und die Versuchung, so steht es in alten Büchern. Die Sonne hat ihr bis eben noch tief in die Augen geschaut. Dahlmann hat ein Bonbon für sich und eins für sie ausgepackt.

»Nein danke«, sagt der Priester streng, als Dahlmann sich mit der Bonbontüte zu ihm umdreht. Er ist einfach furchtbar, denkt Lena, und in dem Moment fragt er:

»Was war das neulich für ein Vorschlag von Ihnen?«

»Wann?«

»Als wir über die Perücken für die Toten sprachen.«

»Mann, redet ihr pervers. Tote mit Perücke, wo gibt es denn so was?« sagt Dahlmann.

»Es war Lenas Vorschlag«, sagt der Priester.

»Was für ein Vorschlag?«

»Ich wollte, daß das Lagergelände ab jetzt kein Museum mehr ist«, sagt sie. »Es soll ein Raum zwischen den Räumen bleiben dürfen, den nur Tote betreten, verstehen Sie?«

»Kein Wort«, sagt Dahlmann. »Und was ist mit den Perük-ken?«

»Man muß einen Zaun ziehen um den Zaun, der schon da ist«, sagt Lena, »um den Ort als unbegreiflichen Raum stehen zu lassen. Er gehört uns nicht. Auch die Haare in den Vitrinen, auch die nicht. Der Ort soll mit sich allein bleiben und vergehen dürfen. Er soll alles dürfen, vor allem vergehen. Damit er weiter leben kann. Verstehen Sie?«

»Nein«, sagt Dahlmann. Er dreht sich zum Priester um. »Wo-von redet die denn?«

»Vom KZ.«

»Ach so«, sagt Dahlmann. »Schon wieder. Was will sie denn?«

»Sie will das Lagermuseum umgestalten, glaube ich.«

Beide Männer schweigen.

Schweigen, das kenne ich schon, denkt Lena, so bin ich erzo-gen worden. In dem Moment kommt sie sich sehr jung und stark vor im Vergleich zu den zwei alten Mottenkugeln in ihrem Auto. Vielleicht wird es das letzte Mal sein, daß sie sich so fühlt.

»Wollen Sie vielleicht lieber aussteigen?« fragt sie übermütig. »Ich habe mir nämlich folgendes vorgestellt. Das wird vor allem Ihnen nicht gefallen.« Sie dreht sich kurz nach dem Priester um.

»Was denn?« fragt er.

»In jedem Bus, der ab jetzt nach Oświęcim aufbricht, sitzt ei-ner, der sagt: Er tut es. Einer, der sagt: Sein Leben hat sowieso keinen Sinn mehr. Der sagt: Er will dem Leben mit einer Tat ei-nen letzten Sinn geben. Und ein anderer sitzt mit in dem Bus, der sagt: Das wird alles dokumentiert, versprochen. Sobald der Bus auf dem Parkplatz vor dem Lagergelände hält, läuft eine Kamera, und sie läuft mit, während, der, der sich gemeldet hat, auf das Tor ›Arbeit macht frei‹ zuläuft, dann in den Stacheldraht greift, klettert, blutet und trotzdem weiterklettert, auch wenn eine Stimme über Megaphon brüllt: ›Halt! Runter da, aber dallidalli!‹ Die Kamera läuft, solange er klettert, läuft, auch wenn ein erster Schuß fällt und niemand wegschaut, bis auf eine Frau vielleicht, in einem weißen Popelinemantel, die in ihrer Handtasche Kleingeld sucht, für die Postkarten, die sie von hier noch schreiben muß. Die Kamera läuft, während die Frau nicht sieht, daß der Tod im Stacheldraht nach dem dritten Schuß eintritt, und daß der Tote von vier uniformierten Männern in ein Tuch gelegt und mit einem Ruf, den man vom Zirkus kennt, hochgeworfen wird.«

»Nein«, sagt der Priester.

»Doch. Er fliegt über den Zaun ins Lager.«

»Nein«, sagt Dahlmann.

»Doch. Er fällt auf der anderen Seite der Welt herunter«, sagt Lena.

»Und die Frau in dem Popelinemantel?« fragt der Priester. Seine Stimme ist belegt.

»Das ist ja etwas ganz anderes als Denkmalpflege«, sagt Dahlmann. »Da muß man aber ziemlich böse sein, um das zu begreifen.«

Sie überholen schweigend das Polizeiauto und kurz darauf ein Pferdefuhrwerk. Der Mann auf dem Bock hält die Zügel, die Frau das Baby. In der Lücke, durch die nur ein kleiner Vogel passen würde, sitzt jemand bei ihnen. Eine milchweiße Gestalt. Ein gläserner Gast. Das Glück. Dahlmann schaut sich nach dem Pferdefuhrwerk um und winkt. Lena fällt der Satz ein, in den für ihre Mutter der ganze Dahlmann paßte: Der hat einen Vogel, der ist ja auch da in Polen gewesen.

Dahlmann winkt noch immer.

»Wem winken Sie denn da?« fragt Lena.

»Dem Baby«, sagt Dahlmann.

Sie hatte drei Tage hintereinander im Eiscafé gesessen, immer um die Mittagszeit, immer vergeblich. Ruft man einen Priester in der Wohnung seiner Eltern an?

Ihr Vater hatte bei Dahlmann angerufen. Ob sie die letzte Tasche ihrer Mutter aus dem Krankenhaus abholen könne? Dahlmann hatte in Lenas Namen zugesagt. Als sie später nach Hause kam, hatte er das Gesicht seiner Mutter aufgesetzt und sie streng zu der Tasche ihrer Mutter geschickt. Draußen war es schon dunkel, als sie an der Garderobe die Jacke überzog. Noch immer hing der Turnbeutel an der Heizung.

Die Frau an der Pforte des Marienhospitals hatte früher an der Hallenbadkasse gesessen. Eine Lampe mit grünem Schirm gab ihrem Gesicht Licht von unten und machte die Züge schärfer.

»Ach, nein«, sagte sie und nahm die Brille ab.

»Doch«, sagte Lena.

»Sie sind doch die Freundin meiner Nichte gewesen?«

»Stimmt«, sagte Lena und dachte, welche Nichte? Sicher mal wieder eine dieser kleinen Freundinnen, die sie im Kindergarten bereits angeödet hatten. Eines von diesen traumlosen, korrekten, aber netten Mädchen, die viel hübscher als sie, nämlich blond gewesen waren. So ein blasser Sack mit Schleife, abwechselnd apathisch oder weinend. Eine Stubenhockerin. Ein richtiges Mädchen also, das so langweilig war wie später die richtigen Männer.

»Wie geht es ihr denn?« fragte Lena langsam. Jemand kam durch die innere Glastür, sah sie aus dem Augenwinkel. Jemand in Schwarz und allein.

»Sie arbeitet bei der Post«, sagte die Frau an der Pforte.

»Verheiratet?«

»Sie wohnt im Postwohnheim allein.«

»Aber sie war hübsch«, sagte Lena und wollte sich aufrichtig an ein herzförmiges Gesicht erinnern mit hellem Haar und schwarzen Augen. Sie wollte freundlich sprechen und so einen guten Eindruck machen. Denn jemand drittes hörte bereits zu.

»Sehr hübsch, sehr«, wiederholte sie. Da stand er neben ihr. Sie sah auf die Tasche in seiner Hand. Sie sah in sein Gesicht.

»Guten Abend, Herr Pfarrer«, sagte die Frau an der Pforte.

»Ich wollte gerade kommen«, sagte Lena.

»Ich wollte gerade gehen«, sagte Ludwig, »mit ihrer Tasche zu dir.«

Er setzte sie ab, und in der Bewegung roch es nach der Mutter, die sie einmal gehabt hatte. Teures dunkelbraunes Parfum, Erdnuß und Haar. Die Mischung erinnerte mehr an ein Lieblingstier als einen Menschen. Der Geruch war das, was sie an dieser Mutter am liebsten gemocht hatte.

»Was schaust du mich so an? Habe ich was im Gesicht?« fragte sie.

»Ja.«

»Was denn?«

»Deine Mutter«, sagte er.

»Hast du was dagegen?«

»Nein«, sagte er. »Ich fand, sie war eine schöne Frau. Willst du sehen, wo sie gestorben ist?«

»Wo denn?«

»Im dritten Stock. Willst du sehen?«

»Im dritten Stock sterben die schönen Frauen?« Lena tat verwirrt.

»Komm«, sagte er, nahm erst die Tasche und dann ihre Hand. Er zog sie halb. Daß die Krankenschwestern im Treppenhaus sie so sahen, schien ihm egal zu sein.

»Ich war als Kind oft hier«, sagte sie. »Ich bin hier geboren.«

Alles in dem Hospital war wie früher: das Treppengeländer, Holz und weiß lasiert, die Standuhr auf dem Absatz zwischen erstem und zweitem Stock, die Madonna zwischen dem zweiten und dritten Stock, mit dem langen langweiligen Gesicht und den vorstehenden Augen.

»Basedow«, sagte Lena.

»Barock«, sagte Ludwig.

»Sieh mal, wie sie ihr Kind noch fester hält«, sagte Lena. »Wenn sie mich sieht, hält sie es noch fester. Das steht ihr gut. Denn wenn sie Angst hat, sieht sie lebendiger aus.«

»Hübsch, sehr«, sagte Ludwig. Sie sagte:

»Meine Großmutter hat unten in der Waschküche gearbeitet. Ich bin nach Schulschluß dort essen gegangen, Fischstäbchen, wenn Freitag war, und Götterspeise, kirschrot oder waldmeistergrün mit Büchsenmilch. Büchsenmilch fand ich immer tröstlich. Ab und zu strich eine Nonne meiner Großmutter an der Mangel über den verschwitzten Rücken und sagte: brav, Margot, brav. Dann drehte sie sich um und schaute ernst und traurig auf, ein großes Pferd. Manchmal habe ich auf der Bühne meine Großmutter gespielt, in den kleinen Rollen. Als Dienstmädchen oder so. Ich habe sogar ihr kleines, rundes, stures Kinn gespielt und diesen Charakter eines Bügelbretts.« Lena sah Ludwig an.

»Da wären wir«, sagte er.

Im dritten Stock war früher die dritte Klasse mit den Achtbettzimmern gewesen. Jetzt war hier die Privatstation. Das kleine Zimmer am Ende des Flurs aber war geblieben. Dort starb man noch immer zum Hof hinaus. Das letzte, was man auf die Reise mitnahm, war das Rauschen der Lüftungsanlage aus Küche und Keller.

»Wo sind die Nonnen?«

»Weg, seit ein paar Jahren schon«, sagte Ludwig und zeigte auf die Tür am Ende des Flurs.

»Willst du hinein? Es ist gerade nicht belegt.«

»Da hat sie gelegen?«

»Gegen Ende schon.«

»Im Sterbezimmer?«

»Es hat sogar Faxanschluß«, sagte Ludwig.

»Sie ist mit Faxanschluß gestorben?«

»Ja, das ist heute bei den Privaten so.«

»Und die Nonnen?«

»Hab ich doch gesagt.«

»Also Faxanschluß statt Nonnen?«

»Ja.«

»Nein«, sagte sie und setzte sich in einen freien Rollstuhl, schlenkerte albern mit den Beinen. Sie sah Ludwig an, ohne weiterzureden. Eine Frau, hat sie sich oft vorgestellt, besteht innen aus zwei Ringen. Die meisten Männer berühren nur den ersten. Kaum einer berührt den zweiten. Daß genau dieser Mann genau diese Frau dort berührt, ist keine Frage der Anatomie. Das ist Liebe, und die gibt es nicht auf plötzliches Verlangen. Die kommt, wann sie will, und läßt sich mit keinem *Warum* vertreiben.

Lena hörte auf mit den Beinen zu schaukeln.

»Guten Abend.«

Zwei kleine Krankenschwestern gingen Arm in Arm vorbei

und versuchten, pünktlich nach Hause zu kommen. Es war kurz nach zehn.

»Guten Abend, Herr Pastor Frey«, sagten sie. Er verbeugte sich leicht. Lena aber stand auf, holte mit dem Hintern aus und gab dem Rollstuhl einen Stoß. Er schoß rückwärts auf die kleinen Schwestern zu, holperte an einer Bodenschwelle, drehte sich ein und ein halbes Mal, rollte langsamer weiter, rollte aus, aber noch immer hinter ihnen her und stockte an der Ecke zur Treppe. Leer schaute er hinter den kleinen Krankenschwestern auf den hohen Schuhen her.

»Ich habe ihr noch die Krankensalbung gegeben«, sagte Ludwig.

»Hast du schon gesagt.«

»Obwohl ich es eigentlich nicht durfte.«

»Wieso, hast du doch gelernt, Taufen, Trauen.«

Ein Pfarrhaus mit Garten, stellte sie sich vor, während sie kühl tat. Einen Obstgarten im Schatten der Kirche, nach Südwest die meisten Fenster, und um den Hauseingang klettern Rosen. Gelbe. Die Samstagabende, still, nein glücklich. Was man gelebt hat, ist das, was man gefühlt hat, und deshalb ist einer wie Ludwig gern allein mit einem Glas Wein und der Predigtvorbereitung für den Sonntag. Nur im ersten Stock ist der Schritt der Haushälterin zu hören, die zu Bett geht in einem Leben, das seinen Sinn hat in den Ritualen des Herrn Pfarrers.

»Ich bin kein Priester mehr«, sagte Ludwig.

»Fahren Sie nicht so schnell«, sagt Dahlmann. Rechts liegen ungemähte Wiesen, durch die keine Nonne geht. Doch Nonnenweg bleibt Nonnenweg, auch wenn die Halme sich wieder aufgerichtet haben. Es wird dunkel. Sie überholen einen alten Bus, der kaum vorwärts kommt. Die Sitze sind von einem würdevollen dunklen Rot und mit weißen Bezügen an den Kopflehnen geschützt. Sie fährt langsamer und schaut jedes Gesicht im Bus an, das sich aus dem Profil heraus nach dem Volvo umdreht. Müde Gesichter, dahinter strahlt der Luxus der schneeweißen Bezüge. Weiß, Schnee. Während sie die Kopfbezüge sieht, füttern in ihrem Kopf Kinder andere Kinder mit Schnee.

Sind alle Menschen so? So in Schichten angelegt? In ein lautes Sagen, ein tonloses Denken und in eine Spur noch darunter, wo sie schneller, aber nichts zu Ende denken. Bis es dann schwarz wird.

»Mensch, Lena«, sagt Dahlmann, »was ist denn los?«

»Das von früher«, sagt sie, »das ist los.« Danach ist es still im Wagen. Die Stille braucht sie.

Sie hat Hunger.

Ludwig setzte sich auf das Treppengeländer. In seinem Rücken der Abgrund war drei Stockwerke tief. Sie stellte sich vor ihn.

»Ich war bereits beim Bischof«, sagte er.

Sie hätte ihn nur leicht stoßen müssen. Der Schreck hätte den Rest erledigt. Sein Leben lag in diesem Moment in ihrer Hand, und sie bildete sich ein, er hätte sich deswegen auf das Geländer mit den zwölf oder vierzehn Metern Abgrund in seinem Rücken gesetzt.

»Ludwig?«

»Ja?«

»Tust du mir einen Gefallen?«

»Wenn ich kann«, sagte er.

»Küß mich«, sagte sie.

Hinter der Glastür zur Privatstation sah sie eine Nachschwester rauchen. Sie hatte Gazellenbeine und ein braunes Gesicht, das weder alt noch jung, weder schön noch häßlich war. Sondern glatt, eine Möglichkeit.

»Es ging nicht mehr«, hörte sie Ludwig sagen. »Dabei habe ich mich wohl gefühlt, lange Zeit. Habe sogar einen Motorradclub gegründet, für die Pfadfinder. Und dann die Samstage, weißt du? An denen ich die Predigt für den Sonntag geschrieben habe …«

»… und du Wein dazu getrunken hast«, sagte sie.

»Woher weißt du das?«

»Stelle ich mir vor«, sagte sie. »Mönche trinken auch.«

»Das war ein Gefühl, sag ich dir, wie bei jemandem, der richtig schreibt«, sagte Ludwig leise.

George hatte recht gehabt. Theologie war der Anfang von Poeterei.

Neben dem Sterbezimmer stand eine riesige Zimmerpflanze, eine von dieser räudigen blütenlosen Art.

»Ich habe es eines Abends einfach im Gebet gesagt«, sagte er. »Den ersten Satz der Sonntagspredigt hatte ich gerade hingeschrieben: *Liebe und tu, was du willst.* Liebe Gemeinde, Augustinus hat diesen Satz immer gelebt, schrieb ich. Dann habe ich das Blatt umgedreht, bin in den Keller und habe den besten Wein heraufgeholt, der im Haus war. Ich habe zwei Gläser ausgeschenkt und gesagt: Chef, habe ich gesagt, komm, nimm es nicht persönlich, aber du hast ja mitbekommen, ich habe mich verliebt. Prost.«

»Hattest du?«

»Nicht wirklich, mehr eine Irritation.«

Von der Zimmerpflanze fielen drei Blätter gleichzeitig ab, auf das Linoleum des Krankenhausflurs. Sie waren noch grün. Lena schaute Ludwig an. Kalt. Ein kalter Ofen konnte nicht kälter sein. Sie war eifersüchtig auf eine Zeit, in der sie nicht in seinem Leben gewesen war.

»Und was hast du dem Bischof gesagt?«

»Daß ich um Dispens von der Zölibatsverpflichtung bitte.« Er sprang vom Geländer, bückte sich und griff nach der Tasche ihrer Mutter.

»Wie heißt sie denn?«

»Ist doch egal.«

»Los sag.«

»Maria«, sagte er und sie lachte.

»Na, dann bleibt ja alles in der Familie«, sagte sie und bereute schon, daß sie sich nicht besser verstellt hatte. Daß sie das mit dem Küssen gesagt hatte.

»Und der Bischof?«

»Der hat vorgeschlagen, ich solle im Amt bleiben.«

»Und die Frau?«

»Mit der Frau sollte ich es halten wie meine andern Kollegen auch.«

»Verstoßen, Maria verstoßen«, sagte sie.

»Nein, sie mir als Haushälterin nehmen«, sagte Ludwig. Einen Moment legte er ihr eine warme schwere Hand auf den Kopf, und sie dachte nicht mehr, daß da einer spricht, sondern einer sie zudeckt. Die Frau an der Pforte aß ein Joghurt, als sie das Hospital verließen.

Sie gingen durch die Hauptstraße von S. und bogen nach der Kirche mit den zwei grünen Türmen rechts ab, Richtung Löwenburg. Er trug die Tasche, aber nicht zwischen ihnen. Zwischen ihnen war eine Lücke, durch die nur eine flache Hand gepaßt hätte. Ludwig sagte, er sei zu spät zur Krankensalbung gekommen, weil er den Brief an den Bischof zwar in der Tasche gehabt habe, aber an jedem Kasten vorbeigegangen sei. Erst am Ortsausgang bei der Busendhaltestelle, Dieselstraße, habe er den Brief eingeworfen.

»Dann warst du bei der Beerdigung gar kein Priester mehr, sondern nur verkleidet.«

»Ja.«

»Ist das keine Sünde?«

»Sie hat es sich so gewünscht«, sagte er. »Das war wichtiger.«

Als sie durch die Apothekergasse kamen, flog beim Hotel »Deutscher Kaiser« eine Zeitungsseite auf und beruhigte sich nicht, auch nicht im Rinnstein.

»Du hattest immer einen Ort, weil sie hiergeblieben ist«, sagte Ludwig.

Ludwig und sie trafen sich regelmäßig beim Sportplatz Rote Erde. Sie lagen auf einer breiten Bank, das Holz war vom Wetter splittrig und grau. Sie lagen Ohr an Ohr und mit den Füßen in entgegengesetzten Richtungen. Ein Mann und eine Frau, nur vom Himmel aus zu sehen, und selten riß der Wind ein blaues Loch in die graue Wolkendecke. Die Obstbäume verloren ihr Obst. Es roch aus den Gärten, streng und süß, und immer häufiger band sie die Haare zusammen und nahm zur Verabredung die Brille mit. Sie gingen für eine Stunde oder zwei in ein abgelegenes Café am Stadtrand. Durch die geöffneten Fenster hörten sie die Autobahn bei den Hochhäusern. Sie waren ruhig. Ludwig hatte keine Pfarrei, sie kein Engagement mehr. Zusammen war das zweimal nichts. An einem abseitigen Tisch neben dem Zigarettenautomaten lasen sie sich leise vor. Das

Vorlesen wurde ihre Art, in fremden Sätzen miteinander zu reden.

»Inmitten der Welt, in der man nicht mehr leben mag, gelingt es den Menschen zu zweit bisweilen, aber sehr selten, einen warmen, von der Sonne beschienenen Ort zu schaffen. Eine Kapsel im öffentlichen Raum und so ins Paradies vertrieben zu sein.« Lena schlug das Buch zu.

»Das lesen jetzt alle«, sagte sie.

»Hab ich da was nicht mitgekriegt?«

»Kann schon sein.«

»Und was?«

»Die neunziger Jahre vielleicht«, sagte sie.

An diesem Tag lasen sie nicht weiter.

Die Nacht im Gras. Sie stand als erste von der Bank auf, lief hinunter zur Wiese beim Bach und legte sich ins Gras, das hoch und spitz in den warmen Herbstabend hinein stand. Da, wo der Bach in den Teich mündete, hatten sie sich kurz hingesetzt. Ein Vogel hatte gesungen, allein und verzweifelt, als käme Regen auf.

»Komm«, hatte sie gesagt.

»Wohin?«

»In meine Arme.« Sie hatte gelacht, die Arme ausgebreitet, war vorausgelaufen, mit ausgebreiteten Armen, aber mit dem Rücken zu ihm.

Als sie aufgehört hatten sich zu küssen und die Augen wieder öffneten, war es dunkel geworden. Der Wald hatte zu rauschen begonnen, und Streulicht vom Mond lag wie Blei auf Ludwigs Gesicht.

»Das von früher, das geht nicht mehr, Lena.«

Unter ihm lag der graue Pullover, auf ihm lag sie. Ludwig

kam ihr so unbenutzt vor, wie er da im Gras lag mit den Händen über dem Kopf, als hätte sie ihn an den Halmen festgebunden. Sie berührte mit dem Gesicht sein Gesicht. Als sie dabei die Augen schloß, begegnete ihr ein Moment, in dem sie vor langer Zeit einmal glücklich gewesen war: Das alte Kino Lichtburg in S. öffnete den Nebenausgang zum Hof der Wäscherei. Jemand mangelte, man konnte es riechen. Der Film war vorbei, sie hatte allein am Rand gesessen, hatte geweint. Die Eisverkäuferin hatte aus den Haaren nach Eisen gerochen, und während des Films hatte Lena in den Liebesszenen die Kniestrümpfe bis auf die Schuhe hinuntergerollt. Danach hatte sie erwartungsvoll draußen im Abend gestanden, und es hatte noch immer nach frisch gemangelter Wäsche gerochen.

»Lena?«

Sie öffnete die Augen.

»Was stellst du dir gerade vor?«

»Schöne Landschaften«, sagte sie.

Das Gras war feucht. Sie waren miteinander ins Gras gegangen. Nicht ins Bett. Daraus war ihre Nacht im Gras geworden. Wären sie miteinander in ein Bett gegangen, er hätte sicher seinen Schlafsack neben ihr Plumeau geworfen, hätte sich die Zähne mindestens drei Minuten lang geputzt, seine Socken in die Schuhe gesteckt, hätte erst den Reißverschluß vom Waschbeutel und dann den vom Schlafsack zugezogen. Hätte ihr den Rücken zugedreht, so unberührbar wie müde. Ein Arm hätte sich die Zimmerwand hochgeschoben, hätte sich nicht um sie gelegt, und an den Reflexen seiner Finger hätte sie die Tiefe seines Schlafes ablesen dürfen. Aber sie war mit ihm nicht ins Bett, sondern ins Gras gegangen. Noch nie in ihrem Leben hatte sie sich soviel Mühe gegeben, Angst in Lust zu verwandeln. Ganz in der Nähe rauschte der Bach, für den sie früher kleine Wassermühlen gebastelt hatte. Die Schaufeln aus pastellfarbenen Plastikeislöffeln, der Körper aus einem Flaschenkorken. Nach sieben Portionen Eis und einer Flasche Wein war wieder eine Mühle fällig gewesen. Daran dachte sie, als sie die Schnalle an seinem Gürtel öffnete. Seine Schuhe zog sie mit ihren nackten Füßen aus und sagte, das ist ja eine amerikanische Unterhose, als sie sah, wie erregt er war. Sie schob den Finger in seinen Mund, dann faßte sie ihn mit den feuchten Fingern an, und er krümmte sich. Sie nahm seine Hand in ihren Mund und sagte, los, faß dich selber an, und er sagte »O Gott«, als er es tat. Zwischen ihnen stand der Abschied von damals und war eine dritte Person und beobachtete sie. Sollte er. Die anderen Männer hatte Lena vergessen, wie Schirme. Ludwig nicht. Ihr hatte gefehlt, was mit ihm nicht gewesen war. Das Fehlen war ihr zur Wirklichkeit geworden. Das Rauschen vom Wald kam immer wieder, später tiefer, wie Regen.

»Ich komme«, sagte Ludwig, sie schob ihm die Faust in den Mund. Er biß zu. Wie Gras richtete sich das leere Haus unter ihnen auf.

Sie hielt ihn. Mehr nicht. Sie bewegten sich nicht, als er kam. Seine Fersen schlugen ins Gras, dann in den Himmel.

Das Rauschen mußte in die Bäume zurückgekehrt und dort untergegangen sein. Das von früher, das geht nicht mehr, würde Ludwig sagen. Es war kurz nach zwei. Der Mond hatte einen milchigen Hof und war rund.

»Aber, aber«, sagte Ludwig.

»Was machst du morgen«, fragte sie

»Morgen fahre ich Sprudelkästen aus.«

»Wohin?«

»Ins Sauerland.«

»Schön. Dann komme ich mit.«

Sie verabschiedeten sich beim Kreishaus. Sie sah ihm nach, er ihr nicht und sie dachte, wenn du eines Tages von mir fort gehst, gehe ich mit.

Ludwig wohnte im Souterrain, bei seinen Eltern. Zehn Quadratmeter Gästezimmer neben der Sauna und ebenso verkleidet. Vom Fenster aus sah er gegen eine weiß verputzte Wand. Weiß, wie Milch weiß ist. Oder ein Kindersarg, sagte er an schlechten Tagen. Zwischen Fenster und Wand gab es einen Treppenaufgang nach draußen. Nur für ihn. Seine Mutter war noch immer schön. Sie hatte ihm einen Fernseher auf den Nachtspeicher gestellt, als sie merkte, daß er blieb. Daß er nicht mehr Priester war, war ihr anfangs peinlich, aber verständlich. Sie hätte gern Enkel gehabt und wünschte ihm in der ersten Zeit eine jüngere Frau.

»Lena«, sagte sie, »Lena, war die nicht immer älter als du?« Dann gewöhnte sie sich an Lena, wie man sich an Straßenlärm gewöhnt.

Lena suchte sich einen Job. Als sie merkte, daß sie blieb, kaufte sie sich einen alten roten Volvo. Damit fuhr sie viel und ziellos in der Gegend herum und manchmal zur Arbeit. Sie gab Schauspielkurse und Improvisationsunterricht an der Volkshochschule im Nachbarort. Einen Wochenendkurs hatte sie »Die Liebe kommt, die Liebe geht« genannt. Drei Monate später war eines der Mädchen schwanger. Vom Kurs, vom Klaus. Mit den Tagen vergingen die Wochen, verging das Jahr. Was das wohl ist, mit uns, fragte Ludwig sie eines Abends Anfang November im Laster und auf der Landstraße zwischen Werdohl und irgendeinem anderen verregneten Kaff bei Winterberg. Die leeren Flaschen unterhielten sich hinter ihrem Rücken. In der Fahrerkabine war es heiß, und ihr Mund war von der Heizungsluft trocken. In der Nacht hatte sie geträumt. Von Ludwig und von sich. Sie hatten im Traum miteinander getanzt. Ihr Haar trug sie zu einem Turm aufgebunden, und die große fremde Wohnung war ohne Mobiliar. Nur auf einem Tisch stand ein kleines Faß mit Butter, sonst nichts. Andere tanzten auch. Dann mußte sie weg. Draußen schien der Mond. Einen Moment lang war sie zaghaft. Als sie zurückkam, schaute sie an der Fassade des Hauses hoch. Kein Licht. Trotzdem sah sie, wie jemand mit abweisendem Ruck im zweiten Stock einen Vorhang vorzog. Der Vorhang war auch dunkel, dann ruhig, dann schwarz. Die Tür zum Hausflur stand offen, die zur Wohnung auch. Sie ging bis ans Ende des Flurs. Ihr Mantel mußte noch im Schlafzimmer auf dem Doppelbett liegen. Die Party war längst zu Ende. Auf dem großen Bett aber lagen statt der Mäntel zwei Menschen, und zwischen ihnen bemerkte sie die Spuren einer Unruhe. Das Fußende vom Bett reichte Lena bis zur Hüfte. Je genauer sie hinschaute, desto weniger sah sie, je dringender sie weglaufen wollte, desto angewurzelter blieb sie stehen. Sie hielt sich mit beiden Händen an dem Fußende fest. Das war aus dunklem alten Holz. Einer der zwei Menschen war Ludwig, beide Menschen lagen auf dem Rücken, so weit wie möglich voneinander entfernt und mit den Nasen zur Decke, um voneinander weg zu starren. Die Brüste der Frau fielen schwer zur Seite. Der Mann, Ludwig, hielt sich selbst bei den Händen. Die Hände griffen über seinem Kopf ineinander, als wollten sie sich trösten. Die Augen der Frau waren geschlossen, seine nicht. Ludwig sah Lena an. Zärtlich, fand sie.

Soll ich noch mal wiederkommen? fragte sie in den langen Blick hinein.

Aber die andere Frau stand schon auf. Sie hatte blonde, harte Locken, solche, die man von Wicklern bekam. Sie verließ das Zimmer, und ihr Hintern leuchtete weiß im Türrahmen. Dann stand auch Ludwig auf und zog sich auf dem Bettrand sitzend an. Seine Unterhose leuchtete weiß wie der Hintern der fremden Frau.

Hast du mit ihr geschlafen?

Nein.

Sie gingen hinunter auf die Straße.

Hast du mit ihr geschlafen?

Nein.

Da nahm Lena Ludwigs Kopf in beide Hände.

Hast du?

Sein Gesicht, auch weiß zwischen ihren Händen.

Hast du?

Nein. Doch, sagte er. Aber nur kurz. Er machte sich von ihr los. Die Leere zwischen ihren Händen hatte den Umfang seines Kopfes. Sie schaute sich um. Die Läden der Geschäfte rechts und links die Straße hinunter waren geschlossen. Eine Gasse der dunklen Läden. Den Ort hatte sie nicht gekannt, auch nicht aus einem anderen Traum.

»Ludwig?«

Sie erzählte den Traum nicht, auch nicht, als es in der Fahrerkabine lange still zwischen ihnen war und nur Ludwig mit dem Papier knisterte, das er mit den Zähnen von einem Schokoriegel riß.

»Was das wohl ist mit uns«, wiederholte sie. »Sind wir jetzt gestrandet, Ludwig?«

Er legte seine Hand auf ihren Kopf.

»Das ist unsere Verlängerung.«

Sie war 1960 geboren, im Jahr, in dem Elvis Presley nicht in Dresden auftrat. Ludwig, 1963, in dem Jahr, als J. F. K. im Fond einer Limousine starb, ein Auge geschlossen, eins offen. In den Monaten, die sie in S. blieben, gelang es Lena zum ersten Mal, das Wichtige vom Unwichtigen zu trennen und aus der Unterscheidung eine wunderbare Ordnung zu machen. Das Leben.

»Verlängerung, das geht wie lange, Ludwig?«

»Bis einer dem anderen ein Tor reinschießt«, sagte er, nahm die Hand von ihrem Kopf und steuerte in eine Kurve. Die Flaschen klapperten lauter. Es war eine enge Straße, Fachwerkhäuser, Kopfsteinpflaster. Spät kamen sie nach S. zurück.

Das Bahnhofsbistro schaltete gerade sein Leuchtschild aus, und die letzte S-Bahn stand auf Gleis zwei. Auch in der Eisdiele Venezia brannte kein Licht mehr. Die weißen Plastikstühle standen auf dem Gehsteig über die Tische gelehnt. An einem Tisch saß eine Frau in der Dunkelheit allein. Das machte die Stadt für einen Moment größer. Sie fuhren mit ihrem Laster vorbei an den alten Villen alter Zahnärzte, die sich wie Dahlmanns Familie am Südhang der Stadt niedergelassen hatten. Zusammen stiegen sie aus und schlugen die Wagentüren vorsichtig zu.

An jenem 2. November sang ein Nachbarskind durch die Gegensprechanlage ein Lied, in dem Enten gequält wurden. Es sang auf eine leere Straße hinaus und saß wohl allein zu Hause. Als sie die Tür aufschlossen, war Dahlmann zur Gymnastik gegangen. Sein blauer Turnbeutel hing nicht über der Heizung im Flur. Er würde bis nach Mitternacht fortbleiben. Vom Sport bekam er besonders viel Durst. Sie gingen auf Lenas Zimmer. Nach der langen Nachtfahrt war Ludwig sofort eingeschlafen.

Am Morgen wurden sie so wach, wie sie eingeschlafen waren. Sie lag in seinem Schoß. Als sie ins Eßzimmer kamen, schien Dahlmann mürrisch zu sein. Seine Hände zitterten.

»Was soll der Getränkewagen von Starks vor meiner Tür?«

Es gab zur Strafe keinen Orangensaft zum Frühstück, dafür die billige Erdbeermarmelade im Plastiktopf und nur ein Ei.

»Für unseren Gast, das Ei«, sagte Dahlmann, »wir hatten nur noch eins im Haus.« Vornehm ging er aus dem Eßzimmer. Ludwig sah den Eierbecher an. Der stand mit fetten Hühnerhüften auf O-Beinen, in überlangen schwarzen Schuhen.

»Charlie Chaplin«, sagte Lena.

»Trostlos«, sagte Ludwig. »Wenn ich mir das so anschaue, würde ich gern ein eigenes Zimmer mieten.« Er sah sie nicht dabei an. »Ich würde auch zwei oder drei Zimmer mieten.« Er sah sie immer noch nicht an.

Lena drückte den Plastikdeckel zurück auf die Erdbeermarmelade. Ihre Liebe hatte in einem leeren Haus begonnen und sollte in einer gemeinsamen Drei-Zimmer-Wohnung enden?

»Nur, wenn am Bahnhof ein ganzes Haus frei wird.«

»Warum?«

»Dann kann ich den Zügen nachsehen, statt wegzugehen.«

Die Magnolienbäume vor dem alten Kino Lichtburg hatten um diese Zeit im Jahr längst ihre Blätter verloren, und die Wäscherei im Hof gab es nicht mehr. Diese zwei Abwesenheiten machten Lenas Herz tiefer, wenn sie dort vorbeiging.

Lena fährt. Dunkel ist es geworden. Vor einem Gartenzaun harkt eine Frau mit Kopftuch Unkraut aus den Erdfugen. Im Schein der Peitschenlampe sieht Lena, die Frau hat umwickelte Beine und Pantoffeln an den Füßen. Sie fährt weiter. In ihren letzten Theaterferien ist sie durch Kalifornien gefahren, in einem großen klimatisierten Wagen, der sich wie ein Schiff durch die Landschaft schob. Motel, Pool, Wüste, Jogger, Nice-to-meet-you, Frühstück, Freundlichkeit, How-are-you, Bäume mit Prophetenarmen in der Wüste, alles zum Staunen. Fahren war Staunen und Vergessen. In Polen ist Fahren das Gegenteil. Erinnern. Polen verlängert sich in ihre innere schwarz-weiße Landschaft hinein. Amerika verlor sich über strahlendes Gelb und wehendes Grün am blauen Horizont. Von Polen aus sieht sie mehr, nicht nur von Polen. Sie ist so groß wie das, was sie sieht.

Der Priester auf dem Rücksitz wird gesprächiger, wegen der Schwarzen Madonna von Czestochowa, der sie immer näher kommen. Wie die Madonna vor sechshundert Jahren in einen Kirchenbrand geriet, erzählt er, und wie sie bereits angekokelt gerettet wurde. Wie sie ihre Vollendung in Schwarz fand. Ein Wunder, das Pilger anzieht. Er redet mit Dahlmann, aber sie merkt, eigentlich erzählt er die Geschichte ihr. In Czestochowa wollen sie die Nacht über bleiben. Das hat der Priester sich gewünscht.

»Bei seiner Madonna«, sagt Dahlmann.

»Übrigens, wie wird man eigentlich Priester?« Sie schaut über die Schulter. »Und wie hört man wieder auf?«

»Stimmt«, sagt Dahlmann. »Bei euch laufen ja die besten weg. Wie ist das dann mit den Sozialabgaben, danach?«

Keine Antwort von hinten, sondern nur ein angestrengtes Gesicht im Innenspiegel. Eine dicke Nähnadel, kein Gesicht.

»Die besten?« fragt er schließlich.

»Na, Lenas Ludwig, zum Beispiel«, sagt Dahlmann. »Habe ich dir doch erzählt, oder?«

»Man bittet um Entpflichtung«, unterbricht ihn der Priester, »in einem Brief, an den Bischof. Der versucht in einem letzten Gespräch unter vier Augen jeden zu halten ...«

Pause.

»... erst einmal jeden, denn ...«

Pause.

»... wir sind nicht mehr viele, und ...«

»Moment mal«, sagt Lena und fährt einen Bogen um einen Tierkadaver.

»Ekelhaft, ein ganzes Wildschwein«, flüstert Dahlmann und putzt sich die Nase. Das Wildschwein ist ein Igel, und Dahlmann hat nur schwarze Borsten gesehen. Er nimmt einen Schluck aus seinem Flachmann. Wer trinkt, macht aus jedem Pinscher ein Reh, denkt sie.

»Und dann muß man sich eine Wohnung suchen«, sagt der Priester. Sie öffnet das Fenster und zündet sich eine Zigarette an. Es ist kühler geworden. Sie schließt das Schiebedach. Hier führen doch alle nur Selbstgespräche, denkt sie. Aber Selbstgespräche sollen ja das innere Gemurmel der hoffnungslos Liebenden sein.

Paolo hatte seine Eisdiele dem Winterschlaf überlassen und war mit seiner Frau Anfang Dezember nach Hause gefahren. Vor dem zusammengerückten Mobiliar lehnten große Bilder in großen Rahmen, vor allem Pferde, die sich aufbäumten, und Frauen, denen es beim Anblick solcher Pferde zu warm wurde. *Gitti's Wintergalerie* stand in roten Abziehbuchstaben auf Paolos Schaufenster. Lena ging weiter zum Kaufhof. Ein Weihnachtsmann hielt ihr die Tür auf. Der Mann mit dem kirschroten Mund und dem weißen Bart hatte früher einen Kiosk am Bahnhof gehabt. Es war der letzte lange Samstag vor Weihnachten. Die Verkäuferinnen trugen Nikolausmützen. Lena ging auf die Rolltreppe zu. Jemand hielt ihr auf einem silbernen Tablett Berliner Brot unter die Nase, und über Lautsprecher kam eine weibliche Stimme.

»Fräulein Piepenbrinck, Fräulein Piepenbrinck zu Kasse zwei bitte.«

Ach, die kenn ich, sagte eine zweite weibliche Stimme, nicht über Lautsprecher, sondern in Lenas Kopf. Die kenn ich, die wohnte früher zwei Häuser weiter als wir und war ein kleines Luder. Weißt du noch, Lena?

Nein, Mama.

Kunden mit letzten Geschenken stießen sich gegenseitig durch die Gänge. Von überall her schrien Kinder. Lena drückte sich auf der Rolltreppe links an der Schlange vorbei. Auf der ersten Etage landete sie in der Pulloverabteilung für Damen.

Nett hier, sagte die Stimme, die ihr aus dem Mantelkragen kroch, aber kann ich alles nicht mehr gebrauchen, Lena, oder? Warum bist du so still? Wegen gestern abend?

Seit der Beerdigung hatten sie nicht mehr zusammen gesprochen. Doch gestern abend, als Lena die Tür zu Dahlmanns Eßzimmer geöffnet und gleich wieder geschlossen hatte, hatte einen Moment lang die Luft neben ihr geglänzt und bald die Konturen einer flirrenden Abwesenheit angenommen.

»Mama, du bist doch tot. Du sollst mir nicht erscheinen«, hatte sie auf dem Weg hinauf in ihr Erkerzimmer gesagt. »Ich fürchte mich vor dir.« Sie hatte ihre Tür abgeschlossen. Das störte so eine Tote wenig. Sie hatte sich als Unruhe erst neben Lena auf das Bett gesetzt, dann mit ihr beim Zähneputzen in den Spiegel geschaut und später im Bett ins Buch. Sie war die

Nacht über geblieben, erst unter der Zimmerdecke, an die Lena noch lange gestarrt hatte, um gegen Morgen ganz in Lena einzuziehen und den immer gleichen Satz zu wiederholen.

Hab ich nicht gesagt, der hat doch einen Vogel, der ist doch so komisch geworden, seit Polen.

Drei Verkaufstische von Lena entfernt legte eine Frau mit roten Haaren nachlässig ihre Plastiktüte auf einen roten Pullover, sah sich zerstreut um, bevor sie ihre Plastiktüte wieder hochnahm und ruhig Richtung Rolltreppe ging. Zuoberst auf dem Stapel lag nun ein blauer Pullover.

Rothaarige sollten nicht rot tragen, sagte Lenas Mutter.

Vielleicht sieht die das anders?

Vielleicht sieht sie es und glaubt es nicht, sagte Lenas Mutter. Wie du.

Es war nur eine Sekunde gewesen, daß Lena gestern abend die Tür zu Dahlmanns Wohnzimmer geöffnet hatte. Der Bildausschnitt im Türspalt, ein Riß in ihrer Wahrnehmung. Sie hatte hingesehen und schnell gedacht, das habe ich nicht gesehen, um im nächsten Augenblick doch zu wissen: So war es, das habe ich gesehen. Eine Sekunde lang hatte sich ihr ein heimlicher, aber wahrer Dahlmann gezeigt. Oder das, was sie in Wahrheit heimlich von ihm dachte? Dahlmann hatte auf dem Sofa mit übereinandergeschlagenen Beinen und sehr aufrecht gesessen, in einer weißen Rüschenbluse, die bis zum Brustbein offen stand. Quer über der Brust war ein Lederriemen gewesen, von einer Handtasche vielleicht. Eine alte Platte hatte geknistert wie ein Lagerfeuer. *Wenn ich mir was wünschen dürfte.* Nicht der Riemen hatte ihr den Schreck eingejagt. Nicht die geöffnete Bluse. Es hätte ebensogut ein Smokinghemd sein können, das er für die kommenden Feiertage anprobieren wollte. Nicht das war es gewesen. Sondern sein Gesicht, das Gesicht einer einsamen, älteren Frau, die sich einer furchtbaren Erregung auslieferte und dabei mit übereinandergeschlagenen Beinen Haltung wahrte. Kein Mann, keine Frau, eine Schamkapsel, hatte Lena gedacht. Sie hatte die Tür geschlossen, ohne daß Dahlmann sie bemerkt hatte.

Ich hätte anklopfen sollen.

Hättest du. Trotzdem hat er einen Vogel, hast du ja gesehen. Und weißt du, was er gemacht hat an dem Tag, an dem er für immer zurückkam aus Polen?

Ja, ich weiß.

Lena lief Richtung Rolltreppe, Richtung Hauptausgang, durch die Kosmetikabteilung, rasch, um nicht auf Pflegeserien angesprochen zu werden. Sie lief gegen einen Raumteiler aus Glas. Die weiße Spur ihrer Lippen, der fettige Abdruck ihrer Stirn auf dem Glas jetzt und die weiße einsame Pfote von Dahlmann auf der Schwingtür des Beerdigungscafés damals im August. Angesichts einer anderen Einsamkeit macht man die Erfahrung der eigenen? Sie wurde rot.

»Kann man abdecken«, sagte jemand hinter ihr.

Czestochowa. Das Hotel *Sekwana* liegt am Fuß der Basilika. Sekwana heißt Seine, und der Besitzer des Hotels spricht fließend falsch Französisch. Kurz vor Mitternacht sitzen sie auf Kunstrasen am Straßenrand und bekommen noch ein warmes Essen, Dahlmann, der Priester und sie. Denn sie spricht Französisch. So ist der Hotelbesitzer auf eine grimmige Art von ihr angetan. Jemand mit Wollmütze räumt Tische und Stühle weg, bis nur noch der eine Tisch übrig ist. Sie sitzen, der mit der Wollmütze steht und starrt auf den Kunstrasen mit den Druckstellen, wo eben noch Tische und Stühle und Gäste waren. Er will, daß auch von ihnen nur noch solch eine Druckstelle übrig ist, aber rasch. Der Besitzer vom Sekwana schickt ihn weg. Der mit der Wollmütze versteht nichts, hängt nur an seinem Auftrag, geht zwei Schritte zurück und dann drei vor und will gleich weiter räumen, greift den Tisch schon an, da bringt die Kellnerin einen Teller Suppe. Suppe versteht er. Suppe heißt, Schluß für heute. Er ißt im Stehen an die Hauswand gelehnt und stellt den leeren Teller auf die Fensterbank zur Küche. In dem Moment schaltet sich der blaue Schriftzug *Sekwana* aus. Die Kellnerin ist schön wie eine Puppe, aber eine, die schon älter ist. Sie hat die Schürze noch einmal umbinden und die Lippen rasch nachziehen müssen. Ihre Silhouette hinter dem Tresen ist von der Straßenterrasse aus zu sehen gewesen. Anmutig wie der Scherenschnitt einer Frau, mit dem Tanzschulen in den fünfziger Jahren warben. Die Männer haben nicht auf sie geachtet und auch nicht auf das Fräulein vorher an der Rezeption.

»Renata«, hat die gesagt und zur Begrüßung alles Mögliche aus ihrem Englisch-Schnellkurs gehaspelt, aber glücklich. Renata hat auch die Zimmer gezeigt, später noch Seife gebracht, hat die Oberlichter über den Betten geöffnet. Ruß ist auf die minzfarbene Tagesdecke gefallen. Ein anderes Fenster gibt es nicht.

»Czestochowa«, sagt Renata zum Ruß, »ist doch langweilig, warum sind Sie hier?« Noch in der Frage schließt sie die Tür des Zimmers. Die Wände sind dünn. Nebenan sagt sie zu Dahlmann: »Es sind auch Belgier da. Wollen Sie sich mit denen unterhalten?«

Beim Priester wird nur das Fenster mit der Stange aufgestoßen und nichts gesagt. Eigentlich ist das Hotel ein Riesencontainer. Die Idee muß der Besitzer aus Frankreich mitgebracht haben.

»Sekwana heißt Seine, Paris, Sie wissen«, sagt er.

»Und Hotels wie Ihres heißen Formule 1, in Frankreich, Sie wissen«, sagt Lena.

»Ich weiß«, sagt er. Sie wird verlegen. Er hat ein breites Gesicht, in dem beides steht. Die Liebe zum Geld und die zur Liebe. Monsieur Sekwana besteht aus einer glatten, harten Substanz, und sein Kopf erinnert an eine hölzerne, blank gehobelte und angepinselte Kugel. Die Erfolgreichen sehen so aus. Dahlmann nicht. Der sieht aus, als hätte seine Mutter ihn unter dem Rosenbusch gefunden, nachdem sie kurz in einen fremden Prinzen verliebt war.

Es ist fast Mitternacht. Die Kellnerin mit dem müden Puppengesicht bringt noch einmal drei Gläser Wein. Die beiden Männer haben scharfe Züge unter der Straßenbeleuchtung. Sie trinken hastig und wollen zu Bett. Lena aber geht Richtung Straße.

Ob sie allein gehen wolle, fragt der Hotelbesitzer.

Ob das nicht zu gefährlich sei, fragt der Priester.

Ob sie nicht wenigstens eine Jacke mitnehmen wolle, fragt Dahlmann.

Das blaue Kleid aus Basel hat einen tiefen Rückenausschnitt, deshalb. Deshalb drei Blicke auf ein Stück Haut. Ein besorgter, ein strafender, ein gieriger. In der Hand hat sie schon die Telefonkarte.

»Gute Nacht«, sagt sie und geht. Irgendwo bei der bunten Häuserzeile, die in versteinerter Ehrfurcht weit vor der Basilika zurückweicht, wird eine Telefonzelle und am anderen Ende der Leitung wird Ludwigs Stimme sein. Ganz sicher, um diese Zeit.

Planierraupen haben ein Netz von hartgefahrenen Wegen um die Kirche gelegt. Ein kalter Wind fährt statt einer Hand über ihren Rücken. In einem Hauseingang findet sie einen Telefonkasten. Sie wählt die lange Nummer.

Ludwig nimmt nicht ab.

Auf dem Weg von den Häusern zurück zur Basilika steckt sie die Telefonkarte seitlich in den Schuh.

Es ist fast ein Uhr. Vor der Basilika parken die Autos der Pilger. Um sechs Uhr früh wird die Schwarze Madonna den Gläubigen gezeigt, dann erst wieder am nächsten Morgen, wieder um sechs. Zwei Frauen haben ein Taschentuch über das Gesicht gelegt, gegen das Licht der Straßenlampe. Die auf dem Fahrersitz hält einen Rosenkranz zwischen den gefalteten Händen. Ein Polizeiauto fährt langsam Streife. Vom Haupteingang der Basilika her kommt ein Paar auf sie zu. Das Paar grüßt, die Frau mißtrauisch. Wäre Ludwig bei ihr, die Frau würde den Mund langsam öffnen, lächeln, sie anlächeln und Ludwig meinen.

Ein schmaler Weg führt an der Rückseite der Basilika entlang. Kein Auto, kein Mensch. Nur ein Hund bellt. Die Nacht macht ihn böser. Die Telefonkarte im Schuh meldet sich bei jedem Schritt. Ein Wunder soll Lena den Ludwig aus der Kirchenmauer spucken. Sofort, und er soll ruhig mit einer Ausrede kommen. Oder mit einem Glas Wasser.

Ich habe dir das Glas Wasser geholt, weil ich dich liebe, soll er sagen.

Sie lehnt sich an die Mauer. Was zwischen Mauer und Basilika ist, weiß sie nicht. Ein Friedhof, gepflegtes Grün mit Kies und drei Bänken? Vor ihr aber liegt eine Ansammlung von Wellblechhütten. In einem Stall brennt ein schwaches Licht. Von dort her kommt der scharfe Geruch nach Pferd. Den Horizont entlang fährt ein Zug. Vor sich hat er die Nacht, hinter sich auch. Brennesseln wippen gegen ihre nackten Beine. Sie denkt an O., an das Lager, den Fluß Sola, die Stadt. Stadt, Lager, Fluß. Sie denkt, ich habe Adrian nicht zugehört, als er mir gestern die Stadt gezeigt hat, aber ich kann mit wenigen Wörtern seine Gesten beschreiben. In den Gesten ist aufgehoben, was ich währenddessen gedacht habe, nicht das, was er gesagt hat. In der Stadt habe ich ans Lager gedacht und im Lager habe ich an Adrian gedacht. Und im Flur?

Nicht an ihn. An Ludwig.

Der Flur

»Haben Sie Feuer«, hatte Adrian den Taxifahrer auf Polnisch gefragt. Dann waren sie rauchend über die Straße gegangen, im Rücken der Bahnhof O. und das Hotel Globe. Vor ihnen das unbewohnte Haus. Die Tür zum Flur stand offen. Sie gingen hinein.

»Ja«, sagte sie, »hier war es. Hier hat er gewohnt. Da war er zehn oder so. Stell dir das vor.« Sie schaltete das Licht an und wunderte sich, daß es noch funktionierte.

»Wer?«

»Julius.«

»Wer ist Julius? Ein Freund von dir?«

»Julius ist Dahlmann.«

»Der Dahlmann, bei dem du wohnst?«

»Genau.«

»Wegen dem sind wir mitten in der Nacht hier?«

Sie schwieg.

»He, redest du nicht mehr mit mir?«

Sie sah die ausgetretenen Steinstufen an. Was sollte sie mit Adrian hier? Adrian war nicht Ludwig. Adrian war nur eine unbekannte mittlere Größe, der sie erlaubte, sich zwischen Ludwig und sie zu schieben. Nur um zu sehen, wie weit man gehen kann? Eine Leichtfertigkeit, ein Unfug, um das Leben in Bewegung zu halten? Adrian nahm ihr Handgelenk und zog sie die Treppe hinauf. Stufe um Stufe kam sie Ludwig abhanden. Ihr Herz pochte. Es sagte: Wenn du so weitermachst, wirst du nie darauf kommen. Das ist nicht das Leben, sich an fremden, dramatischen Orten dramatisch zu verhalten, bis man sich selber fremd ist. Das ist es nicht.

Adrian zog an ihr. Niemand hatte ihm beigebracht, daß er warten mußte, bis eine Frau sich von selbst bewegte. Schon der Anfang des Abends war hastig gewesen.

Es hatte geregnet. Zuerst hatten sie drei große Pilsener getrunken. Dann die Fahrt im Taxi zur nächsten Dorfdisco, zwei schnelle Lieder, ein langsames, sie hatten das Dreierpack zweimal durchgetanzt zwischen kleinen Mädchen in weißen Blusen und Männern mit flachen Hinterköpfen. Sie hatte ganz gern getanzt, er hatte eine Hand unten auf ihren Rücken gelegt und sie an sich gedrückt, sie hatte sich ein wenig ins Hohlkreuz gelehnt, hatte die Arme hängen lassen und nichts geredet, bis sie dann, wieder im Taxi, ein paar Worte wechselten, oberflächlich, darunter intim. Sie waren ausgestiegen am Bahnhof, wo Lenas Hotel war, und über die Fußgängerbrücke getrödelt, hoch über den Gleisen, vorbei an schlafenden braunen und wachen blauen Waggons, vorbei an Peitschenlampen über den leeren Bahnsteigen. Das Brückengeländer reichte ihnen fast bis zur Schulter, und im Stellwerk schlief zwischen ein paar Dutzend Blumentöpfen der Werksmeister über der Kante seines Pultes. Er hatte Faust auf Faust und obenauf seine müde Stirn gelegt. Das Dorf Brzezinka hatte im Dunkeln gelegen.

»Hier bist du untergekommen?«

»Ja.«

»Wie heißt das hier?«

» Brzezinka.«

»Du hast ein Zimmer in Birkenau?«

»Von einem Bekannten, ja. Für die paar Tage.«

Sie gingen weit voneinander entfernt über den Vorplatz einer kleinen Fabrik. Es roch nach frischer Wäsche. Aus dem Pförtnerhaus fiel gelbes Licht, doch der Drehstuhl war leer. Ein Wäscheständer stand vor der Tür.

»Wir brauchen Feuer.«

»Ja.«

»Du brauchst eine Freundin.«

»Ja.«

Sie vergrößerte den Abstand zwischen ihm und sich und starrte in die Nacht.

»Die Frauen, die ich außer dir treffe, sind alle so platonisch drauf. Oder haben Rückenschmerzen«, sagte Adrian zufrieden. Er zog den Sportsweater aus und knotete ihn sich um die Hüften. Sie lehnte sich an einen Zaun.

»Komm her«, sagte sie und gab sich im selben Moment zwischen den Schulterblättern einen Ruck, sagte noch mal »Komm her« und ging auf ihn zu. Sie verirrte sich in seinem Gesicht, traf mit ihren Lippen nicht seine Wange, sondern seinen Mundwinkel. Ein Mißverständnis. Er hielt sie fest, etwas zu grob, zu jung. Aber es gefiel ihr, daß er rasch mit ihr fertig werden wollte und zugleich schon Angst hatte, sie zu verlieren.

»Morgen fährst du wieder?«

»Ja, morgen.«

»Dann will ich …« Er redete weiter. Sie hörte nicht hin.

Zwei Körper, die sich vorher nicht richtig beraten hatten, stießen aufeinander. Da kam von der Brücke her ein Mann durch die Nacht. Er kam auf sie zu. Adrian warf seine zerknickte Zigarette fort und nahm eine neue.

»Haben Sie Feuer?« fragte er den Passanten auf Polnisch. Sie wiederholte leise seine Frage, um die Sprache zu üben. Es tue ihm leid, schien der Passant zu sagen. Den Satz wiederholte sie ebenfalls. Der Passant hob die Schultern beim Sprechen und ließ sie erst sinken, als er zwanzig Schritte von ihnen entfernt um eine Ecke bog.

»Was hat er gesagt«, fragte sie.

»Er raucht nicht. Also, gehen wir zurück.«

»Ja.«

»Drüben hat bestimmt jemand Feuer.«

Sie waren über die Brücke zurückgegangen und hatten den Taxifahrer gefunden mit dem silbernen Feuerzeug, der bei seinem Skoda stand. Dann wollte sie Adrian den Flur zeigen. Sie hatte es nicht vorgehabt. Sie dachte: Vielleicht, weil ich traurig bin, wird es schön sein. Er hatte sie die halbe Treppe hinaufgezogen, bis zum ersten Flurfenster, wo in deutschen Mietshäusern die Blumenhocker stehen. Aber in diesem Haus wohnte niemand mehr. Nur der Flur bekam jetzt vielleicht eine Geschichte mehr.

»Hier war ich schon mal.«

»Kann nicht sein«, sagte er.

»Doch«, sagte sie, und unten hörte sie Schritte, von Füßen in Pantoffeln, die erst durch den Flur und dann durch einen geheimen Korridor bis zu jener Stelle wollten, für die Ludwig das Wort Lena benutzt hätte.

»Ja«, sagte sie. »Ich war hier schon, heute nachmittag.«

Vielleicht hatte sie Angst gehabt, in der Nacht noch einmal herzukommen. Sie hatte ihr Leben lang Angst vor Fluren gehabt und es sich nicht erklären können. Deshalb hatte sie Adrian mitgenommen? Hauptsache, er war da. Er war auf seine einfache Art da und ihr nah. So war er eben.

Adrian setzte sich auf einen Vorsprung beim Fenster, küßte ihren Bauchnabel und küßte damit den Moment, in dem er so dringend eine Frau brauchte. Ihr Nabel war nicht persönlich gemeint. Sie schloß die Augen und es geschah, was immer geschah, wenn eine Berührung sie berührte. Ältere Szenen drängten sich auf, die nichts mit dem hier zu tun hatten. Sie schloß die Augen fester, damit die Magnolien vor dem alten Kino Lichtburg wieder blühten. Schöne Landschaften, dachte sie und stand einen Kopf über Adrian.

»Dreh dich um. Beug dich vor.« Sagte Adrian, nicht Ludwig.

»Das mache ich hier nicht«, sagte sie und ließ sich doch zum Treppengeländer stoßen. Er war vierundzwanzig, vor sechsundfünfzig Jahren hatte Dahlmann hier gelebt, und sie war vor neununddreißig Jahren geboren worden. Das Licht im Flur unten brannte und warf einen schwachen Schein bis zu ihnen herauf. Trotzdem kam ihr der Raum schwarz vor. Wir sind hier nicht allein, wollte sie sagen. Doch Adrian war in jenem Zustand, in dem ein Mann mit offenem Mund ins Sterben greift. Sie stellte sich vor, es sei schon eine Zeit danach. Sie wollte, die Augen geschlossen, in ihrem Hotelzimmer daran denken, ohne richtig zu denken, wollte nur daliegen und einverstanden sein mit den letzten Bildern vor dem Schlaf, wollte einverstanden mit allem sein, im Schutz der kratzigen, so harten, fremden Hotelwäsche, im Schutz der schmutzigen Fenster zum Bahnhof und deren ochsenblutroten Stores, die sich stur in der Ecke festhielten, ohne sich vorziehen zu lassen, wollte einverstanden sein mit dem blonden Mann in ihrem Rücken, der so sauber nach Norden roch oder nach einem Duschgel, das sie noch nicht kannte. Sie legte den Kopf zur Seite, wie sie es im Hotelbett gemacht hätte, auf ein Kissen mit weißem Bezug, fein, aber morsch. Sie hielt sich mit den Händen am Geländer fest und sah nach unten in den Hausflur. Sie schob die Hände weiter auseinander.

Das Geländer war aus Holz.

Seine Zigarette hatte er auf dem Geländer abgelegt. Sie gab Rauchzeichen. Lena streckte den Rücken durch und stellte die Füße auf die Spitzen. Sie bewegte sich gerade genug, um Antwort zu geben. Dann hielt sie still. So schnell ging das. Sie drehte nicht einmal den Kopf zu ihm, als sie mit dem Brustbein gegen das Geländer stieß.

Das Licht im Flur brannte schwarz.

Dahlmann hatte hier gewohnt. Weil er hier gewohnt hatte, war es sein Ort. Weil sie eine Zeitlang bei ihm gewohnt hatte, hatte er erzählt. Hatte sie Bilder von diesem Ort. Deshalb war sie noch einmal hergekommen. Zuerst waren es noch Dahlmanns Bilder gewesen. Seine Erinnerungen. Daraus waren ihre geworden. Ihre schwarzweißen Erfindungen. Sie war ein zweites Mal hergekommen, um sich bei Nacht alles genauer anzuschauen. Was wollte sie denn im Dunklen besser sehen? Absurd, aber wahr. Den neuen Film für die Kamera hatte sie vergessen, aber dafür war Adrian jetzt da.

Bild eins. Ein Mann und eine Frau.

Bild zwei. Ein Mann und eine Frau und ein Kind.

Sie stieß mit dem Brustbein gegen das Treppengeländer, und der Mensch hinter ihr war ein Mann und sie war eine Frau und nirgendwo war ein Kind.

Bild drei. Mann, Frau, Kind. Sie hatte das Foto vor langer Zeit in der Schule gesehen und gestern noch einmal, im Lagermuseum. Jetzt lag es in ihrem Kopf herum. Jetzt schaute sie es noch einmal an. Mann, Frau, Kind. Was gab es da am Ende zu verstehen? Das war eine Tatsache. Das war so gewesen. So. Auch wenn es da nichts zu verstehen gab: dennoch hinsehen. Sie schaute das Bild an. Ihr Blick fotografierte es ab. Aus Bild drei wurde

Bild vier. Das war ein seelischer Vorgang. Adrian stand hinter ihr.

Bild vier. Ein Mann, eine Frau, ein Kind, so gestapelt. Weil der Stapel so besser brennt?

Bild fünf. Danach fällt Schnee auf den Stapel.

Bild sechs. Dann Schnee auf Schnee.

So schnell ging das. Wenn sie sich umgedreht hätte, hätte sie diese Bilder Adrian zeigen können, um mit ihm über Technisches zu sprechen. Mit Adrian ging das. Sachlich und schnell mit ihm sprechen und ruhig dabei werden. Nicht denken und erinnern verwechseln. Denn das machte verrückt.

Sie hatte sich nicht umgedreht. Sie hatte weiter gezählt und sich erwischt, wie sie schließlich seine Bewegungen mitzählte. Zählen war ein nüchternes Versprechen. Es führte am Ende immer zu etwas. Sie zählte irgendwas zwischen einhundertundzwanzig und einhundertvierzig Mal, bis er fertig war. Adrian gefiel ihr in diesem Moment, der noch war, aber an den sie sich bereits erinnerte. Es war gut, daß er da war. Denn Furcht machte ihr mehr Angst als ein Stier. Sie lächelte und war froh, daß er es nicht sah.

»Wann fährst du?«

»Morgen.«

»Dann will ich dich morgen nicht sehen.«

Als sie die Treppe hinunterging, mochte er sich vielleicht wieder auf den Vorsprung beim Fenster gesetzt haben, wie zuvor. Sie hob die Linke zum Gruß, ohne sich umzudrehen, und machte das Licht aus. Die Straße war leer. Im Hotel Globe hatte sie Dahlmann getroffen.

»Haben Sie geweint?« hatte er sie unter dem Gummibaum gefragt.

Im Hotelbett hatte sie danach beide Fäuste an die Wand zum Nachbarzimmer gelegt, wo irgendein anderer Mensch auch in der Nacht saß, aber mit Schreibmaschine. Sie hatte so gesessen und ihre Gedanken ausgehalten. In einem Moment hatte das Tippen jenseits der Wand aufgehört. Ihr war ein Satz eingefallen. Schreiben hält die Verbindung zu Gott. Der Satz war auch von George.

»Sie da drüben, schreiben Sie doch weiter«, hatte sie leise gesagt.

Der Priester und Dahlmann sitzen bereits am Tisch, als sie aus ihrem Zimmer kommt. Sie studieren die Autokarte. Das Frühstück im Sekwana wird mit viel Fleisch und Ei, sauer Eingelegtem und Kuchen auf roten Servietten serviert. Die Kellnerin ist jung und zart. Ihr Haar über den Ohren tut locker, ist aber ganz festgeklebt. Ein blondes Marzipan.

»Die Haare? So?« sagt Dahlmann und zeigt auf die Schöne. »So? Das würde Ihnen nicht stehen, Lena. Dafür sehen Sie zu müde aus.«

Dahlmann fummelt an ihrem Kopf herum, um die Frisur der Kellnerin auszuprobieren. Sie merkt, wie gern er Haare anfaßt. Er riecht gut und sieht ausgeschlafen aus. Der Priester sieht aus wie immer und studiert weiter mit Dahlmann die Karte. Sie kauft auf dem kleinen Markt vor dem Hotel ein Kilo Äpfel, häßliche, kleine mit schiefen Gesichtern und wurmstichig. Die Marktfrau und sie lächeln angestrengt, weil ihnen die Sprache fehlt. Dann fahren sie weiter. Auf dem Beifahrersitz Dahlmann, hinten der Priester. Lena fährt.

Die Bäume der Allee rahmen die Entfernung ein.

Ich bin's

Ja, wann eigentlich hat sie angefangen, Dahlmann und sich gegeneinanderzuhalten, so wie man ans Fenster tritt und Farben von Stoffen bei Tageslicht prüft? Wann hat sie angefangen zu denken, Dahlmann hat ein Schicksal, das versteckt er in einer gewöhnlichen Biographie. Er versteckt O. in S. Und was verstecke ich?

»Lena?«

Dahlmann sitzt wie am ersten Tag neben ihr auf dem Beifahrersitz. Sie sieht ihn von der Seite an. Die Frische seines Gesichts beim Frühstück muß eine Hautrötung gewesen sein. Vom Duschen vielleicht. Eine Stunde Autofahrt hat sie gelöscht. Er ist bleich. Sie auch, aber anders.

»Lena?«

Dahlmann versteckt seit Jahrzehnten O. in S. Sie versteckt S. in einer Schauspielerexistenz. Sie versteckt, daß sie wenig zu verstecken hat. Was bleibt, ist, was man spielt.

»Sie sehen aber gar nicht gut aus heute morgen«, sagt Dahlmann, »und was ich noch fragen wollte …«

Er seufzt. Spielt mit den Fingern der Rechten an der Seitenscheibe Klavier. Die Finger probieren einen Satz. Manchmal fängt er dann an zu erzählen, aber nur wenn der Fernseher oder das Radio laufen. Dahlmann erzählt immer nebenher. Denkt er, daß im Lärm der Welt keiner seine Geschichten mehr hört? Sie macht das Autoradio an. Am Heiligen Abend hatte er mit dem Erzählen angefangen, während im Fernsehen eine feierliche Gesprächsrunde in bunten Sesseln zusammensaß.

Er, Dahlmann, wohnte zwischen Frühling 1942 und Weihnachten 1944 gegenüber dem Bahnhof von O. Erst waren die Waggons gleich gegenüber der Wohnung, später dreihundert Meter weiter an der neuen Rampe angekommen. Dalli-Dalli hörte er die Wachtposten rufen, wenn die Menschen nicht gleich aus den Schiebetüren sprangen, nicht gleich wieder zwischen den anderen Leibern verschwanden. Dalli-Dalli war nach dem Krieg die Lieblingssendung von Margarethe Dahlmann gewesen. Hans Rosenthal, den Quizmaster, nannte sie Hänschen wie den Vogel im Käfig. Er war Jude. Ob er sich den Titel Dalli-Dalli ausgedacht oder mitgebracht hatte, interessierte Margarethe Dahlmann nicht. Elf Jahre war Dahlmann alt, als er mit seiner Mutter und seinen beiden Schwestern Helma und Häschen am 23. Dezember 1944 von Polen nach Deutschland floh. Den Tannenbaum wollte er mitnehmen. Der aber blieb beim Vater, einem der letzten Aufseher im Lager auf der anderen Seite vom Fluß. Im Bahnhof Leipzig, wo Mutter, Helma, Häschen und er einen ganzen Heiligen Abend lang heulten und in der Nacht unter stinkenden Decken die Wand entlang hockten, sah Dahlmann zum ersten Mal Neonlicht. Und dann hatte er noch von Janina erzählt, Fräulein Janina, Serviermädchen unten aus dem Kasino.

Wie hat es angefangen, daß jetzt der eine dem anderen hinterherfährt, die Gründe aber abtut und sich auf die Frage ›warum‹ mit ›warum nicht?‹ antwortet. Dahlmann sagt, er fährt in die alte Heimat, und ist seiner Untermieterin hinterhergefahren. Sie, die Untermieterin, sagt, ich fahre wegen eines Fußballspiels hin, und ist vielleicht nur einem Fußballer hinterhergefahren, der nicht Ludwig ist. Obwohl oder gerade, weil es nur eine Affäre ist und sie ein heimliches und ungeordnetes Leben braucht, um sich lebendig zu fühlen. Oder ist sie dem hinterhergefahren, was Dahlmann von früher erzählt hat? Wer erzählt, hat eine Frage. Hat Dahlmann seine Fragen an sie weitergegeben? Dahlmann hat noch Gepäck in O., und sie will es aufmachen. Will sehen, was Dahlmann eigentlich zu tragen hat. Das soll ihr erklären, warum ihr kleines Leben manchmal so schwer ist. Daß es schwer ist, weil es leer ist. Will sie sich von Dahlmanns Gepäck etwas ausleihen und dann mit den geliehenen Eindrücken herumlaufen? Auch wenn nichts paßt. Verkleidet läßt sich erfahren, was sie sonst nie erfährt. Da kennt sie sich aus. Schließlich ist sie Schauspielerin. Und der Priester? Der sagt, er fährt mit Dahlmann zurück. Aber Dahlmann ist doch keine so ernste Sache in seinem Leben.

Und diese verlogene Fahrgemeinschaft zu dritt fährt im roten Volvo dem Motorrad von Ludwig entgegen. Ach, Ludwig. Er liebt? Und sie? Liebt er nur sie? Liebt er, oder hat sie ihn verliebt gemacht? Lena kann zaubern, hat sie als Mädchen von sich gesagt. Wenn sie schön sein soll, kann sie das machen. Kann sie das herstellen. Sie kann auf Zuruf eines Wunsches das Gewünschte sein. Sie kann für Ludwig auch jede andere sein. Sie kann sogar die Dritte im Bund sein, und er sagt: Endlich sind wir beiden allein.

»Haben Sie den Ludwig gestern nacht noch erreicht?« fragt Dahlmann.

Ein Mädchen mit X-Beinen und im lila Rock läuft die Böschung der Landstraße entlang. Lena schaut in den Rückspiegel. Von vorn ist das Mädchen eine sonnenverbrannte Frau mit eingefallenem Mund.

»Fahren Sie mal rechts ran«, sagt Dahlmann. »Es wackelt hier so auf der Strecke, ich kann die Karte nicht richtig lesen. Da wird einem ja schlecht.«

Wie war das noch, als sie herfuhr? Sie hatte auch mehrmals anhalten müssen. Am Ende noch einmal am Rand eines Industriegebiets. Sie hatte unter ihrem Finger gesehen, daß sie so nah schon dran war, an O. Sie mußte nur diese kleine Straße Richtung Süden weiterfahren. Sie war hingefahren. Sie war angekommen. Dann war sie da und alles war ganz anders gewesen. Vorher konnte sie darüber sprechen, über O. Jetzt blieb nur ein Satz. Es gibt den Ort, den Ort gibt es, es gibt es.

»Wie heißt das hier?« fragt sie Dahlmann.

»Noch nicht Zduńska Wola.«

Da war er schon mal, weiß sie. Auf Gut Lipowski, hat er erzählt. Bei der schönen Cousine, als sie noch Kinder, aber mit den Köpfen über der Wehrmachtsbibel sich bereits sehr nah waren.

Wer hat also unseren Herrn Jesus umgebracht?

Die Juden, hatte die Cousine gesagt, die Juden.

»Kann ich mal kurz raus?« fragt der Priester.

»Warum denn?«

»Bitte.«

»Warum?«

»Nur kurz«, sagt der Priester. »Nur kurz.« Und ist schon fast ausgestiegen.

Lena findet einen Parkplatz bei einer Baustelle. Sie hat den Motor noch nicht abgestellt, da läuft der Priester bereits über den Marktplatz.

»Lächerlich«, sagt Dahlmann, »als wenn der nicht auch mal an einen Baum gehen könnte. Hier kennt ihn doch keiner.«

Aber der schwarze Rock weht auf eine Kirche zu. Sie folgen.

»Ach so«, sagt Dahlmann. »Da will er hin. Wenn das mal keine Abhängigkeit ist.«

Als sie eintreten, aus Licht und Sonne in die Kälte von Stein, kniet der Priester in der Nähe des Beichtstuhls. Es ist ein offener Kasten. Den Beichtvater kann sie sehen und wie er einer langweiligen Dame in einem aufregenden Kleid etwas zuflüstert, dabei gähnt, mit der Hand über seine Glatze fährt und die weiße Spitzenstola richtet. Plötzlich sieht der polnische Priester seinen Kollegen, eine dunkle Gestalt kniend in einem Streifen Sonnenlicht. Er legt einen Moment die Hände aufs Gesicht, während die Dame sich bekreuzigt und aufsteht. Rote Knie, türkisfarbenes Kleid. Die anderen, die warten, lassen dem Priester Vortritt. Er ziert sich, bis er endlich geht. Eine hohe Gestalt im Gegenlicht, die lächerlich und zugleich ein wenig elegant ist. Er kniet sich hin, der andere Priester setzt sich auf. Dann sind sie gleich groß, und über ihren Köpfen baumelt ein handgeschriebenes Schild. Polski / English.

»Was heißt das?«

»Er kann auch auf Englisch, wenn er will«, sagt Dahlmann

»Wo er fließend Polnisch spricht?«

»Warum nicht. Manche Dinge sagen sich gebrochen leichter.«

»Welche Dinge?«

»Na«, sagt Dahlmann.

»Der doch nicht«, sagt sie.

»Jeder stellt sich mal was Schönes vor.«

»Was denn Schönes?«

»Schöne Landschaften, zum Beispiel«, sagt Dahlmann.

Schöne Landschaften! Sie lehnt den Kopf zurück und macht die Augen zu. Sie sitzt sehr gerade in der Kirchenbank. Hinter den geschlossenen Lidern ist es rot. Aus dem Rot schält sich eine Landschaft, eine einsame Gegend nahe der Grenze. Sie läuft hinein. Diese Landschaft ist nicht flach, sondern glatt, und die Straße nach drüben, ins andere Land, ist eine Linie durch feuchte Luft. Sie hat die Farbe von Schienen, von einem grauen Fluß. Diese Landschaft ist eigentlich keine Wirklichkeit mehr, sondern ein seelischer Zustand. Das Gras, auf das sie tritt, ist wie langes, an den Wind gelehntes Frauenhaar. Sie dreht sich um, im Auto sitzen die zwei Männer, die Gesichter flach vor Staunen. Die Innenbeleuchtung flackert. Sie dreht sich zur Landschaft zurück. Was ist, ruft Dahlmann aus dem herunter-gekurbelten Seitenfenster. Was ist, ruft der Priester. Was wollen Sie? Entweder Ludwig. Oder verschwinden, sagt sie. Sie schaut sich um. Hinter dem flachen Land ist noch flacheres Land, dann wird es hell. Aber hier ist doch Naturschutzgebiet, sagt Dahl-mann, ich steige auf keinen Fall aus. Gut, sagt sie. Wartet ruhig, bis euch die Sonne ins Auto steigt. Dann bin ich längst fort, und ihr seht nur noch einen großen Vogel da drüben auf dem Baum hocken, groß wie ein Huhn, aber nicht so gemütlich. Der fliegt nicht fort, wenn ihr kommt, aber ich bin verschwunden. Sie geht. Das Unterholz ist dicht, ein grobmaschiger knackender Teppich. Sie kommt zurück, wenn sie will. Oder wenn sie eine Zigarette will. Nicht, wenn die zwei alten Mottenkugeln sie holen. Irgendwo bellt ein Hund. Der Priester läßt das Fenster herunter und macht den Hund nach. Dahlmann sieht ihn er-staunt an. Nichts folgt dann, nur Stille. Plötzlich ist die Wirk-lichkeit dieser Grenzlandschaft nicht mehr wirklich, sondern eine fremde, von sehr langer Hand inszenierte Welt am Draht und nicht mehr ihre. Jemand hat ein neutrales Interesse daran, sie als einsame Funktion in seine Berechnungen einzufügen. Es gibt Ludwig nicht. Es gibt auch Lena gar nicht, sie wird sich nur vorgemacht. Wie kommt sie da wieder raus? Sie läuft quer durch ihren Wald zurück, mit angewinkelten Ellenbogen, ein

Scheinwerfer flammt zwischen den Baumstämmen auf und macht einen Flur aus Licht, durch den sie das Auto erreicht. Sie stemmt zwei Fäuste auf die Kühlerhaube, dann schlägt sie gegen das Blech. Das klingt wie ein Schuß. Ich habe Ludwig da drüben nicht gesehen, schreit sie. Er war nicht da, er ist nicht gekommen. Die beiden Männer sitzen auf ihren Plätzen und schauen sie an, als hätten sie wegen ihr zwei Stunden auf Salz gekniet. Noch mal schlägt sie auf die Kühlerhaube, die Augen liegen ihr tief im Kopf, und naß hängt das Haar, wie Vogelfüße, über den Schultern. Wenn er mich verläßt, gehe ich mit ihm. Wenn er nicht kommt, bringe ich ihn um!

»Wir fahren weiter«, hat sie gerade zu Dahlmann gesagt. Er steht sofort von der Kirchenbank auf. Obwohl er ihr folgt, gibt er den Schritt an, vorbei an zwei jungen Restauratoren in weißen Kitteln, die über den Weihwasserbecken die Wand aus der Wand kratzen.

Sie setzen sich ins Auto und warten. Sie sind zum ersten Mal allein. Sie könnte Dahlmann fragen, ob er sie gesehen hat, wie sie aus dem Flur gegenüber vom Bahnhof O. kam. Ob er den jungen Mann gesehen hat. Was er gedacht hat, als sie sich unter dem Gummibaum im Hotelaufgang trafen. Ob er sie später am Fenster des Hotels gesehen hat, sie und den Mond, der tief hing in jener Nacht. Und ob er irgendwo in ihrem Leben noch Ludwig gesehen hat.

Jemand läßt sich auf den Rücksitz fallen. Sie dreht sich um. Der Priester hat drei Dosen Cola im Arm.

»Sie machen sich Gedanken um Ihren Ludwig, stimmt's?« sagt er.

Der Verschluß der Coladose zischt. Er sieht so anders aus, so aufgeräumt. Er will sogar anstoßen.

»Ich habe im Beichtstuhl etwas laut gesagt«, sagt der Priester. »Seitdem geht es mir besser. Darf ich auch hier etwas laut sagen?«

»Wenn es uns dann auch besser geht«, sagt Dahlmann und versucht, aus dem Flachmann polnischen Schnaps in die Dosenöffnung zu schütten.

»Ihr Ludwig wurde vielleicht Priester aus Angst, ein gewöhnlicher Mensch zu sein und damit nicht leben zu können«, sagt der Priester, und sie sieht aus dem Fenster. Es ist keine richtige Baustelle, wo sie parken, sondern nur ein staubiges, freies Gelände. Auf der festgefahrenen Erde bauen ein paar Männer eine Tribüne auf. Sie sieht die nackten, tätowierten Oberarme.

»Ihr Ludwig wollte vielleicht …«

»Was wollen Sie eigentlich«, fragt sie.

Der Priester sitzt sehr krumm, neben ihm die Tüte mit den winterblassen Äpfeln aus Czestochowa.

»Ihr Ludwig wollte vielleicht …« Er stockt und sagt, »es war nur so ein Bild, das ich gerade hatte.«

»Bild, Bild!« ruft Dahlmann. »Raus mit der Sprache!« Er ist übermütig und poliert mit einem gebügelten Taschentuch den Silbermantel seines Flachmanns.

»Vielleicht gelingt es Ihrem Ludwig nicht, sich selbst bis an den Rand seiner Möglichkeiten zu drängen«, sagt der Priester, »bis dahin, wo sich eine zweite Wirklichkeit öffnet. Wer hat schon diese Gabe? Wem gelingt das schon?«

»Genauer, das mit der zweiten Wirklichkeit«, sagt Dahlmann. »Lena hört noch nicht zu.«

»Diese zweite Wirklichkeit ist so etwas wie die Ewigkeit, in der wir nach dem Tod weiterleben müssen. Die Welt, die wir ein Leben lang zusammensammeln und noch in uns haben,

wenn wir nicht mehr sind. Deshalb geht es nach dem Tod vielleicht weiter, weil wir dann sind, was wir als Fundus haben. Eine
Welt eben, die man nicht sieht. Der Schlüssel dazu sind die Talente. Deshalb ja die Frage nach den Talenten, die wir am Jüng-
sten Tag beantworten müssen. Welche wir genutzt haben und
welche nicht.«

»Aber Ludwig hat keine Talente«, sagt Lena leise.

»Ich auch nicht«, sagt Dahlmann laut. »Und du, Richard?«

Und du, Lena? fragt sie sich, aber stumm. Nichts folgt. Nur
Stille. Sie schauen aus dem Fenster, jeder aus einem anderen, aber
alle drei in Richtung der tätowierten Männer. Sie, die eben noch
die Tribüne aufbauten, machen Pause und geben sich gegenseitig
Feuer. Ihre Schatten sind in der Mittagssonne sehr kurz.

Zweimal in der Woche fuhren Ludwig und sie Sprudelkästen
aus, auch im Dezember. Da kam die Dämmerung bereits gegen
vier. Sie hatte es dreimal versucht, zweimal im Hellen, einmal
im Dunkeln. Ich liebe dich. Ich liebe dich. Ich liebe dich. Im
Dunkeln ließ es sich leichter sagen. In der Fahrerkabine erzählten sie sich ihre Leben. Sie stellten die Musik leiser. Nirwana,
seine Kassette, Massive Attack, ihre. Sie aßen Gummibärchen
dazu. Sie, auf dem Beifahrersitz neben Ludwig, für den Rest
ihres Lebens? Eine Möglichkeit. Im Winter würde sie die Ther-
moskanne, im Sommer die Colaflasche zwischen den Knien halten. Abends würde die Sonne so tief stehen, daß sie beide die
Hand über die Augen heben müßten, um die Farben der Ampel
zu sehen. Sie beide! Eine schöne Möglichkeit. Straße und Himmel würden über und unter ihnen hinwegfedern. Sie würden
fahren. Ludwig würde das Fahren an Beten erinnern, und sie
würde es für immer an Ludwig erinnern. Gelbe Scheinwerfer

würden die Welt des Nachts in schmale Streifen reißen und etwas sichtbar machen. Die Rückseite der Welt. Und in den Linkskurven würde sie immer gegen Ludwig fallen, nicht nur aus Müdigkeit. Komm-Kurve, würde er dann sagen.

»Komm-Kurve«, sagte sie laut und fiel gegen ihn. Wenn sie Ludwig etwas erzählte, dachte sie, mein Leben hat sich nur ereignet, um eines Tages ihm erzählt zu werden. Scheinwerfer vom Gegenverkehr rissen Lichtbahnen über die Landstraße. Ab und zu tauchte ein Haus mit erleuchteten Fenstern auf, und oft dachte sie, da könnte ich auch wohnen. In einem kleinen langsamen Leben am Ende einer Straße, im Sauerland.

»Es war nicht wegen einer Frau«, sagte Ludwig plötzlich.

Ein weißer Kombi für eilige Arzneimittel überholte. Auch der Schriftzug auf dem Kühler hatte es eilig.

»Mit einer Frau als Grund war es nur einfacher zu erklären«, sagte er. »Dispens von der Zölibatsverpflichtung, das kannte der Bischof gut. Aber was mit mir war, das kannte ich selber nicht richtig.«

Sie fuhren zu einem kleinen Ort am Möhnesee, um den letzten Kunden des Tages zu beliefern. Sie kannte das Haus. Bei der ersten Lieferung war es September gewesen, und sie hatte noch keine Strümpfe getragen. »Deine Knie haben Mädchengesichter«, hatte Ludwig gesagt, hatte eine Weile lang den Laster mit links gelenkt und sie schalten lassen. Seine Rechte hatte er ihr untergeschoben, zwischen Bein und Sitzpolster.

»Da, das rote Haus«, hatte Ludwig kurz hinter dem Ortsschild gesagt. Das Haus war grau verputzt gewesen. Lena war im Auto sitzen geblieben.

Jetzt rauchte Ludwig und hatte keine Hand frei. Er würde nie aufhören zu rauchen.

»Willst du wissen, wie es dazu kam?« Er drehte das Radio leiser. Lena hörte auf, im Rhythmus mit dem Kopf zu wackeln. Sie war eh zu alt dafür.

»Es war eines Morgens. Ich starrte zur Decke, ungefähr eine halbe Stunde lang.«

»Und was stand da?«

»Nichts, ich war aufgewacht und hatte einfach aufgehört zu glauben. So wie andere aufwachen und ihnen das Gegenteil passiert. Irgendwo brennt ein Dornbusch oder ein Pferd fällt um und man selbst fällt auch um, steht auf und ist ein anderer. An dem Tag ging ich noch einmal in die Welt, aber rückwärts«, sagte Ludwig. Er fuhr langsamer, schob, als sie das Ortseingangsschild passierten, ihren Schal beiseite und drückte seinen Mund an ihren Hals. Am Straßenrand stand ein Schild. Ein schwarzes Auto schleuderte auf weißem Grund.

Das rote Haus hatte drei Stockwerke und kleine, dumme Fenster, so wie manche Menschen kleine, dumme Knopfaugen haben. Es stammte aus den sechziger Jahren. Statt eines Vorgartens gab es vier Parkplätze. Einer war belegt. Über dem Seiteneingang brannte ein Licht, rot, und auf dem Klingelschild stand *Pension*. Am Seiteneingang des Hauses vorbei führte ein kurzer gepflasterter Weg zum Seeufer. Das Wasser war grau. Als sich die Tür öffnete, zeigte Ludwig auf den Grill, der schräg und mit zwei Beinen im Wasser stand.

»Den haben Sie in diesem Sommer aber nicht oft gebraucht«, sagte er zu der Frau, die vor ihnen stand.

»Nein, Herr Kaplan«, sagte die Frau mit der schwarzen Perücke, Stil Alexandra, Sehnsucht und Taiga. Sie hatte einen Akzent. Osten, dachte Lena.

Der Teppichboden im Eingang war altrosa, und am Ende des

Flurs öffnete sich einen Mensch breit eine Doppeltür. Im Ausschnitt waren ein Tresen und ein Fenster zum See zu erkennen. Die Frau kratzte sich an der Perücke und sagte, »bitte hier lang« zu Lena, während Ludwig Kästen mit Sprudel und mit Bier in den Keller trug.

»Männerarbeit«, sagte die Frau und zog Lena mit sich. Die Haut an ihren Unterarmen war nicht mehr jung. »Sind Sie seine neue Frau?«

Lena schüttelte den Kopf.

»Ich bin Schauspielerin.«

»Nein so etwas, wie interessant«, sagte die Frau, während sie an Lena zog, ohne daß sie sich kannten. »Dann habe ich Sie bestimmt schon im Fernsehen gesehen.«

»Unwahrscheinlich«, sagte Lena und zählte auf dem Weg acht Türen mit billigem Holzfurnier. Im Zimmer am Ende des Flurs schob die Frau Lena auf einen Barhocker. Sie legte eine CD mit Weihnachtsliedern auf. Gegen das Fenster zum See schlug der Regen, und auf der CD bellte ein Hund »Jingle Bells«. Als das Lied zu Ende war, setzte sich Ludwig neben Lena und zündete eine altrosa Kerze zwischen drapierten Tannenzweigen an.

»Sie weiß, daß du Priester warst?«

»Ja.«

»Sie weiß, daß du aufgehört hast?«

»Ja.«

»Hattest du was mit ihr?«

»Ja, aber nur kurz.«

»Darum fährst du Sprudel bis hierher.«

»Nein.«

»Hast du dafür bezahlt?«

»Nein, aber willst du was essen?«

»Ja, wollen Sie etwas essen?« fragte die Frau und beugte sich über den Tresen. Etwas in Ludwigs Gesicht veränderte sich.

»Es gibt Würstchen des Tages«, sagte sie, lachte und dachte sicher an etwas anderes dabei. Lena roch das Parfum einer unbekannten Marke und sah Ludwig an. In dem Geruch waren Sonne und ein süßes, schweres Getränk. Welche Frauen ihm wohl gefielen?

»Es war nicht wegen einer Frau«, sagte er da wieder. »Du sollst wissen, ich habe auch nicht Schluß gemacht mit Gott. Noch heute höre ich seine Stimme.« Er zögerte.

»Wann denn und wo?«

»Überall höre ich ihn, manchmal sogar im Rauschen eines Fotokopierers auf irgendeinem Gang.«

Sie strich sich die Haare aus dem Gesicht und sah ihn an. Seine Messen waren voll gewesen, bestimmt. Sie stellte sich Ludwig am Altar vor. *Das ist mein Leib, das ist mein Blut.* Keiner merkte, wenn er nicht gut drauf war. Das feste Ritual trug, und das schwere Kleid für die Messe zwang zur Haltung. Er predigte. Zum Beispiel das, was er ihr neulich vor dem Einschlafen gepredigt hatte. Alles, was die geschlechtliche Begegnung leicht mache, fördere ihren Absturz in die Belanglosigkeit. Die Pille zum Beispiel, hatte er gesagt. In dem Moment hatte er nicht neben ihr gelegen, sondern auf einer Kanzel gestanden und die Arme geöffnet. Nicht für sie, sondern für eine ganze Gemeinde. Sie hörte ihn sagen, daß die Pille der Tod der erotischen Liebe sei, und sie sah nach der Messe einsame Frauen zu zweit unter einem Schirm nach Hause gehen, sah ihre vom Regen besprizten Strümpfe und hörte sie miteinander reden: Wenn der die Arme so öffnet! Ach ja. Ja, dann!

Lena schob die Hand unter ihre Brust und legte Hand und Brust auf den Tresen. Die andere Hand legte sie in Ludwigs Nacken, aber nur kurz, denn die Frau kam mit zwei Tellern, stellte erst den für ihn ab und dann den für sie, aber mit unterschiedlichen Betonungen. Ludwig sah sie in die Augen, Lena auf das Schlüsselbein. Dann ging sie.

»Ich«, sagte Ludwig, »war von Anfang an ein freundlicher junger Mann auf dem Weg zu einem guten Abitur, und Englisch konnte ich schon. Du warst immer anders.«

Lena schaute der Frau hinterher. Gestern war ein schöner Tag gewesen. Lenas Zimmer, hell und sonnig, aber hinter ihr die Scheibe war wie ein kaltes Loch, das ihr in den Nacken geatmet hatte. Die Haare hatte sie hochgesteckt gehabt. Sie solle sich ausziehen, hatte Ludwig gesagt. Er wolle Fotos von ihr machen, sie solle sich ausziehen, denn ihr Pullover gefalle ihm nicht. Er sei zu türkis und zu zopfig. Ob sie einen anderen anziehen solle, hatte sie leise gefragt. Nicht anziehen, ausziehen, hatte er gesagt. Draußen auf einem Zweig vom Birnbaum hatte eine Drossel versucht zu landen. Der Zweig aber gab tief nach, der Vogel rutschte, und Schnee rieselte herab. Damit hatte die Drossel nicht gerechnet, aber für sie beide war es ein schöner Tag gewesen.

»Du hättest zum Theater gehen sollen, du wärst ein heiliger Schauspieler geworden«, sagte Lena. Die Frau mit der Perücke sortierte CDs in die Hüllen zurück und spreizte dabei den kleinen Finger ab.

»Hab ich ja versucht«, sagte Ludwig. »Aber ich bin nicht wie du. Ich bin immer etwas niedergeschlagen, etwas hochmütig und zu schnell einsichtig. In mir schläft kein größeres Ereignis, höchstens ein noch langweiligerer Ludwig, dem ich im Lauf der

Jahre nicht begegnen möchte. Das Problem habe ich vor langer Zeit an Gott weitergereicht, habe gesagt, Herr, gib mir deine Welt und nimm meine von mir, denn sie ist für mich zu klein, aber ich schaffe es nicht allein bis in die große.«

»Und er hat dir geantwortet«, fragte Lena. »So wie es seine Art ist, mit allgemeinem kosmischen Rauschen? Dabei war es mal wieder nur ein Fotokopierer auf dem Gang. Senf, bitte.«

Ludwig aß sein Würstchen mit den Fingern, sie nahm Messer und Gabel dazu. Schließlich war sie hier nicht zu Hause und nicht allein.

»Fräulein, Senf bitte«, rief sie noch mal.

»Ich habe noch welchen«, sagte Ludwig.

»Bitte«, sagte die Frau mit der schwarzen Perücke und stellte hart einen Eierbecher vor Lena hin. Auf dem Boden war ein Spritzer Senf. Lena ärgerte sich.

»Und eines Tages hast du am Altar gestottert.« Sie schlug auf dem Barhocker die Beine übereinander.

»Ich habe nie gestottert«, sagte Ludwig.

»Egal«, sagte sie, »du hast sogar vor dem Mikrophon gestottert.«

»Habe ich das je gesagt?«

»Egal, was du mir nicht erzählst, denke ich mir aus.«

»Aber ich habe in meiner Kirche kein Mikrophon benutzt.«

»Egal. Du hast dir etwas vorgestellt am Altar und dann gestottert.«

»Lena, bitte.« Ludwigs Augen folgten dem Rücken der Frau. Die Haarspitzen ihrer Perücke glitten wie die Borsten eines festen Besens über ihre Schultern. An den Stoffalten im Rücken sah Lena, die Frau lächelte. Ludwig klebte an dem Lächeln der anderen, obwohl er es nicht sah. Ihr Lächeln war im ganzen

Raum und er klebte daran, plötzlich dumpf und stur und mit der Unberührbarkeit einer anderen Rasse, Männer.

»Gut.« Er griff in Lenas Haar, hielt es hart. »Ich habe gestottert. Zufrieden?«

Du wirst mich verlassen, dachte sie, und er ließ sie im gleichen Moment erschrocken los. Sie schaute auf seine ratlose Hand. Da ging das Telefon.

Die Frau nahm ab, sagte: »Jaja, ich bin vierundzwanzig«, und sah in den Tresenspiegel hinter dem Flaschensortiment dabei. »Was hätten Sie denn gern? Nur Handentspannung? Das macht 60 Mark. Gut, gut, ich warte.«

Sie legte auf. Im Zimmer war es sehr heiß, in der Heizung gluckste Luft, und der Blick auf den See versprach graue Weihnachten. Der schöne Tag gestern war auch nicht so schön zu Ende gegangen, wie er begonnen hatte. Aus dem Eßzimmer von Dahlmann war geistliche Musik gekommen. Der Messias von Händel. Ludwig hatte mitgesummt. Wie sie eigentlich gewesen sei, die Frau, wegen der er das Zölibat gebrochen hätte. Ob sie die Pille genommen hätte? Das wisse er nicht, hatte Ludwig geantwortet, so gut hätten sie sich nicht gekannt. Dahlmann, parterre, hatte den 2. Teil vom Messias lauter gedreht. Das große Halleluja des Chors setzte ein und nahm einem den Atem. Genau so viel Atem, wie es braucht, um so groß zu singen, hatte sie gedacht. Ludwig summte da längst nicht mehr, aber Dahlmann drehte die Musik noch lauter. Die Drossel saß endlich ruhig auf einem kahlen Ast und rieb den Schnabel unter einem Flügel. Einer von Lenas BH-Trägern rutschte zur Musik von der Schulter und kam am Ende eines musikalischen Bogens auch am Ende ihres Bizeps an. Wenigstens das war gelungen. Sie ziehe sich dann mal ganz aus, sagte sie trocken. Nicht für ihn, für den Vogel da draußen. Der solle bis zum Schluß bleiben. Kaum hatte sie das gesagt, war die Drossel aufgeflogen. Auch die Musik im Eßzimmer war abgebrochen, und Dahlmann hatte sicher fluchend aus seinen unsicheren Cognac-Händen ein Glas fallen gelassen.

Die Frau brachte Ludwig und Lena zur Tür. Sie trug die gleiche Perücke, aber in blond, und ein kurzes rotes Kleidchen, das unter der Brust gerafft war. Als sie abfuhren, stand sie noch immer in der Tür und zog eine Haarsträhne durch ihren Mund. Neben dem Ortsausgangsschild stand ein zweites Schild. Glatteisgefahr. Lena zerknüllte das Papier vom letzten Schokoladenriegel.

»Ich weiß auch nicht«, sagte sie.

Lena zögert, bevor sie zum Überholen ansetzt. Im Gänsemarsch laufen Soldaten im polnischen Frühling herum. Die Männerbeine sehen dünn aus in den Hosen, und das Grün des Stoffes erscheint ihr alt gegen das des Wiesenstreifens am Straßenrand. Plötzlich will sie abbremsen vor dem Schatten, den der letzte Soldat der Schlange auf die Straße wirft. Die Sonne steht im Süden. Sie bremst. Dahlmann greift ihr schon wieder ins Steuer und tritt die Fußmatte.

»Lassen Sie das«, sagt sie. »Lassen Sie das. Ich bin fast vierzig und unfallfrei.«

Lena und Ludwig gingen ihren alten Weg, vorbei am Waldschwimmbad, vorbei am letzten großen Bauernhof von S., umgebaut zu vier Eigentumswohnungen und einem Atelier in der Tenne. Es war Heiliger Abend. Lena hatte nasse Füße, und der Schneerand auf ihren Stiefeln ähnelte dem Umriß einer Bergkette. Sie zeigte darauf. Bergzüge sähen manchmal wie Liegestühle am Strand aus, nach einem Sandsturm. Ob ihm das schon mal aufgefallen sei? Ludwig lächelte, statt zu antworten. Sie gingen vorbei am Bauernhof, vorbei am leeren Gehege des Esels Gustav. Dann wechselte der Asphalt über in festgefahrene Erde.

»Da war das Haus«, sagte Ludwig als erster und setzte seinen Fuß auf die Narbe im Weg.

»Hier waren wir schon mal.«

»Zweimal«, sagte Lena. Sie schaute in dem Moment auf die Uhr. Das war ein Fehler. Wieviel Zeit haben wir noch, wollte sie die Liebe fragen. Wieviel Uhr ist es, hatte sie statt dessen das Zifferblatt gefragt. Sie kündigte ihre Verlängerung auf? Seit August waren sie aus der Zeit herausgefallen in eine schöne Gegend hinein. Die hieß Gegenwart. Sie hätte eigentlich mit Blick auf diese Gegend und neben Ludwig den Rest ihres Lebens sitzen mögen, rauchen, reden, sie beide auf der Autohaube des Volvos, vor ihnen eine rote langsame Sonne, hinter ihnen ein Gasthof mit Fremdenzimmern und zu ihren Füßen häßliches Heidekraut. Dies war nicht mehr Wirklichkeit, die sie mit allen anderen Menschen teilen mußten. Dies war einfach das Leben. Ihr Leben. Eigentlich. Warum mußte sie mitten im Leben auf die Uhr schauen? Die Uhr schaute an dem Nachmittag erschrokken zurück, als hätte man sie geweckt.

»Zwanzig nach drei«, sagte Ludwig. »Und das Haus gibt es auch nicht mehr.«

Vom Haus war nur noch ein schmaler Sockel des Fundaments in der winterharten Erde sichtbar. Auch der Zaun war fort, nur das Gartentor stand wie ein verlassener Grabstein herum. Ludwig hielt es für sie offen und ließ ihr den Vortritt. Es quietschte, fiel hinter ihnen ins Schloß und öffnete sich gleich wieder.

»Das Haus«, sagte sie.

»Jetzt können wir es mitnehmen«, sagte Ludwig, »wenn du noch willst.« Von nirgendwo her schrie, schien ihr, ein Esel.

Sie gingen zurück und hinunter in die Stadt. In der Fußgängerzone schaukelte die Weihnachtsbeleuchtung im Regen, und die Stadt sah aus, als sei keiner zu dem Fest gekommen, für das sie sich geschmückt hatte. Sie griff nach Ludwigs Mittelfinger und hielt ihn in der Hand. Da pfiff auf Fingern jemand hinter ihnen her.

»Ich bin's«, sagte Martina und schaute Ludwig an. Ludwig schaute fragend die Leuchtschrift der Commerzbank an, die gelb über ihren Köpfen aufflackerte. Es dämmerte schon. Martinas Haare fingen unter dem gelben Licht an zu glänzen, feucht und unnachgiebig rot. Lena streckte die Hand danach aus. Bist du es? Das letzte Mal habe ich dich doch auf dem Rücksitz eines Motorrades gesehen, Martina, dich und deine rote Lederjacke und deinen roten, breiten, ein wenig ausgefransten Mund, wie wund, in deinem blassen Gesicht.

»Das ist Martina«, sagte Lena. »Und das ist Ludwig.«

»Hallo«, sagte Martina.

»Angenehm«, sagte Ludwig.

Albern, dachte Lena, und sagte: »Ihr kennt euch doch«, und dachte weiter: Vom Warmwassertag.

Martina bewegte sich von den Fußgelenken an aufwärts und blieb doch dabei stehen. Sie griff mit den Augen nach Ludwig. Ihr altes Spiel. Selbst wenn sie sich einem Mann auf den Schoß setzte, sollte er das Gefühl haben, sie erobert zu haben. Sie trug keinen Mantel, keine Jacke, nur einen dicken weißen Skipullover. Die Weihnachtsbeleuchtung über ihren Köpfen schaukelte im Wind.

»Wir essen spät«, sagte Martina. »Wir warten noch auf einen meiner Brüder. Wollt ihr nicht auf einen Kaffee mitkommen?«

Martina schob eine Hand unter ihren Pulloverbund und dann den Bauch entlang zum Nabel. Sie hob den Pullover, wie ein Kind, das verlegen ist. Ein Stück Unterhemd und dann weiße, glatte Haut kamen zum Vorschein, und die Hand spielte an einem grünen Stein im Nabel.

»Bist du nicht Priester?«

Ludwig legte den Arm um Lenas Schulter.

»Seid ihr ein Pärchen?«

Warum sagte sie Pärchen und nicht Paar? Pärchen war kürzer als ein Jahr.

»Mein großer Bruder wollte auch Priester werden«, sagte Martina. »Aber dann ist ihm etwas dazwischengekommen.«

Zu dritt gingen sie über den Marktplatz, Lena zwischen Ludwig und Martina. Sie sah Martina an, wie die sich Ludwig ansah, und schaute dann hilfesuchend zum Fenster über dem »t« von »Lichtblau« hinauf. Es war erleuchtet. Da haben wir früher gespielt, dachte Lena.

Der große Bruder, der nicht Priester geworden war, schob Lena zur Begrüßung an der Schulter ins Wohnzimmer und sagte »Mädchen« zu ihr. Er fuhr seit fünfzehn Jahren Taxi in Frankfurt. Herr Edgar, hatte Lena früher zu ihm gesagt, weil er acht Jahre älter und auf dem Schulhof schon eine Persönlichkeit gewesen war.

»Bist du noch Schauspielerin?« fragte Martina, zog die Schuhe aus, streckte die Beine von sich und knackte mit den Zehen in der Luft. Die Kirschbaumstühle mit dem roten Lederbezug waren noch die gleichen wie früher. Rot. Rot, wie die Riemchen an den Kindersandalen, die Martina vor dreißig Jahren im Namen eines römischen Lebensgefühls abgeschnitten hatte. Manche Geschichten merkte sich Lena an der Farbe.

»Und du, was machst du so?« fragte sie. Martina strich sich durch das Haar, wie früher, aber mit einer älteren Hand.

»Na, dies und das, alles mit Schneiderei, Gewandmeisterin, Änderungsschneiderin wenn es sein muß, manchmal Modemessen oder Aktmodell.« Die Nachwirkung des letzten Wortes verfolgte sie auf Ludwigs Gesicht. Unter dem dicken weißen Pullover wurde dabei ein weißer Körper sichtbar, der vielleicht quadratischer war, mittlerweile, aber immer noch handlich und fest und weich, wie ein Kissen in einem guten Hotelbett. Martina besaß jenen Rest von Schönheit, der nicht mehr richtig schön war, aber herzergreifend.

»Aktmodell«, sagte Lena, »bist du dafür nicht zu alt?«

Am Weihnachtsbaum brannten echte Kerzen und rochen nach Honig. Alle setzten sich an den Eßzimmertisch, nur der Bruder stand noch an der Durchreiche zur Küche. Statt Kaffee gab es Sekt. Unter den Gläsern lagen die Untersetzer, die Martina und sie vor einem Vierteljahrhundert in der katholischen Mädchenjugend gebastelt hatten. Trockenblume in Bast und unter Klarsichtfolie gepreßt. Die Gläser für Kullerpfirsiche hatten auch einmal darauf gestanden. Ludwigs Weinglas wackelte auf einem toten Vergißmeinnicht herum. Es war einmal auf dem Kompost gepflückt und zwischen den Seiten von *Moby Dick* gepreßt worden.

Von irgendwoher kam ein Schnorcheln. Martina zeigte auf ein rosa Plastikteil mit Lautsprechern.

»Haben wir Mutti zu Weihnachten geschenkt.«

»Was ist das?« fragte Ludwig.

»Ein Babyphon.«

»Lebt deine Mutter denn noch?« fragte Lena. Keine Antwort.

Martinas Mutter war eine gemeine, gepuderte Frau gewesen, mit zuviel Schmuck an Hals und Ohren und an manchen Tagen mit Druckstellen auf dem Dekolleté von den Ketten des Vortags.

»Bist du eigentlich noch Priester?« Alle schauten Ludwig an, nicht besonders neugierig, nicht einmal verlegen. Martina hatte gefragt.

»Nein.«

»Wieso?« Sie lächelte ihn an, obwohl Ludwig ihren Bruder Edgar ansah, als er weitersprach.

»Eines Morgens«, sagte Ludwig ernst, »bin ich wach geworden. Nicht der Sinn war weg, sondern meine Frage nach dem Sinn. Ich war noch immer da, obwohl die Frage weg war. Damit hatte ich nicht gerechnet, und ich blieb im Bett liegen und starrte an die Decke. Ich brauchte keine Erklärungen mehr, ich schloß die Augen und sah Kinoplakate, von denen ich nicht wußte, daß ich sie gesehen hatte. Ich hatte Lust, ins Kino zu gehen. Warum, war mir egal. Ich brauchte keine Erklärung mehr. Der Glaube war mir lang genug eine Erklärungsmöglichkeit gewesen. Aber Glaube ist nicht Erklärung.«

»Ich verstehe«, meldete sich Martina, aber Ludwig beachtete sie nicht.

»Glaube«, sagte Ludwig, »ist eine Haltung.«

»Ich verstehe«, sagte Martina.

»Und die hatte ich nicht«, sagte Ludwig.

»Versteh ich nicht«, sagte Lena. »Aber bekomme ich noch einen Schluck Sekt?« Sie sah Martina an, bis die in die Küche ging. Ludwig wartete nicht, bis sie zurückkam. Er schaute wieder Edgar an.

»Am Mittag mußte ich in der Kirche sein, weil Heizöl angeliefert wurde. Ich ging in einem alten Pullover hin und trat einem Mann in blauem Overall gegenüber. Der Mann wirkte auf mich, als ob ich endlich angekommen wäre, als ob endlich das von früher nicht mehr ginge. Ich zog an dem Morgen den Mann im Overall mit seinem müden, aber freundlichen Gesicht dem Antlitz des Himmels und all seinen Versprechungen vor. Ich zog die Wirklichkeit der Wahrheit vor. So habe ich es später genannt, als ich mir den Moment erklären wollte. Ja, ich zog das Leben Gott vor, der es geschaffen hat. So hat er es mir gegeben, dachte ich. So werde ich es leben. Ab jetzt.«

»Verstehe ich«, sagte Edgar, »das war bei mir genauso.«

»Stimmt ja nicht«, sagte Martina und warf ohne Grund die Hände in die Luft, »bei dir waren Weiber im Spiel, immer.«

Sie sah Lena an. Die sah Ludwig an. Sah den bläulichen Schimmer auf seinen Wangen, vom Bart. Sah darunter den kleinen Ludwig, der sein Rennrad durch einen längst vergangenen Abend schob.

»Das war ja eine richtige Predigt.« Martina nahm die Spange vom Hinterkopf. Das Haar zögerte auf halber Strecke, bevor es fiel. Dann zog sie den Pullover aus und saß mit bloßen, weißen, ein wenig weichen Armen in einem gerippten Männerunterhemd da.

»Sommer«, sagte ihr Bruder spöttisch, verließ seinen Posten neben der Küchendurchreiche und schlug im Vorbeigehen gegen das weiche Fleisch von Martinas Oberarmen. Es zitterte leise. Etwas daran machte Lena verrückt. Martina hob die Arme. Ihre Achseln waren frisch rasiert, und ihr erster Blick ohne Pullover hatte Ludwig gegolten.

»Ich muß gehen«, sagte Lena.

»Warum«, fragte Ludwig und blieb sitzen, auch nachdem Lena längst aufgestanden war. Er ließ sie stehen. Ruhig, Lena, ruhig, dachte sie sich. Dinge geschehen nicht einfach so, man kann sie verhindern, sagte sie sich. Aber vielleicht geschah ja nichts. Vielleicht war sie paranoid. Aber wenn man paranoid war, hieß das nicht, daß man nicht verfolgt wurde. Aus dem Babyphon kam ein leises Knarren.

»Lena, was ist?« Ludwig lächelte ihr zu. Dann stand er auf.

Sie ging in die Diele und nahm ihren Mantel. Ludwig folgte. Bei der Garderobe stieß Martina an Ludwig, mit dieser bloßen Schulter, auf die ihr Haar fiel. Das Gewicht einer Flamme. Einen Moment lang war Lena sehr allein, allein in einem Zug, hinter ihr die Leere des Waggonkorridors und die der leeren Abteile. Und weil sie allein und weil es Nacht war, war sie sicher, der Zug würde nicht mehr bremsen können. Er müsse durch die Nacht rasen bis hinunter ins Nichts. Da legte Ludwig seinen Arm um sie. Aus dem Babyphon kam ein böses Schnarchen.

Sie gingen. Ludwig hielt das Kinn hoch und nahm auf der Straße ihren Arm, ohne sie anzusehen. Er nahm den Arm wie kurz vor der Silberhochzeit. Zwischen ihnen gab es eine Störung, wie auf einem Boot. Eine schwache Bewegung im Rumpf. Ein leichtes Schaukeln, das unbeobachtet würde vorübergehen. Aber jemand hatte unbemerkt das Boot verlassen.

Ludwig ging zu seinen Eltern, sie zu Dahlmann, der mit jemandem im Eßzimmer redete, als sie in den Flur trat. Sie klopfte an seine Tür. Aber auch Dahlmann war allein.

An dem Abend drehte er den Fernseher nicht leiser, auch nicht, als er zum ersten Mal von O. erzählte, der deutschen Kleinstadt O., so groß wie S., aber in Südpolen, wo er einmal ein kleiner deutscher Junge mit einem großen eigenen Zimmer gewesen war. Er erzählte laut. Der Fernseher war lauter.

Was hatte Ludwig zu Lena gesagt, als sie in Starks Getränke-laster auf der Höhe von Altenberg zum ersten Mal ihr Leben vor ihm auspackte und er seine Schokoladenriegel dazu aß? Als sie wieder und wieder rief, das hatte ich ganz vergessen. Als sie derart heftig im Dunkeln der Führerkabine von ihren Erinnerungen angefallen wurde, daß sie Ludwig hart und ziemlich häufig aufs Bein schlagen mußte? Was hatte er da gesagt, als sie, die Hand noch auf seinem Bein, merkte, sie verstand nicht, was sie nicht mit ihm teilte.

»Lena, wer erzählt, hat eine Frage«, hatte Ludwig gesagt.

Am Heiligen Abend fing Dahlmann an zu erzählen, und sie vergaß Martina. Er erzählte von der Fußgängerbrücke nach Birkenau mit den hohen Geländerstäben, die ein unheimliches Raster aus Licht und Schatten auf das Gesicht warfen, wenn die Sonne schien und man noch klein war. Die Gleise unter der Brücke führten zur Lagerrampe. Und hoch über den Gleisen liefen Frauen mit Kopftüchern, ahnungslos und fröhlich wie Osterblumen. Er erzählte von Siedlungshäusern aus roten Steinen, wo die Kinder spielten, mit denen sie nicht spielen durften, und von der Kellnerin Janina unten aus dem Restaurant. Wie sie auf dem Klo auf halber Treppe geweint hatte. Er zählte auf, was er von seinem Kinderzimmerfenster aus täglich gesehen hatte. Züge, die überfüllt zur Rampe fuhren und leer zurück. Züge ohne Fenster, aber mit Schiebetüren. Manchmal waren die Züge oben offen, und Dahlmann konnte von der Brücke aus die Menschen sehen.

»Was war mit dieser Janina?« Lena fragte, weil ihr der Name gefiel.

Im Fernsehen feierten fünf ältere Herren und eine Theologin mit vorstehenden Zähnen Weihnachten.

Lena stand im Mantel vor Dahlmanns Eßtisch. Die Tischdecke hatte noch seine Mutter bestickt, mit brokatgoldenen Christbaumkugeln und roten Kerzen. Noch immer im Mantel, setzte Lena sich. Dahlmann geriet in Fahrt, er hatte getrunken. Seine Stimme klang nüchtern, aber höher als sonst. Was mit Janina gewesen sei?

»Mama, habe ich da gesagt, Mama, die küssen sich unten im Flur. Und meine Mutter fragte: Wer denn, Julius? Janina und der deutsche Mann, sagte ich, und meine Mutter fragte: Welcher deutsche Mann denn, Julius? Und ich sagte: Der Hübschere.«

Ein Handschuh fiel Lena aus der Hand. Sie hob ihn nicht auf. Draußen war es stürmisch, aber kein neuer Schnee in der Luft.

Janina hatte von 1942 bis 1944 im SS-Kasino gegenüber dem Bahnhof von O. als Kellnerin gearbeitet. Vielleicht auch kürzer, meinte Dahlmann. Auf jeden Fall war sie in einen deutschen Gast verliebt gewesen, aber in ihren deutschen Chef nicht. Eines Mittags waren das polnische Fräulein Janina und der deutsche Chef im SS-Kasino allein, und Julius kam von der Schule heim. Die dunkelbraunen Gardinen an den Fenstern zur Straße waren zugezogen, im Speisesaal war nur wenig Licht. Janina bückte sich und wischte jeden Stuhl einzeln ab. Der Chef stand hinter ihr. Er sah den schmalen Streifen Haut am Ende des Strumpfes, dazu eine Frau von hinten. Der Seiteneingang des Restaurants stand zum Flur hin offen. Dort ging es zur Toilette auf halber Treppe und zu den Mietwohnungen. In dem Flur drückte sich Julius herum und ging nicht hinauf. Die Tür zum Kasino war ein Riß, keine Tür mehr. Durch ihn konnte er in zwei Menschen hineinsehen. Der Chef griff mit beiden Händen nach Janinas Hüften und stieß mit seinen gegen sie, wobei er den Kopf nach hinten legte und sehr rot wurde. Janina schlug mit dem Putzlappen hinter sich, dann riß sie sich los und schlug dem Chef ins Gesicht. Er schlug zurück, zuerst mit der Faust, dann nahm er den Eimer, wie ein Mann den Gürtel nimmt. Er schüttete mit einem Schwung das Wasser über ihren Kopf. Dann stülpte er ihr den leeren Eimer über. Sie schrie unter dem Eimer noch immer ganz leise. So stand sie einen Moment, und Julius stand im Flur. Das ist ja komisch, dachte er. Janina nahm den Eimer vom Kopf und tötete mit einem Blick den Chef, bevor sie in ihrem weitschwingenden Rock die halbe Treppe hinauf zum Klo lief, die weiße Bluse grau und Schmutzfäden vom Putzwasser wie Würmer im Haar. Sie war sechzehn, Julius elf. Sie lief an ihm vorbei und sah ihn nicht in seinen weißen kurzen Hosen hinter der Tür stehen. Die Schulbücher hingen im Riemen über der Schulter, und er roch nach Schule. Alle Kinder riechen nach Schule, wenn sie von dort nach Hause kommen. Als Julius loslief, Janina hinterher, stieß er gegen einen Mann, der die ganze Zeit hinter ihm gestanden und die Szene ebenfalls gesehen haben mußte. Der Mann ging mit großen Schritten ins Restaurant und zog die Gardinen zur Straße beiseite. Draußen gingen Leute vorbei und schauten herein, auf die weiß eingedeckten Tische mit den weißen Kerzen. Mehr Sicherheit gab es in den Tagen nicht. Warum, fragte der hübschere Mann den anderen. Nur so, nur so, war die Antwort. Julius lief die Treppe hinauf.

Weinst du?

Kurz stand er vor der Klotür und klopfte. Vor den Spitzen seiner Schuhe lag eine Zigarettenkippe. Er schoß sie zwischen zwei Geländerstreben hindurch, ab in den Flur. Noch immer weinte es hinter der Tür, und die Kippe lag unten auf den grauen Fliesen. Der Vater haßte Abfall im Flur. Der Vater, polierte Glatze, Hundeaufseher im Lager, Hund aller Hunde, Gebrüll wie Gebell, sein Vater und dessen zum Haken gekrümmter Zeigefinger: Julius, was soll der Abfall im Flur!

Julius ging hinunter und hob die Kippe auf. Ganz hinten an der Wand stand das Fahrrad von Janina. Die Kippe wie eine tote Fliege in der Hand, ging er zur Wohnung hinauf.

Dahlmanns wohnten im ersten Stock. Der polnische Name Matejuk war auf dem Klingelschild schlampig überklebt mit dem deutschen Namen Dahlmann. Durch ein buntes Glasfenster in der oberen Türhälfte fiel Licht. Es wärmte sein Gesicht in den Farben von gelb nach rot nach blau, und unten im Flur ging leise die Klotür. Rasch drückte Julius auf die Klingel, eine platte Löwennase aus Kupfer. Das polnische Dienstmädchen öffnete und wollte ihm wie immer über den Kopf fahren. Er aber lief in sein Zimmer am Ende des Flurs und beugte sich weit aus dem Fenster. Unten vor der Tür half der hübsche Herr dem Fräulein Janina in sein großes, schwarzes Auto.

»Ihr Rad stand noch Wochen unten im Flur«, sagte Dahlmann.

Er schenkte Lena einen Cognac ein. Sie zog den Mantel aus.

»Übrigens, gesegnete Weihnachten«, sagte er.

Schöne Landschaften

Zu lange schon hatte Dahlmann allein an dem schönen, schweren Biedermeiertisch seiner Mutter gesessen, die Gardinen ins Zimmer wehen lassen oder den Geruch nach Papierleim von nebenan. Der Nachbar war Buchbinder gewesen. Jetzt war er pensioniert und klebte daheim die zerfledderten Bücher der Nachbarn zusammen. Auch er lebte allein. Das Angebot, zusammen einmal Fernsehen zu schauen, hatte Dahlmann immer wieder abgelehnt. So saß er weiter allein in seinem Eßzimmer, und die schwere Tischplatte drückte auf sein Gemüt. Bis Lena kam. Und bis wegen Lena Ludwig ins Haus kam.

»Erster Stock, am Ende des Flurs ist ihr Zimmer, links«, sagte Dahlmann zu dem jungen Mann in Grau, der ihm bekannt vorkam. Er machte keinen Hehl daraus, daß er Herrenbesuche mißbilligte, auch wenn sie vor 22 Uhr stattfanden. Auch wenn der junge Mann bis vor kurzem Priester gewesen war. So blöd war er, Dahlmann, nun auch wieder nicht, daß er noch nie etwas von Liebe am Nachmittag gehört hätte. Als er sich an jenem Nachmittag wieder an den Tisch seiner Mutter gesetzt hatte, hatte die Platte nicht nur auf sein Gemüt gedrückt, sondern auch auf sein Geschlecht.

Der junge Mann war hinaufgegangen mit höflichen Schritten, wie Dahlmann fand, und hatte leise an Lenas Tür geklopft, sie geöffnet und so leise wieder hinter sich geschlossen, als ob er Lena nicht im Schlaf stören wolle. Dahlmann ging mit der Ausrede hinterher, oben im Bad Gästehandtücher nachlegen zu müssen. Und schlich dann weiter, am Bad vorbei, und stand eine ganze Weile auf Zehenspitzen vor Lenas Tür, bis ihm die Waden schmerzten. Bis ihm seine Albernheit auffiel. Langsam senkte er die Fersen. Hinter der Tür war dieses Murmeln von Verliebten zu hören, das wenig sagt. Das nichts als zärtlich sein will.

»Was stellst du dir vor, wenn wir miteinander schlafen?«

»Ich stelle mir vor, wie wir miteinander schlafen.«

»Du stellst dir also vor, was ist?«

»Ja, und manchmal noch was dazu.«

»Was?«

»Schöne Landschaften«, hatte Ludwig gesagt.

Dahlmann war durch den Flur zurückgeschlichen, immer mit dem Finger an der hellblauen Stofftapete entlang, die noch seine Mutter ausgesucht hatte. Am Kopf der Treppe war er stehengeblieben. Wirklich eine schöne Tapete. Wirklich ein schöner Mann, dieser Ludwig. Und, schöne Landschaften? Was er damit wohl meinte? Ennepetal, Gevelsberg, Hagen sicher nicht. Nein, nicht diese öde Gegend hier mit den öden Häusern und den Dächern, die immer naß vom Regen waren. Und diese Schornsteine überall, Schornsteine mit und ohne tote Zeche dabei. Trostlose Fördertürme, trostlose Industriekathedralen, trostlose Sonntage, trostlose kleine Bäckereien, die sonntags nur zwischen 14 und 16 Uhr geöffnet hatten, um ihre fettigen oder trockenen Kuchen zu verkaufen, die nach Nikotin schmeckten, weil der Bäcker bei der Arbeit das Rauchen nicht sein ließ. Ludwig war doch auch hier geboren, beim Bahnhof, war der Sohn vom alten Frey unten aus der Mittelstraße. Ja, trostlos auch der Bahnhof, und so unappetitlich, daß man sich schämen mußte vor Gästen aus Bayern und dem Ausland, wenn da immer diese schlechtgelaunten Jugendlichen herumsaßen, noch ohne Bart, aber nach Rasierwasser stinkend, weil sie eigentlich nur ein Problem hatten: kein Auto. Das alles kannte Ludwig nur zu gut, diese Straßen mit den hochgeklappten Bürgersteigen am Wochenende und den Büdchen an den Ecken, die Haarsprays neben Dosenbohnen und Frauenzeitschriften neben Tampons und Billigpantoffeln aus Taiwan verkauften. In dieser Gegend lief man doch herum, bis einem das Leben schlimm geworden war. Und schöne Landschaften, wo sollten die hier bitte sein? Dahlmann hatte am Kopf der Treppe gestanden und die Augen geschlossen. Er war bewegt, heftiger vielleicht als die zwei, die hinter der Tür in ihre Turnübungen verstrickt waren. Er lauschte an der Tür, dann lauschte er in sich hinein. Hohes Gras. Erst hörte er die Halme, ein Seidenrauschen, dann sah er sie, lang und grün. Dann Pferdefuhrwerke, mit roten Plumeaus beladen. Dann den Fluß, auf der anderen Seite der Brücke die Sektfabrik und in dem Wasser Kinder, die hatten dünne Beine und lachten mit Zahnlücken. Aber vor schöner Landschaft. Ein Junge trug trotz der Hitze einen weißen Schal. Dahlmann sah sich selber auch auf dünnen Beinen, aber mit Spaß im Gesicht. Das war Polen. Seine schöne Landschaft hieß Polen, und mitten im schönen Polen lag sein Kinderzimmer. Die Sonne traf auf den Rollspiegel hinter seiner Tür und blendete zufällig einen Passanten drüben am Bahnhof von O. Der hob den Kopf und schaute hinauf zum ersten Stock. Julius, elf, stand am Fenster. Es gab eine Position des Körpers, in der man am besten zurück in die Vergangenheit kam, mit langem Hals, hängenden Schultern und dem Herzen in der Hand.

Dann hatte er gehört, wie die Stimmen auf der anderen Seite von Lenas Tür undeutlicher, lauter, sprachloser wurden, und war vom Kopf der Treppe zurück ins Eßzimmer geschlichen.

Er stellte das Radio an, Kulturprogramm, stand noch mal auf, machte das Radio lauter und goß sich nach. Er prostete dem Bild seiner Mutter zu. Sie hatte bis 1974 einen weißen Ford Admiral mit kastanienbraunen Ledersitzen besessen. Den hatte er an einem Sonntag abend kaputt gefahren. Ab da nahm er den Zug, auch nach Schwerte zum Lektorenkurs für Laien. Ab da trank er noch mehr, weil er ja den Zug nahm. Aber, so sagte er sich, wenn er am Tresen der Bahnhofsgaststätte Schwerte saß und auf die Werbung der Stadtsparkasse starrte, er wahrte die Form. Form, sagte er sich, ist der engste Spalt, durch den ich meiner ängstlichen Welt zur Flucht verhelfen kann. Prost. Er schenkte sich am Tresen der Bahnhofsgaststätte selber nach. Der Wirt hatte die Flasche mit einem Augenzwinkern neben Dahlmanns Glas stehen lassen und einen Deckel gemacht. Der Wirt kannte Dahlmann schon, den Gast von jedem letzten Sonntag im Monat. Er kannte auch die schrägen Sätze, die kamen, kurz bevor der Zug ging. Zum Beispiel: »Wissen Sie was, ich wäre gern Priester geworden. Nicht nur wegen der bestickten Kleider.« Oder: »Wußten Sie, daß wenn ein Mann und eine Frau sich lieben, immer ein Schwein in der Zimmerecke mit dabei ist? So ein Schwein mit schmutzigen Phantasien?«

»Ihr Zug, Ihr Zug«, hatte der Wirt immer rechtzeitig geantwortet.

Prost. Dahlmann in seinem Eßzimmer stieß mit dem Glas gegen das Glas, das seine Mutter auf einem Foto in der Hand hielt. Er setzte sich. Schob nur die Füße dichter zueinander. Schon, daß die Tischdecke seine Beine berührte, war ihm zu viel. Über der Zimmerdecke hörte er Füße, dem Geräusch nach nackt. Die liefen durch den Flur über ihm. Die Wasserspülung ging. Die Füße liefen zurück. Nicht Lenas, denn die hatte einen unmöglichen Fersengang. Was ab jetzt in seinem Haus geschah, riß Löcher in sein Leben, selbst wenn er nicht direkt daran beteiligt war.

Er blieb, wenn Ludwig zu Besuch da war, am Tisch der Mutter sitzen, die nervösen Beine unter der Platte, unter Kontrolle, bis er es eines Tages nicht mehr aushielt und den Mund öffnete, um einen Druck auszugleichen, der oben aus dem ersten Stock herkam. Erst wollte er mit dem offenen Mund nur den Druck auf dem Trommelfell ausgleichen. Daß er dabei sprach, war eine Nebenwirkung der Not.

»Da, bei der Holzkirche!«

»Was?«

»Anhalten«, sagt Dahlmann. »Lena, anhalten.«

Die Kirche liegt an einer Kreuzung, mit Bushaltestelle, Lebensmittelladen und Telefonzelle. Ein Mädchen geht dicht an der Kühlerhaube vorbei und schaut auf das Kennzeichen. Ob so Janina einmal ausgesehen hat? Ach, all diese schönen oder schön geschminkten polnischen Mädchen mit der unwirklich weißen Haut, dem spröden hellen Haar, wie Glasfaser, und den dunkel gemalten Augen. Wäre Lena ein Mann, sie könnte sich nicht entscheiden. In der einen Hand trägt das Mädchen eine pralle Plastiktüte. Die Tüte ist durchsichtig. Zwei Goldfische schwimmen gegen die Folie.

Lena parkt neben der Telefonzelle. Auch dort blüht der Holunder schön.

»Lena, wir gehen Sprudel kaufen.« Beide Männer steigen aus. Sie wippt mit dem Fuß gegen die Autotür. Ja-ni-na. Sie beschleunigt den Rhythmus. Ja-ni-na, Ja-ni-na. Wie ging der Traum von neulich noch? Der mit Janina? Er spielte in einem Wirtshaus. Sie saß mit Ludwig verliebt an einem groben Tisch, unter alten Bäumen. Jemand verkaufte rohe Zwiebeln und große Gläser mit Wein, und Janina kam mit weißem Schürzchen vorbei. Sie trat hinter Ludwig und legte eine Hand auf seine Schulter. Ohne sich umzudrehen, sagte Ludwig: Siehst du, Lena, wie schlagfertig die ist? Und Janina antwortete: Da hätten Sie aber erst einmal die Verkleidung vom Tresen vor dem Umbau sehen sollen.

An dem Traum war Dahlmann schuld und auch daran, daß Lena tief in seinen Flur gegenüber vom Bahnhof und noch tiefer in seine Geschichten geraten war. Er hatte am Heiligen Abend plötzlich zu erzählen begonnen und in den Wochen danach nicht mehr aufgehört. Er erzählte, weil Lena ein Stück von Marlis war und Marlis nicht mehr da war. Er und Lena konnten so die Stelle, wo ihnen Marlis fehlte, wund, aneinanderdrücken und sich gegenseitig adoptieren. Er erzähle, sie hörte zu. Lena habe ihre eigene Art zuzuhören, hatte er gesagt. Eine Art zuzuhören, wie Marlis eine Art hatte, die Zöpfe zurückzuwerfen. Dahlmann erzählte, solange Winter war. Im Frühjahr war Lena nach O. gefahren und in seinen Flur gegangen. Zweimal, einmal im Hellen und einmal im Dunkeln. Mittags allein und in der Nacht noch einmal, mit Adrian. Mittags hatte sie fotografiert. Leere Wände, Stille und Licht. Hatte sie für Dahlmann fotografiert und dabei gehofft, etwas würde sichtbar für sie? Hatte sie durch Dahlmanns Flur bis vor eine eigene, verschlossene Tür geraten wollen? Sie war in dem Flur befangen gewesen, als sie das erste Mal eintrat, ja, befangen in dem gleichen Dämmerlicht, das auch damals dort geherrscht haben mußte, als Dahlmann noch ein Junge war. Das Licht war dagebliebe, aber die Tür zum Klo auf halber Treppe war vernagelt gewesen. Und als der Film voll war, hatte sie sich vorgenommen, noch einmal wiederzukommen. Und warum hatte sie statt eines neuen Films den Adrian mitgenommen?

Die Beifahrertüren fliegen auf.

»Lena hat wieder geträumt«, sagt Dahlmann. Eine Coladose landet in ihrem Schoß, und Dahlmann läßt sich auf den Beifahrersitz fallen.

»Nein, geweint«, sagt der Priester. »Siehst du doch.«

»Soll ich mal fahren?« fragt Dahlmann.

»Nichts da, nichts da, Magdalena fährt«, sagt der Priester.

Dahlmanns Flur

Sommer '44. Den siebenarmigen Leuchter hatten Julius und seine Schwester in der hintersten Ecke des Dachbodens gefunden, wo die Vormieter Tauben gehalten hatten. Er hatte unter dicken Büchern gelegen, Bücher in fremden Zeichen. In der Mitte hatte der Leuchter einen goldenen Stern.

»Paßt ganz gut zu Weihnachten.« Julius polierte den Stern mit dem Ellenbogen und trug den Leuchter unter seinem Pullover in die Wohnung. Er stellte ihn in seinem Zimmer an das Fenster zur Straße. Tage vergingen. Manchmal, wenn es dunkel wurde, holte er den Leuchter vom Fensterbrett, schritt mit ausgedrehten Füßen, steifen Beinen und zusammengekniffenem Hintern vor den Rollspiegel, den die Mutter nur zum Nähen aus seinem Zimmer wegnahm, und stellte sich in einer Haltung, die er elegant und höfisch fand, davor auf. Er warf den Kopf in den Nacken und stemmte den Leuchter langsam mit rechts ihn die Höhe, zögerte auf halbem Wege und streckte dann doch den Ellenbogen durch, im Kopf eine Fanfare und das Jubeln von vielen Menschen, die ihm zusahen. Wie siegreich der Leuchter leuchtete, wenn Julius so mit ihm vor dem Spiegel stand. Er winkte mit der freien Hand, und der Jubel schwoll an. Die Welt, sagte der Spiegel, wollte ihn. Wollte seinen unbekannten Glanz.

Eines Sonntags, als er den Leuchter vom Fensterbrett nahm, sah er auf dem Trottoir Fräulein Janina das Rad Richtung Bahnhof schieben. Sie war in Begleitung des hübschen Mannes. Irgendwo im Haus spielte jemand Klavier. Helma vielleicht. Auf jeden Fall war es eine Polonaise, und Julius nahm den Leuchter und fing an, sich zu drehen, und sprang dem Rhythmus hinterher, der Zimmer entfernt von ihm war. Chopin. Julius wechselte die Füße, Hacke, Spitze, Hacke, Spitze, eins, zwei, drei, er wechselte stolzer noch den Leuchter im Trippeltakt, links, rechts, links, und warf den Kopf über den Nacken im Halbkreis, Schulter hier, Schulter da, hier, da, hier. Er sprang vor den Spiegel, Glanz in den Augen und auf dem Gesicht. Dem Leuchter waren Lichter aufgesteckt, ohne daß eine Kerze brannte, und ein Wunsch leuchtete auf, während das Klavier immer heftiger bis zu ihm herüber spielte. Julius wollte, mit dem Leuchter in der Hand, ein anderer Julius sein. Er dachte an Liebe und Tod. Das Leben war plötzlich groß. Daß seine Zimmertür offen stand, bemerkte er erst, als er Stimmen hörte.

»Alle mal herkommen, aber dalli-dalli.«

Alle kamen gelaufen, blieben aber auf der Schwelle stehen und füllten zu fünft den Türrahmen aus. Nur Häschen drängte sich nach vorn. Die Mutter, noch im Morgenmantel, zeigte auf den Leuchter.

»Jüdische Folklore, wie kommt denn das ins Haus?« Der Ärmel ihres Morgenrocks rutschte mit der Geste hoch, und Julius starrte auf einen roten, schorfigen Ellenbogen, dem man ansah, woher sie eigentlich kamen. Nämlich von ganz unten, von ganz unten in S., wo man sich auf dem Flur der Mansardenwohnung kalt und in der Emailleschüssel wusch. Auch im Winter.

Helma löste sich als erste aus der Gruppe, ging zum Fenster, öffnete die Flügel, nahm zwei Kerzen vom Leuchter und warf sie mit verbissenem Mund hinaus auf die Straße. In dem Augenblick spürte Julius die Hand des Vaters im Nacken.

»Und du gleich hinterher«, sagte er.

Draußen war ein schöner, blauer Himmel, und ein Vogel kreiste dort mit scharfem Gesicht. »Ein Falke«, sagte Julius verstört, »da oben, ein Falke.«

Der Vater aber stieß ihn zum Fenster, stemmte den Fuß gegen die Wand. Die eine Hand in Julius' Nacken, die andere an seinem Hintern hob der Vater den Sohn hoch. Die Mutter schrie. Es klang wie Freude. In die Freude der Mutter mischte sich die Erregung des Vaters, ein Geruch, der Julius sehr unsauber, sauer, verdorben vorkam. Er sah, wie die Nase des Vaters seinem Gesicht näher kam, wuchs und nackt glänzte. Julius, mit den Füßen auf der Fensterbank, zählte unten auf dem Gehsteig fünf Menschen und einen Hund. Alle schauten hinauf und machten Platz. Der Hund setzte sich und Julius nickte ihm zu. Das war es also, das Leben. Wieder nickte er. Für einen Moment ließen die Hände des Vaters erstaunt locker.

»Wen gibt es da zu grüßen?« fragte er, und Häschen weinte. Da riß Julius sich zusammen und strampelte sich los, nahm ruckartig sein ganzes Gewicht in den Hintern und warf sich zurück in den Raum. Er fiel hart und spürte empfindlich sein Steißbein, aber warf sich sofort herum auf alle viere, krabbelte ein Stück, panisch, ein Tier ohne Würde, ohne Stolz. In dem Moment wußte er, wie es da drüben, auf der anderen Seite vom Fluß war. Wo der Vater zur Arbeit ging.

Julius lief unter dem Feuerschutz von Häschens Tränen aus der Wohnung hinaus, die Treppe hinunter. Ganz hinten im Hausflur, wo Fräulein Janinas Rad bis eben noch gestanden hatte, stürzte er in jene Hocke, in der ein Teil von ihm für den Rest seines Lebens verschwand. Die ganze Zeit über hatte er die ungepflegten Ellenbogen der Mutter vor Augen gehabt.

Zu Mittag gab es Linsen mit Essig und Zucker. Der Vater war

bereits im Lager, und nur dem Klavier stand der Deckel noch offen vom Schreck.

»Und da soll ich noch mal hinfahren?« hatte Dahlmann gefragt. »Warum denn?«

»Ich fahre ja auch hin«, hatte Lena gesagt.

»Warum?«

»Darum«, hatte sie gesagt und war aufgestanden.

Darum war dann auch er gefahren, aber heimlich. Er hätte auf der Hinfahrt ihre Nähe im Auto nicht ertragen. Während er Lena durch die geöffnete Haustür neue Scheibenwischer für die lange Fahrt aufziehen sah, bestellte er telefonisch im Reisebüro ein Bahnticket. Nach Breslau. Es sei schon spät in seinem Leben, hatte er der Bestellung hinzugefügt. Nachdem er aufgelegt hatte.

Er war viel zu früh mit der S-Bahn nach Düsseldorf gefahren. Denn abends fuhr sie seltener. In Düsseldorf am Bahnhof hatte er noch ein Bier und zwei Vecchia Romana in Begleitung seiner Einsamkeit getrunken, bevor er in den Schlaf- und Liegewagenzug eingestiegen und gegen halb eins in seiner weißen Bettwäsche bei Magdeburg aufgewacht war. Gleis 1. Dahlmann hatte auf die Werbung vom Intercity Hotel gestarrt und mit seinem Flachmann der grauen Abteilscheibe zugeprostet. Der Alkohol und der Rhythmus vom Zug brachten seine Einsamkeit ganz schön ins Schwingen. So war die Welt nicht mehr so leer. So hatte er auch das Rollo nicht mehr heruntergezogen und nicht mehr geschlafen, bis gegen sechs Uhr früh in Posen. Um neun Uhr morgens war er in Breslau ausgestiegen und hatte ein Taxi gesucht, ein Taxi bis Krakau.

In Krakau hatte der Taxifahrer ihn am Bahnhof vor einem

Zeitungskiosk hinausgelassen, weil er die Stadt nicht kannte und auch, weil Dahlmann sich für kein Hotel entscheiden konnte.

Dann war der nächste Taxifahrer gekommen.

»Taxi?«

Ob er das Hotel mit der gelben Schrift Polonia oder das Hotel mit der mittelmeerblauen Schrift Europa nehmen sollte? Dahlmann sah mit der Frage im Gesicht den Taxifahrer an. Der trug ein rotes Strickhemd und klingelte anzüglich mit seinem Autoschlüssel.

» Oświęcim? Taxi?«

»Ich?« fragte Dahlmann.

»Taxi nach Auschwitz? Alle Deutschen wollen ins Lager«, sagte der Mann.

»Ich will in ein Hotel.«

»Gut, gut«, sagte der Mann. »Kasimierz also«, und zeigte auf den Bauch unter seinem roten Strickhemd. Das hieß, nur er würde ihn dorthin fahren können.

»Kasimierz?«

»Altes jüdisches Viertel«, sagte der Mann. »Synagoge, Musik, Polizei, alles da. Alle Deutschen wollen das alte jüdische Viertel.« Er nahm Dahlmanns Koffer, und Dahlmann sah auf die Auslage des Kiosks. Auf zwei Heften war Hitler und auf fünfen das Gesicht von Madonna. Schwanger. Gegenüber dem Bahnhof stand eine Leuchtreklame vor dem grauen Himmel. Rot und fett. Bosch. Das beruhigte Dahlmann, als hätte da rot und fett *Zuhause* gestanden. Der Taxifahrer schnitt zwei Straßenbahnen, im Wagen roch es nach Männerschweiß, und als sie endlich an einem langen Platz mit Kopfsteinpflaster hielten, war Dahlmann froh, aussteigen zu können. Kasimierz war ihm irgendwie vertraut, fast wie die Altstadt von Düsseldorf. Trotz der Synagoge. Der Taxifahrer ließ ihn vor dem Gästehaus Ariel aussteigen. Aus einem Hinterhof kam weinerliche Musik. Das Zimmer im ersten Stock mit Blick auf den Platz hätte zwar dem Geschmack, aber nicht den Ansprüchen von Dahlmanns Mutter entsprochen. Er stellte den Durchlauferhitzer an, der funktionierte, aber beleidigt knurrte. Dahlmann nahm drei rosenbestickte Sofakissen vom Bett und schaltete die Nachttischlampe an. Das Bett knarrte, als er den Reiseführer darauf warf. Er öffnete das Fenster. In der Polizeistation gegenüber brannte auf drei Stockwerken Neonlicht über dünnbeinigen sozialistischen Büromöbeln. Eine blonde Polizistin zog ihre Uniformjacke aus, warf einen Pferdeschwanz hin und her, obwohl sonst niemand im Büro war. Nebenbei hielt sie einen Wasserkocher unter den Hahn. Sie streckte ihre Brüste heraus und schaute in den Spiegel über dem Waschbecken dabei. Dahlmann schaute auf die junge Frau und dachte an Helma, seine ältere, nun alte Schwester, und an das Dienstbotenhaus, in das sie zuerst gezogen waren, als sie nach Polen kamen. Vor sechzig Jahren. Ihr Haus hatte versetzt hinter einer Villa mit zwei Türmchen gestanden. Kam die Nacht, gehorchten die Türmchen dem Geschrei der Krähen im Baum und wurden Turm. Das Haus wuchs vor dem dunklen Horizont zum Schloß, und bei Tag waren fremde Gestalten im Park gewesen, die hatten verhungert ausgesehen und die Wege geharkt. Den Geruch dieser Menschen hatte er bis heute in der Nase.

»Juden«, sagte seine Mutter, »sie haben unseren Herrn Jesus Christus umgebracht, deswegen sind sie Sträflinge.«

»Unsere Sträflinge.«

»Ja, unsere. Los, geht spielen.«

Helma und er wickelten Steinchen in Bonbonpapier und verschenkten sie an die Gestalten, die im Park des Nachbarn harkten und stanken. Kreischend waren sie nach dem letzten Bonbon weggelaufen, bis zu einer Brücke, die nie zu Ende gebaut worden war. Ein sinnloser Schnitt im Gelände. Oder war die Brücke woanders gewesen? In Poppelau vielleicht, wo die Gendarmerie des Vaters in einem ehemaligen Lebensmittelladen untergebracht gewesen war und die Familie über dem Geschäft wohnte? Und über ihnen tausend Fledermäuse auf dem Dachboden waren? Helma war mit einem Hütejungen herumgelaufen und hatte mit ihm auf ein paar vergammelte Schafe aufgepaßt. Helma hatte damals Läuse und hat später nie ein Kind bekommen. Sie hatte Julius' Freund Oswald, den mit dem Akkordeon, geheiratet und war mit den Jahren eine hagere Frau mit harten, kurzen Haaren, bleicher Haut und kräftigen Händen geworden. Helma und Dahlmann hatten ein Leben miteinander verbracht, und Oswald war bis zu seinem Tod immer dabeigewesen. Danach hatten sie zu zweit und zu angenehmen Jahreszeiten viele schöne organisierte Reisen gemacht. Aber nicht nach Polen. Nein, nach Polen nicht, hatte Helma gleich gesagt und ihm die Küchentür vor der Nase zugeschlagen.

Am Nachmittag ging Dahlmann, den Straßenbahngleisen folgend, ins Zentrum der Stadt. Polinnen in modischer Kleidung liefen mit verschränkten Armen und hartem Zug um den Mund hinter den pünktlichen Bussen her, und junge Mönche mit Barbourjacken über der Kutte schauten ihnen hinterher, während sie an einem Schaufenster mit italienischen Schuhen lehnten. Nur der Vogelbauer in der Mitte des Verkaufsraums erinnerte Dahlmann daran, daß er in Krakau und nicht in Pisa war. Kaum noch, daß einer wie früher mit Holzkarren und vorgespanntem Hund Gemüsereste über die Straße zog und, selber zahnlos, seinen zahnlosen Hund an jeder Kreuzung trat. Was aber war geblieben? Helma, würde er daheim sagen, Helma, die Polinnen sind noch immer so seltsam. Weißt du noch, ihre Blicke, die wie Wegschauen aussehen? Als seien sie immer mißtrauisch, aber immer auch zu überreden. Sich zieren, nennt man das. Das ist so eine Haltung, die im Nacken ansetzt, wie bei unseren Dienstmädchen früher, weißt du noch, Helma?

Und plötzlich war er auf dem Krakauer Marktplatz im Durchgang der Tuchhallen stehengeblieben, nicht, weil es geregnet hätte. Ihm war aufgefallen, er reiste nicht allein. Er sprach mit Helma. Er reiste Lena nach. Er dachte an Marlis dabei und sah einem hübschen, jungen Mann hinterher. So war er eben.

Schuld an allem war diese Lena. War die Art, wie sie zugehört hatte. Da war, was es zu erzählen gab, plötzlich wieder etwas wert gewesen. Auch für ihn. O. war eine Geschichte geworden, in der er sich gern wieder aufhalten wollte. Er hatte diese Person in seiner Wohnung aufgenommen, und diese Person hatte seine Vergangenheit bei sich aufgenommen. So war sie eben. Sie machte viel, um etwas zu fühlen. Außerdem hatte sie schöne Haare.

Im Durchgang der Tuchhalle starrte Dahlmann auf die Stände mit den Souvenirs, bemalte Puppen, künstliche Blumen, künstliche, bunte Autofelle, starrte auf Stände mit Nüssen und Obst, Schokoladenpflaumen, Lakritzen und Reiseführern. Man sagte, es gebe hier auch Juden aus Holz oder Porzellan. Je nachdem, wieviel man ausgeben wolle. Er hatte keine gesehen. Er ging in ein Café auf der Florianska. Die Uhr über der Tür zeigte halb sieben. Dem Kellner war es selbstverständlich, daß Dahlmann bei einem einzigen Kaffee an einem Tisch beim Fenster sitzen blieb, in der lauwarmen Atmosphäre eines Ortes, an dem ihn keiner kannte, nur er sich selbst ein wenig besser als wenige Tage zuvor. Ein Ort, wo der sinkende Tag um ihn herum sich immer mehr verdichtete.

Wenige Kilometer hinter Lodz hält Lena an einer Bar. Die Bar liegt in einem Kreisverkehr.

»Absurde Einrichtung«, sagt sie.

»Typisch polnisch«, sagt Dahlmann. Sie treten ein. Der Priester muß zur Toilette. Die Barfrau gibt ihm einen Schlüssel, so groß, daß er damit den Himmel öffnen könnte. Er verschwindet hinter dem Barpavillon in einem grünen Holzhäuschen. Dahlmann bestellt sich am Tresen ein Bier von hier, Żywiec, Lena einen Kaffee. Der Fernseher läuft, und eine Gruppe frühreifer Mädchen starrt auf die Musiksendung im Fernseher, um nicht die ganze Zeit auf den Jungen am Spielautomaten zu starren. Lena schaut aus dem Fenster. In den Kreisverkehr versucht sich ein Pferdefuhrwerk einzuschleusen. Es fährt Mist. Die Autos lassen ihm den Vortritt. Als habe es die Verlegenheit des Bauern bemerkt, versucht das schwere Pferd mit allen vier Hufen gleichzeitig von der Stelle zu kommen, tritt sich selbst in die Hacken und scheitert am eigenen Galopp. Es schlägt mit Hals und Kopf nervös eine Acht. Einen Moment lang kann sie das Weiße in seinen Augen sehen. Ein Busfahrer steigt bei der Haltestelle gegenüber aus. Er kommt näher, zwei kleine Mädchen mit Lutscher, Brillen und dünnen Beinen folgen, setzen sich an einen Tisch, legen vier Fäuste auf die gehäkelte Decke und beobachten die größeren Mädchen aus den Augenwinkeln. Die beobachten noch immer den Jungen am Spielautomaten. Er ist der Hübscheste im Raum. Sein letztes Spiel spuckt eine Salve von fünfzehn oder zwanzig Zloty aus. Lena setzt sich im Kopf zu den beiden dünnen Kleinen, ist dreißig Jahre jünger und hat eine Zahnspange, die das Lächeln versilbert. Sie fühlt sich wohl hier, während sie auf den Priester warten. Zum ersten Mal seit langem hat, was in ihr ist, ein Außen, das paßt.

Der nächste Geldregen fällt aus dem Automaten, und das Pferd hat längst den Kreisverkehr verlassen. Ein Mann mit Dutzenden Eiern in einem offenen Karton kommt auf Pantoffeln herein und übergibt mit Handkuß zwei der Barfrau. Die kleinen Mädchen sind aufgestanden und laufen hinter einem anderen Bus her, sie haben nichts bestellt an dem Tisch mit der Häkeldecke. Die großen Mädchen haben die kleinen gar nicht gesehen und bieten sich gegenseitig Zigaretten an. Dahlmann kippt sein Bier, und draußen, an der Biege, wo das Pferd verschwunden ist, steht der Priester in seinem Kleid vor einem Marienaltar. Sie gehen zu ihm hinüber. Er richtet ein Gesteck aus künstlichen Orchideen. Auf seinen schwarzen Schuhen ist Staub.

»Schau mal an, unser Richard«, sagt Dahlmann.

»Wo wart ihr denn so lange?«

»Trinken«, sagt Dahlmann hemmungslos, und Lena hat das Gefühl, sie sei tatsächlich lange weggewesen.

Im Windschatten von fünf Glascontainern küßte Ludwig sie. Sie küßte zurück und alle anderen Frauen weg. Es war windig. Sie sagte, bei Sturm sei sie immer glücklich. Sie nahmen den Weg hinaus zum Wasserschloß, quer durch das neue Einkaufsgelände mit Baumarkt, Freizeitpark, Supermarkt, Fitnesscenter. Bei dem Wetter rissen die Schlangen der Einkaufswagen vor dem Supermarkt an ihren Ketten.

Sie gingen über die Brücke zum Wasserschloß. Das Geländer war nicht mehr aus Holz. Zwischen den Schienen unter ihnen wuchsen Büsche und eine Birke, die älter als sie sein mußten. Sie stellte sich so vor Ludwig hin, daß er nicht weitergehen konnte.

»Was ist?«

»Der Wind in mein Gesicht, du, bitte«, sagte sie.

»Schöner Satz«, sagte er. »Von dir?« Er küßte sie auf die Nase.

Ein Trampelpfad hinter dem Wasserschloß führte zum Fußballplatz, und Ludwig sagte, während es heftiger regnete, er habe früher hier zweimal in der Woche trainiert und jeden Sonntagmorgen gespielt.

»Jeden Sonntag?«

»Ja, um nicht in die Kirche zu müssen«, sagte er.

Zwei Mannschaften liefen auf das morastige Feld. Sie spielten fünf gegen sechs, und der Schiedsrichter blieb mit verschränkten Armen vor dem Bauch in der Tür zu den Umkleidekabinen stehen. Er pfiff, ohne daß jemand auf ihn achtete. Eine Frau mit schwarzen Korkenzieherlocken setzte dem Jungen an ihrer Hand die Kapuze auf und lief mit X-Beinen zurück ins Vereinslokal, wo mehrere häßliche Deckenlampen über mehreren leeren Tischen brannten. Der Junge bockte.

»Wer gegen wen«, fragte Lena. »Eduscho gegen Tchibo?«

»Wieso?«

»Na, schau dir doch die Trainingskleidung an.«

»Ich glaube, Rote Erde 06 gegen TuS Ennepetal«, sagte Ludwig.

Ein Torwart rückte in dem Moment sein Tor im Dreck zurecht. Ludwig drehte dem Wind und Lena den Rücken zu und zündete in der Höhle seiner Hand eine Zigarette an. Der Torwart richtete den zweiten Pfosten aus. Er war hübsch, sah Lena. Einer, der für Unterhosen und Rasierwasser gut hätte Werbung machen können. Auf seinem dunkelblauen Kapuzenpullover stand in Weiß ein Name, den sie nicht lesen konnte. Er hatte Borstenhaare. Sicher war er einer von diesen Jungen, die morgens vor dem Spiegel ihre Haare mit Gel in alle Richtungen zwangen und dabei dachten, bin ich böse, bin ich böse! Ich bin aber richtig böse! bevor sie dann pünktlich zur Arbeit gingen.

Ludwig drehte sich zu ihr zurück, die Zigarette in diesem Winkel zum Gesicht, den sie immer aufregend gefunden hatte. Sie biß ihm ins Kinn und schämte sich. Eine lila Weihnachtsschleife wehte ihnen vor die Füße. Ludwig wickelte sie sich um den Finger und trug sie immer noch, als sie sich beim Markt trennten.

In ihrem Zimmer in der Löwenburg stand sie lange am linken Fenster und sah hinunter ins Tal. Die beiden kupfernen Kirchtürme hatten mit den Jahren die Farbe von Minze angenommen, und in den Häusern gingen nach und nach die Lichter an. Der Restschnee in der Gosse war schmutzig. Da nahm sie sich vor, für immer mit Ludwig zu leben und es ihm sofort zu sagen. Aber sie rief nicht an. Ludwig, so kam es ihr vor, hatte immer gefehlt in ihrem Leben. Wie die wirkliche Wut oder die wirkliche Hingabe, die Unvorsichtigkeit und die Besonnenheit, der Wahnsinn und die Unbedarftheit, wie das Vertrauen, die Tränen und die Freude. Aber sie rief ihn nicht an. Daß er fehlte, war ihr die Wirklichkeit geworden. Nicht, daß er da war. Sie schaute noch immer auf die Straße, als unten im Flur das Telefon ging.

»Ich bin's«, sagte Martina. »Was macht ihr an Sylvester? Ich gebe eine kleine Party. Kommt doch auch, ihr zwei.«

Dahlmann ist mit einer fetten Fliege beschäftigt, die immer noch an der Windschutzscheibe hinaufklettert. Er hört gar nicht richtig hin.

»Einmal war ich so verliebt, daß ich nicht mehr spielen

konnte«, sagt Lena. »Der Regisseur ließ eine Schaukel auf die Bühne hängen, weil ich keinen Schritt mehr machen konnte, ohne den Text zu vergessen. Ich war die Hauptrolle und hatte den meisten Text.«

»Husch, husch«, sagt Dahlmann, bis er endlich das Seitenfenster herunterläßt und die Fliege mit einem Bierdeckel verscheucht. Aber sie ist zu fett, um sich vor Dahlmann zu fürchten. Auf dem Bierdeckel steht eine Telefonnummer. Dahlmann schaut Lena, dann die Nummer, dann wieder Lena, aber strafend, an. Sie fahren auf Dahlmanns Wunsch durch Lodz, doch ohne anzuhalten. Ebenfalls auf seinen Wunsch.

»Und dann?« fragt der Priester.

»Beim Schaukeln habe ich den Text behalten und die Liebe vergessen.«

»Ist ja ekelhaft«, ruft Dahlmann. »Sofort anhalten.« Er hat aus Versehen die Fliege erwischt und in zwei Hälften zerschlagen. Die Füllung ist gelb. Ein Bein bewegt sich noch.

»Anhalten«, ruft er. »Wer macht das jetzt weg?«

Die Berliner Wohnung lag in Kreuzberg. Während Ludwig versuchte, die drei Schlösser in der Tür zu öffnen und das Licht im Flur immer wieder ausging, es nach Kohle roch und nach Leder von alten Schuhen, sah sie seinen Rücken und sah dem Rücken die Bewegungen der Hände an. Ruhig, sparsam, nur das Nötigste denkend.

»Fahr mit mir Sylvester nach Berlin. Ich habe die Schlüssel zu einer Wohnung, wo keiner ist. Bitte, komm. Fahren wir hin«, hatte sie gesagt. Von Martina sagte sie nichts.

Die Wohnung gehörte einer ehemaligen Kollegin vom Theater. Lena war in Berlin zur Schauspielschule gegangen. Später war sie nur noch selten in der Stadt gewesen und seitdem die Mauer weg war, vielleicht zwei oder drei Mal.

Die Wohnung hatte drei große Kinderzimmer, obwohl es nur ein Kind gab. Im kleinsten Zimmer stand ein großes Bett für Erwachsene, aber auch hier saßen Puppen und drehten die Gesichter zur Wand. In der Nacht schliefen Ludwig und Lena in dem Bett, der kleine Löffel in den größeren gedrückt. Sie schliefen so ein, sie wachten so auf, als sei das Bett zu schmal gewesen, um die Stellung zu verändern. Die Müllabfuhr klingelte und wollte zu den Tonnen im Hof. Es war der letzte Morgen im Jahr, im Jahrhundert, im Jahrtausend. Beide kamen sie sich für das, was im nächsten Jahrtausend kommen sollte, zu alt vor, und gleichzeitig zu jung, um nicht dabeizusein. Beide erinnerten sie noch die milchigen Farben der fünfziger Jahre. Lena besser? Sie erinnerten sich beide nur unbewußt, vielleicht. Aber das Unbewußte hatte seinen eigenen Willen, wußte sie. Sie war längst wach. Auf der Fensterbank stand ein vertrockneter Christstern. Als Ludwig hinter ihr die Augen aufschlug, drehte sie auf dem Kissen den Kopf zu ihm herum, als hätte das Geräusch seiner Wimpern sie erschreckt. Sie sah in das Blau von zwei Augen, ein Blau, das diesem Ludwig kein Gott und kein Mensch, sondern nur ein Wassermalkasten vererbt haben konnte.

»Ich liebe dich«, sagte sie.

Ludwig richtete sich auf, zündete sich eine Zigarette an, rauchte und streichelte Lenas Arm. Wieder dachte sie, er würde nie aufhören zu rauchen.

»Weißt du, was ich mir vorgestellt habe, als ich zu Anfang Priester war?« Ludwig legte sein Gesicht in ihre Haare. »Ich habe mir vorgestellt, dich eines Tages zu trauen, mit einem anderen.« Die Puppen schauten weiter zur Wand.

Am Abend trugen sie den Fernseher in die Küche. Es lief »Dinner for One«. Wie in jedem Jahr. Ein unsichtbares Publikum lachte über jeden Satz. Wie in jedem Jahr. Der Butler stolperte beim x-ten Gang nicht mehr über den Kopf vom Tiger. Wie in jedem Jahr. Die, die da lachten, und die, die da spielten, waren längst tot. Wie in jedem Jahr lachten auch Ludwig und Lena, und gegen Mitternacht gingen sie zur Weidendammer Brücke.

Sie küßten sich zwischen vielen fremden Paaren, die sich auch küßten, als ein Jahrtausend ins nächste wechselte. Die anderen küßten sich kürzer.

»Wünsch dir was, Lena.«

»Lieber nicht.«

»Warum nicht?«

»Das letzte Mal, als ich mir etwas gewünscht habe, ging es böse daneben.«

An einem Sonntagnachmittag vor zwei Jahren hatte sie am Bahnhof mit einem Mann gestanden. Damals war sie sich sicher gewesen, diesen Mann zu lieben. Fahr nicht, sagte sie. Ich muß, sagte er. Sie sagte, die Zeit, die wir jetzt nicht zusammen sind, werden wir für immer nicht zusammengewesen sein. Das war ein Zitat aus dem letzten Stück, aber ehrlich gemeint. Aber ich muß, sagte er wieder. Sie zeigte auf die Fußgängerbrücke über den Gleisen, da, wo die Züge ihr Tempo drosselten, um in den Bahnhof einzufahren. Sein Zug war seine letzte Reisemöglichkeit an diesem Tag. Danach gab es keine mehr für ihn, und das bedeutete für sie eine Nacht mehr. Sie sagte: Ich wünsche mir, jemand springt vor deinen Zug. Die Anzeige wechselte. IC nach Frankfurt. Er hatte sie geküßt, und über seine Schulter hinweg hatte sie mit geöffneten Augen eine Gestalt gesehen, die auf der Brücke über dem Geländer hing und rauchte.

»Dann warf der die Kippe auf die Gleise und schwang ein Bein über die Brüstung«, sagte Lena.

»O Gott, Lena«, sagte Ludwig. Er steckte die Hände in die Taschen. Laternenschiffe spiegelten sich mit den Feuerwerken im Wasser der Spree. Der Fluß wollte die Sylvesterfröhlichkeit nicht haben und wies sie an seiner kalten, grauen Oberfläche zurück.

Ludwig zog die Luft durch die Zähne und zündete sich eine Zigarette an. Sie hörte sein Feuerzeug klacken und sah nicht hin. Sie sah auf den Boden. Er fragte nicht weiter.

»Ja«, sagte sie. Nebel schwebte über dem vereisten, glitzernden Asphalt. Fußnebel. Was wirklich war, schien plötzlich unwirklich leicht. Sie könne, dachte sie, ab hier noch einmal anfangen mit dem Leben. Es war ja erst die Hälfte vorbei. Als sie Ludwig wieder anschaute, standen er und sie am gleichen Ort ziemlich weit entfernt voneinander. Er steckte noch in ihrer Geschichte.

»Das kann auch der sozialistische Mensch nicht schön gefunden haben«, sagt Dahlmann und zeigt aus dem Fenster. Die Straße, die aus Lodz herausführt, ist vierspurig. Im Hintergrund stehen Hotels aus den sechziger und siebziger Jahren, Plattenbau Merkur, Plattenbau Forum, Plattenbau International.

Im Vordergrund steht ein Mädchen. Oder ein wütender junger Vogel. Die blonden Haare wollen vom Kopf weg und sind dabei abgebrochen. Das Mädchen läßt ein Anhalterschild auf den Schottenrock sinken, als wenige Meter von ihr entfernt der Volvo abbremst. Im Rückspiegel sieht Lena, der Blick des Mädchens ist träge und abschätzend und der Rock so kurz, daß die Autos, die überholen, langsamer überholen, sobald das Mädchen sich zu Lena hinunterbeugt. Die Knie unter dem karierten Rocksaum runden sich erwachsen.

»Noch Platz?« Eine kindliche Hand mit Ring am Zeigefinger stemmt sich in die Hüfte. Die Frage kommt auf Deutsch.

Die Haare sind mit Blumenkämmchen hochgeschoben. Zwischen den gelben und grünen und rosa Plastikzähnen strähnt sich der Haaransatz dunkler. Berlin steht auf ihrem Pappschild. Wegen Berlin hat Lena gebremst. Sie ist in Berlin mit Ludwig verabredet, im Restaurant Markthalle gegenüber der Wohnung, in der sie Sylvester waren. Wer zuerst da ist, kann schon mal mit dem Kellner reden, hatten sie sich vor ein paar Tagen beim Abschied in S. gesagt. Sie hatte dabei auf der Kühlerhaube gesessen, er nicht. Daß es so kommen konnte. Also stimmte, was die Leute sagten. Das liebende Paar ist eine Sache des Augenblicks, sagten sie. Es überlebt nie. Ein Paar kann nichts tun als warten, daß die Zeit der Liebe abläuft. Daß das Wunder vergeht und sie ohne Verlangen vielleicht doch in tiefer Zuneigung aneinander hängenbleiben. Man träumt jede Nacht von einer neuen Liebe. Der andere auch. Der trifft seine Traumfrau im Traum, an einer Tankstelle. Sie ist es, auf die er eigentlich immer gewartet hat. Er dreht seiner Frau im Bett den Rücken zu, damit sie nichts merkt, und streicht über die Wand. Er zieht seine Schlafhose aus. Das ist es vielleicht, was sie am Morgen merkt, während sie nichts davon sagt, was sie geträumt hat. Man erzählt die Träume nicht. Man verrät einander im Traum, und der Verrat ist das Stück Wahrheit, das von der Liebe übrig bleibt. In diesem Zustand wartet man. Eines Tages entfernt man sich, ein Stück nur, aber will bereits verlassen.

»Bist du froh, daß ich nicht mitfahre?« hatte Ludwig vor ein paar Tagen gefragt, weil sie so abwesend auf der Kühlerhaube ihres Volvos gesessen hatte.

»Froh nicht«, hatte sie gesagt.

»Sehen wir uns, in Berlin?«

»Ja.«

»Paß auf uns auf, bitte.«

»Bitte«, sagt Lena zu dem Mädchen.

»Beata«, sagt Beata. Sie schiebt eine gelbe Reisetasche zwischen den Priester und sich und steigt ein. Nur Lena schaute auf ihr nacktes Bein, auf die kreisrunde Brandwunde zwei Handbreit oberhalb des Knies. Ein Lastwagen gibt Blinkzeichen und läßt den Volvo auf die Straße zurück. Sie fahren.

Plötzlich ist es im Auto weniger eng.

An einem Mittag im Februar verließ sie Dahlmanns Löwenburg. Sie wickelte den Haustürschlüssel in ein Tempotaschentuch und warf ihn in den weißen Briefkasten mit den Initialen J. D. und den weißen Schatten M. D. Die Initialen M. D. waren abgeknibbelt, der Umriß vom Kleber aber geblieben. Ein weißer Schatten. Im Zaun des Nachbarn hing immer noch der Rest eines Feuerwerkskörpers von Sylvester. Im gleichen Haus war eine Drei-Zimmer-Wohnung frei geworden, im Januar schon, hatte Ludwig zweimal gesagt.

Lena ging hinunter in die Stadt. Sie ging immer geradeaus, zum Bahnhof. Der Schnee bremste ihren Schritt.

Ihre Agentin hatte ihr das Casting wie immer mit einschmeichelnder Stimme vermittelt. Als sie die Stimme aus Berlin in der Leitung hatte, mußte sie an lange Frauenbeine wie auf Strumpfreklamen denken. Lena hatte seit August nichts Vernünftiges gearbeitet. Die Fernsehstudios waren in Babelsberg bei Berlin.

»Du kannst doch mit dem Nachtzug ab und zu nach Hause fahren«, hatte die Agentin gesagt. »Und deine Mutter ist doch seit einem halben Jahr tot. Was machst du eigentlich in diesem

Kaff? Wo ist das überhaupt?« Lena hatte die schönen Beine vor sich gesehen und war für einen halben Tag nach Berlin geflogen. Sie hatte den Job bekommen.

»Ich werde für drei Monate in einer Fernsehserie mitmachen«, hatte sie zu Ludwig gesagt, »in Berlin.«

»Schade, daß Ihre Mutter das nicht mehr erleben darf«, hatte Dahlmann statt Ludwig geantwortet. Ludwig, der neben ihm auf der Gartentreppe in der Kälte stand, hatte nur »schade« gesagt.

Zwei Tage später hatte er einen Statistenvertrag für die Oper in der Hand gehabt. Sein Name war zwar falsch geschrieben, aber der Job begann ab sofort. Um diese Zeit im Jahr meldeten sich viele krank, und die Dame im künstlerischen Betriebsbüro hatte sich gleich um ihn gekümmert. 50 DM für jede Probe, 50 DM für jede Vorstellung. Sie hatte ihn in Aida besetzt. Sie hätten sechsundzwanzig Vorstellungen vorgesehen, und der Statistenleiter würde froh über eine Besetzung wie Ludwig sein. Sie hätten selten Leute mit so einem Gesicht.

»Was für ein Gesicht?« hatte Lena gefragt.

»Mit so einem schönen, aber zugleich gefestigten Gesicht, hat sie gesagt, glaube ich.«

»Die hat bestimmt Dekolleté bis zum Bauchnabel, Plüschteddybärchen auf dem Schreibtisch und eine Schale mit Bonbons auf dem Computer«, sagte Lena.

»Stimmt«, sagte Ludwig. »Und ein Halstuch um. Woher weißt du das?«

»Ich habe auch mal am Theater gearbeitet«, sagte Lena. »Ich kenne solche. Die setzen die Brille ab, sobald ein Mann reinkommt, und haben schon vorm ersten Satz Kreide gefressen. Es könnte ja der Mann fürs Leben oder wenigstens einer für die Mittagspause sein. Solche können blind die Lippen nachschminken und dabei noch das Horoskop für die nächsten zehn Jahre hersagen, und sie könnten, behaupten sie immer, noch Genaueres dazu sagen, wenn einer mal auf ein Glas Tee oder Wein zu ihnen nach Hause käme.«

»Aber sie war sehr freundlich. Ich kam ja auch auf Empfehlung«, sagte Ludwig.

»Wessen Empfehlung?«

»Martina.«

»Martina?«

»Deine Martina«, sagte Ludwig. Sie arbeite als Aushilfe in der Schneiderei. Ihre Mutter sei sehr krank und sie wolle in der Nähe bleiben.

»Und, nimmt sie das Babyphon mit auf Arbeit?« Lena hatte wütend an einem von Ludwigs Hemdknöpfen herumgedreht. Dann war sie auf ihr Zimmer gegangen, um für Berlin zu pakken. Einen Hosenanzug, eine Bluse, einen Rock, zwei Pullover, drei T-Shirts, ein Twinset, sieben Unterhosen, zwei BHs, einen Bikini, Socken, Strümpfe, ein paar hohe Schuhe, keinen Schlafanzug, aber drei Trainingsanzüge und ein großes blaues Badehandtuch. Als Ludwig am Abend anrief, atmete er hörbar. Ob er rauchte oder seufzte, ließ sich nicht ganz unterscheiden.

»Wann fährst du morgen«, hatte er gefragt.

»Früh.«

»Dann geh jetzt schlafen. Ruf mich an, wenn du in Berlin bist.« Er hatte am Telefon gelächelt, für sie. Das hatte sie gehört. Dann hatte er aufgelegt. Sie hätten auch zusammen früh aufstehen können.

In der Nacht hatte es heftig geschneit.

Am nächsten Morgen lief sie allein zum Bahnhof. Ludwig würde bald zur Probe gehen. Beide fingen sie am gleichen Tag ein Stück neues Leben an. Jeder für sich allein. Eine Gefahr, die sie mit Absicht und Ludwig aus Trägheit zugelassen hatte?

Auf Gleis drei hatte der Schaffner Dienst, den sie als Kind schon gekannt hatte. Er trug einen roten Strickpullover unter seiner Uniformjacke und tapste bei der Abfertigung des Zuges in eine Pfütze, ohne es zu merken.

Dahlmann hängt verdreht in der Lücke zwischen den Vordersitzen. Er unterhält sich mit Beata. Lena riecht den Alkohol in seinem Atem. Beata auf dem Rücksitz nickt und kichert, ist zwanzig oder so und hat die Ausstrahlung von frischgebackenem Zitronenkuchen mit weißer Zuckerglasur. Beata spricht Englisch, und Dahlmann unterhält sich mit ihr, weil er auch Englisch kann.

»Listen«, sagt er und spricht das »t« mit. »Listen, unsere Lena war auch mal drei Monate lang Gast in einer Serie. Dann wanderte ihre Figur aus, nach Portugal. Lena hatte nämlich keine Lust mehr zu drehen.« Dahlmann schlägt ihr auf die Schulter, damit Beata weiß, wer hier Lena ist. Dahlmann und der Priester haben einen Hund und ein Schaf im Gesicht, seitdem Beata mitfährt. Dabei mag der eine keine Frauen und der andere darf keine mögen. Beata sagt, wenn sie es nicht schaffe, berühmt zu werden, dann studiere sie Medizin. Sie will zum Film, ist sozusagen auf dem Weg dorthin, im Moment in einem schönen roten Auto. Sie lacht viel, wie viele junge Frauen, die sich etwas vom Leib halten wollen. Sie habe ein Casting in Berlin, erst mal für eine Serie, sagt sie. Da suchen sie eine Polin, die von ihrem Bruder gezwungen wird, als Prostituierte zu arbeiten, und die sich später mit einer Ballettschule selbständig machen wird. Wieder lacht sie und behält dabei diesen langsamen Blick, der Hingabe und Heftigkeit verspricht. Sie ist eine nette, unberechenbare Person. Sie wird die Rolle kriegen.

»Nicht wahr, Lena«, sagt Dahlmann, »beim Fernsehen ist das so. Da tragen alle bunte Hemden und keiner ist treu.«

»Mir ist das egal«, sagt Beata, »ich habe keinen Freund.«

»Ich auch nicht.« Das ist Dahlmann herausgerutscht, und einen Augenblick sitzt er wie ausgestopft.

»Lena«, sagt er dann, »aber unsere Lena versucht das Gesprächsniveau mit allen Mitteln anzuheben, weil wir einen Gast haben.«

Dabei hat Lena kein Wort gesagt. Sie schiebt die Sonnenbrille Richtung Nasenwurzel. Den Strommast da drüben kränzt ein riesiges leeres Storchennest. Es ist früher Nachmittag.

Von Februar bis April saßen Dahlmann und Ludwig zusammen vor dem Fernseher und aßen Erdnüsse. Manchmal, stellte sie sich vor, saß Martina dabei, auf dem weißen Sofa von Dahlmanns Mutter. Dahlmann, stellte sie sich vor, hatte den Gästen frische Trockentücher untergelegt, um das Sofa zu schonen. Wie seine Mutter.

Alle zusammen und jeder für sich kam von Montag bis Freitag, und wenn Lena auftrat, wußten Dahlmann und Ludwig, die Schminke in ihrem Gesicht war Stunden alt. Sie hatte seit sieben Uhr morgens vor dem Spiegel Textänderungen gelernt, unter den Händen der Frau aus der Maske, die ihr die verschlafene Eidechse aus dem Gesicht strich, mit Schwämmchen und Quaste, mit Grundierung und Puder, die den Lippenstift auf die Bluse abstimmte und dabei den geänderten Text auf Lenas Schoß überflog, aufschaute, Lenas Blick im Spiegel suchte und laut sagte, was Lena dachte: »Schwachsinn!«

»Stimmt.«

»Was hast du vorher gemacht?«

»Theater.«

»Und warum bist du da weg? Wegen dem Geld?«

Lena zögerte. Dann sagte sie etwas, was sie selber nicht verstand, aber sie fühlte sich gut dabei.

»Die Kulissen ließen sich nicht über die Rampe tragen.«

»Verstehe ich«, sagte die Frau von der Maske und ließ eine Wolke von Haarspray auf Lenas Kopf hinunterkreiseln.

Dahlmann rief immer sonntags an, wie früher Lenas Mutter. Ludwig täglich.

Sie lebte in einer Anderthalb-Zimmer-Wohnung in Schöneberg, Hinterhaus, Ofenheizung, Nordbalkon, kein Bad. Die Badewanne stand auf einem Holzpodest in der Küche. Lenas Vormieter hatte Mobiliar dagelassen, ein Sofa aus brüchigem braunen Leder, ein Bett aus Pappe, Nägel im Flur als Garderobe, eine nistende Taube im Klo. Lena warf das Ei in den Hof. Die Taube flog in den Himmel und verlor eine Feder, kam zurück und schiß vom Dachsims hinunter auf die Fußmatte vom Puff. Öffnungszeiten von 14.00 bis 1.00 Uhr. Kurz vor eins öffneten sich die Fenster zu den schmalen Zimmern, und an der Bar legte eine Frau Ende Dreißig »Absolute Beginners« auf. Der Rausschmeißer, jede Nacht. Nur sonntags blieb es still. Die Barfrau wohnte im vierten Stock, und Lena hörte die Krallen ihres fetten Schäferhundes auf dem Linoleum der Hinterhaustreppe, wenn er nachts allein Gassi ging. An den kühleren Tagen im März heizte sie mit Radiator, Stufe drei, oder lag im Pappbett. Hob sie den Kopf über den Buchrand, sah sie manchmal ein Mädchen in der Wohnung gegenüber. Gleiche Wohnung, aber Südbalkon. Sie kam aus Kroatien und lebte mit Mutter. Die

Mutter strickte in Rosa und Hellblau oder bepflanzte ab März den Balkon, während die Tochter unten im Haus auf Schicht ging. Nach drei Wochen grüßten sich Lena und die Mutter. Nachts gegen halb zwei rieb die Tochter sich unter der Küchenlampe ein. Sie zog die Gardine nicht vor, löschte das Licht nicht. Sie rieb sich sehr langsam ein, und Lena merkte sich die Sicherheit ihrer Bewegungen für die letzten Sekunden vor dem Schlaf.

Lena gab Interviews. Serienmenschen waren Stars. Manchmal stellte sie sich Martina vor, wie sie beim Zahnarzt eine Zeitschrift aufschlug, das Interview las und es Ludwig verheimlichte. Modedesigner drängten Lena Kleider für die Fototermine auf. Die Fragen, die ihr Journalistinnen mit Mädchenstimmen stellten, drehten sich um Leben und Tod, waren aber forsch und kokett formuliert. Lena wehrte sich gegen auslegbare Geständnisse. Wenn die Mädchenstimmen dann den Text schrieben, hatte Lena plötzlich ein Haus in Italien und Heiratsabsichten im Mai, nur weil sie gesagt hatte, sie fahre am liebsten nach Italien und heiraten würde sie gerne im Mai. Das geliehene Kleid von Dior oder Versace wurde nach dem Termin von einem privaten Fahrdienst gleich wieder abgeholt. Dann legte sie für einen Moment die Ellenbogen auf irgendeine Fensterbank und schaute in irgendeinen Hinterhof. Berlin war voll von Hinterhöfen. An einem Sonntag nachmittag saß ihr in der U-Bahn eine Horde Teenies gegenüber. Der ganze Wagen roch nach Kaugummi und Weichspüler.

»Ist die es jetzt, oder ist die es nicht.« Sie redeten, als sei Lena nicht wirklich da, als sei sie nicht wirklich, wenn sie nicht wirklich im Fernsehen war. In eine Ecke gedrückt las sie »Licht im August« von Faulkner. In dem Buch gab es auch eine Frau namens Lena, in einem verwaschenen blauen Baumwollkleid, schwanger, ohne Mann, aber in zu großen Männerschuhen. Auch sie hatte viel falsch gemacht, aber vor langer Zeit.

Ludwig schaute, was er wegen seiner Proben versäumte, auf Video an, sagte er. Manchmal versäumte er eine Folge, weil er zu lange in der Kantine saß, sagte er. Beim Bier.

»Mit wem?«

»Mit den Bühnenarbeitern«, sagte er. Manchmal habe er Angst, vor der Zeit danach, sagte er am Telefon.

»Was machst du heute abend noch?«

»Lesen«, sagte er. Regen schlug auch gegen sein Fenster. Das rückte sie näher zueinander.

In dem Moment verbot sie sich Kontrollanrufe.

Sie stellte sich vor, er komme zu Besuch, am folgenden Tag, aber nur für einen Tag. Er würde Blumen mitbringen, das würden alle Frauen mit Fenster zum Hinterhof sehen. Er aber würde das Sofa neben den Mülltonnen sehen. Hier wohnst du also? Für einen Moment würde ihr das Berliner Leben schäbig vorkommen, als fände es auf dem Müllsofa statt. Dann würde der Schäferhund aus dem vierten Stock an ihnen vorbei wollen, hochschauen, kurz sein Hundelächeln lächeln und die Schnauze auf Ludwigs Schuh legen. Ludwig und sie würde ein heftiger Ernst befallen. Auch der Hund würde dringend wollen, daß Ludwig blieb. Die Zeit, die wir jetzt nicht zusammen sind, werden wir für immer nicht zusammengewesen sein, würde sie noch einmal versuchen zu sagen.

»Paß auf dich auf«, sagte Ludwig. Durch sein Zimmer in S. zog irgendeine blöde esoterische Musik ihre Schleifen.

»Woher hast du die Musik?«

»Ein Geschenk.«

»CD?«

»Nein, Kassette«, sagte er. »Hat mir jemand überspielt.«

»Ach«, sagte sie. Sie schloß die Augen. Hinter den roten Jalousien sah sie eine Frau. Die trug Leder, nahm den Helm ab und sagte: Ich bin's. Lena näherte sich einem Gedanken, wie man sich einem Ort nähert, an dem ein Unfall passiert ist. Der Gedanke nahm die Umrisse jener Frau an. Die Frau ging durch den Regen, da draußen, der bei ihr und bei Ludwig fiel, und während die Frau in Leder sich entfernte, schürte sie so die Liebe. Die Schraffur des Regens über Asphalt und Dächern würde helfen, daß der Rücken der Frau für immer in Ludwigs Gedächtnis bleiben würde. Doch bevor sie verschwand, drehte sie sich noch einmal um, hob eine kleine weiße Hand, wie um zu winken, und sagte erstaunlich laut für die Entfernung: Übrigens, ich bin nicht mehr in der Schneiderei, ich singe auf der Bühne mit, als Soubrette. Ich komme in Wanderschuhen zur Probe. Das findet Ludwig lustig. Er hat auch eine größere Rolle bekommen, seitdem ich die Susanna in »Hochzeit des Figaro« singe. Er ist der Gigolo des Marcellina, mit zwei Stoffhunden im Arm und Schnüren um den Hals, an denen er sie unauffällig zucken lassen kann, die Möpse. Auch das findet er lustig, und mich. Was man lustig findet, darauf bekommt man Lust, oder? Wir werden zusammen eine Kassette aufnehmen. Die Frau lächelte. Den Helm in der Hand sagte sie, gestern hat der Regisseur gesagt, er solle früher abgehen mit seinen Kötern. Warum, hat Ludwig gefragt, denn er denkt, er hat etwas vom Theater verstanden und will eine Motivation. Plötzlich war es ganz still, alle sahen Ludwig an, und ich glaube, er genoß es. Er sah aus, als wolle er von nun an ernsthaft zur Bühne. Du hast eine Motivation, sagte da der Regisseur sehr leise und sehr ungeduldig. Die Möpse, sagte er, haben dich vollgepisst, du gehst ihnen die Stoffhintern abputzen. Beim Abgang hat Ludwig sich vor der Gasse noch einmal umgedreht und deutlich an den Hintern gerochen, die sicher nach der Zigarre des Requisiteurs stanken. Ich habe eine Garnrolle nach ihm geworfen. Unsere Blicke trafen sich. Die, stand in seinem. Der, stand in meinem. Danke, brüllte der Regisseur, danke, Susanna, für das Motivationsangebot. Nach der Probe sind wir zusammen nach Hause gefahren, sagte die Frau, die immer mehr zu Martina wurde, und schlenkerte mit dem Helm. Wir haben uns im Flur bei mir sehr lange verabschiedet. Er hat mich gegen jene Tür gepresst, wo es zu den Schaufensterdekorationen geht. Da, wo wir früher bei schlechtem Wetter gespielt haben, weißt du noch? Es ist spät gewesen, als wir mit seinem Motorrad ankamen. Die Straße hat in tiefem Schlaf gelegen wie winters ein Dorf im Schnee. Von dem Schriftzug über unserem Geschäft waren nur noch die Umrisse der Buchstaben sichtbar, hohl, ohne Licht. Eine laue Luft und eine merkwürdige Stille umgaben uns, nicht das geringste Lebenszeichen eines anderen Menschen deutete an, daß wir nicht allein waren auf der Welt. Lange hat er mich gegen die Tür gepreßt. Er hat nach Bier geschmeckt, ich nach Emser Pastillen, und im Sommer werden wir zusammen nach Schottland fahren, sagte Martina, mit zwei Fahrrädern und einem Zelt. Ich werde am Tag mein blaues verwaschenes Baumwollkleid tragen und nachts ein geripptes Männerunterhemd. Morgens werden die Farben klar sein, wenn wir den Kopf aus dem Zelt schieben und nach dem Wetter sehen. Der schottische Sommer, wie Herbst. Ich werde mit ihm schlafen, aber er kann bestimmen, wie oft. Ich werde neben ihm liegen und ihm alles sein, werde fremd und trotzdem von früher sein. Ich werde die Stimmen von zu Hause sein, das vertraute Klappern von Tellern in der

Küche, das Gurgeln der Kaffeemaschine auf dem Herd, das Quietschen des Gartentors, ein Klingeln an der Tür, das Lachen der Postbotin und das Knarzen ihrer schweren Ledertasche, ich werde mit in allen Tönen sein, die versichern: Jemand kümmert sich um ihn. Seine Eltern werden mich nicht mögen. Wenn wir aus Schottland zurückkommen, bleiben wir noch drei Wochen zusammen, sagte Martina schon undeutlicher und setzte ihren Helm nicht auf, obwohl sie sich zum Gehen wandte. Drei Wochen lang holt er mich noch abends nach der Vorstellung ab, sagte sie, wenn ich arbeiten muß und er nicht. Er kommt zum Applaus, grüßt die Einlasserinnen, die ihn mögen wegen seines hübschen Gesichts, das ihre Söhne nicht haben. Drei Wochen lang steht er noch hinten im Zuschauerraum und pfeift, wenn ich zum Applaus komme. Er und ich denken: Unser Pfiff. Dann raucht er, bis ich aus dem Bühnenausgang und unter das harte Neonlicht der Durchfahrt trete und er sich immer gleich freut. Da bist du ja! Komm nicht mehr pfeifen, werde ich eines Abends sagen, und einige Abende später, komm nicht mehr. Er wird noch einmal bei mir schlafen, aber auf dem Balkon. Danach kannst du ihn zurückhaben. Und kommt er dir dann verändert vor, dann bin ich es gewesen.

Martina entfernte sich durch den Regen, aber ihre Haare wurden nicht naß, während sie endlich ging. Noch immer zog diese esoterische Musik ihre Schleifen durch Ludwigs Zimmer.

»Lena?«

»Ja?«

»Was ist mit dir?«

»Ludwig«, sagte Lena, »es regnet so schön bei mir und bei dir da drüben. Willst du mit mir im Sommer nach Schottland fahren?«

»Ja«, sagte er.

»Dann mach diese Musik endlich aus«, sagte sie. Es war kurz nach Mitternacht.

Sie nahm ihr Rad und fuhr durch den Regen. Unter der S-Bahn-Brücke sang eine Nachtigall. Sie fuhr langsamer, obwohl sie naß bis auf die Wäsche war. Das Gleissignal stand auf Rot. Sie bremste, stieg ab und schaute auf die Gleise. Lange. Der Regen hatte irgendwann aufgehört. Nur von den Bäumen tropfte es noch.

Sie fahren schon eine ganze Weile, ohne zu sprechen. Plötzlich fragt Dahlmann aus dem Nichts heraus, warum sie sich am Mittwoch nach Pfingsten so gestritten haben.

»Wer?«

»Ludwig und Sie«, sagt er, »an diesem Mittwoch, als Sie vom Kirmesplatz kamen, mit den schmutzigen Schuhen im Flur herumstanden und geschrien haben.«

»Geschrien«, sagt sie leise.

»Und dann sind Sie mit den schmutzigen Schuhen raufgegangen, aufs Zimmer, um weiterzuschreien.«

»So?« fragt Lena. »Daran erinnere ich mich gar nicht.«

»Hauptsächlich Sie haben geschrien, Lena, und Ludwig hat Ihr neues Telefon getragen«, sagt Dahlmann. »Dabei war so schöne Musik im Radio. Rosalinde Charick spielte die Partita Nr. 11 von Bach, Werkverzeichnis 826. Genau so war es schon einmal gewesen, am 2. Mai vor vierundvierzig Jahren. Sogar die Uhrzeit stimmte mit der von 1956 überein. Auf Wunsch von Augustine Soundso aus Landau spielte Frau Charick in einer historischen Aufnahme, sie war bestimmt längst tot, und ich zündete eine Kerze an. Etwas Tröstliches braucht der Mensch, wenn sein Zimmer mehr als vier dunkle Ecken hat. Aus denen sie dann kommen«, sagt Dahlmann und hat ein schwermütiges Profil.

»Wer kommt?«

»Die Toten«, sagt Dahlmann.

»Sie meinen, Ihre Mutter?«

»Nein.«

»Wer dann?«

»Ihre«, sagt Dahlmann.

»Das ist doch jetzt peinlich«, sagt sie. »Wenn uns einer hört.«

»Na, Richard ist alles Menschliche vertraut, wenigstens aus der Beichte. Gott hört, nach meiner Erfahrung, nie zu, und das kleine Mädchen da versteht uns nicht. Also?«

»Also?«

»An dem Tag ist Ihre Mutter aus der Ecke beim Fernseher gekommen, hat sich an meinen Tisch gesetzt und mit einem schwarzen Stielkamm in den toupierten Haaren herumgekratzt. Laß das, Marlis, habe ich gesagt, aber sie hat mich nur frech angeschaut und dieses kleine, runde, siegessichere Kinn vorgestreckt, so ein kleines, rundes, siegessicheres, völlig dümmliches Dienstmädchenkinn, wenn Sie wissen, was ich meine, Lena?«

»Nein, weiß ich nicht. Aber meine Mutter soll bei Ihnen aus der Ecke gekommen sein? Lebendig, oder wie? Oder als Erscheinung, oder Erinnerung oder Vorstellung, oder was?«

»Auch egal«, sagt Dahlmann. »Aber Sie wissen, was an jenem 2. Mai vor vierundvierzig Jahren war, als die Sonne so stach?«

»Wiederaufrüstung?« sagt Lena unsicher, und Dahlmann schlägt mit der Faust gegen die Armatur vom Auto. Das hat er noch nie getan! Die arme Faust.

»Am jenem 2. Mai 1956 hat Ihre Mutter im weißen Taftkleid an meinem Tisch gegessen, der eigentlich der Tisch meiner Mutter war, und hat eine Tasse Kaffee getrunken, mit einem Trockentuch auf dem Schoß, um das Brautkleid nicht zu bekleckern. Sie hat die Zeit zwischen den beiden Terminen, zwischen Standesamt und kirchlicher Trauung, bei uns verbracht. Wir lagen auf dem Weg, meine Mutter und ich, und im Radio hat diese Charick Klavier gespielt.«

»Hat die?«

»Sie hat. Trauung war um zwölf. Ich war Trauzeuge, das Mittagessen lag fertig gekocht in den Betten am Kollenbuscher Weg, in großen schwarzen Töpfen unter den Plumeaus. Auch geliehene Plumeaus von den Nachbarn waren dabei. Mein Freund Oswald hat nach dem Essen Akkordeon gespielt und dabei meine Schwestern kennengelernt. Er hat sich nicht für Häschen, die hübschere, sondern für Helma, die ältere, entschieden. Die mußte ja auch zuerst weg. Und die ganze Zeit über, wenn sie mich angeschaut hat, die Braut meine ich, hat sie das Kinn so vorgestreckt, das viel zu klein war, um sich vorstrekken zu lassen. Sie kam mir weder schön noch geheimnisvoll vor an dem Tag, sondern nur dumm. Daß sie dumm war, war ihr einziges Geheimnis.« Dahlmann wischt sich hinter den Brillengläsern an den Augen herum.

»Entschuldigung«, sagt Lena.

»Wofür?«

»Daß wir in die historische Aufnahme von dieser Frau Charick hineingeschrien haben.«

Ein verhaltenes Crescendo in der Stimme, wiederholt Dahlmann: »Ja, im Radio kam der Abspann. Der Sprecher sagte, zuletzt hörten Sie die Partita Nr. 11 von Johann Sebastian Bach, gespielt von Rosalinde Charick, aus dem Jahre 1956. Der Sprecher sagte Jahre, nicht Jahr, und ihr wart schon aufs Zimmer gelaufen, in euren schmutzigen Schuhen.«

An dem Samstag abend, an dem sie aus Berlin zurückkam, war Ludwig auf ein Gastspiel nach Madrid gefahren. Die Kastanien blühten. Pfingsten. Es war noch hell. Wieder stand sie am Bahnhof von S. Der Bus kam von der kleinen Schmuddelkirmes am Fuß der Roten Berge. Dort hatte sie als Mädchen mit allem gerechnet. Nicht wegen Schießbuden und quietschender Achterbahn, wegen saurer Gurken und Eis. Sensationen hatte sie gewollt, große Gefühle und die dicksten Frauen der Welt, die auf Kälbern oder Schafen mit fünf Füßen und zwei Köpfen ritten und ihre Brüste zeigten. War es dunkel geworden, hatte Lena, dreizehn, hinter den Planen vom Autoscooter mit der Liebe gerechnet, oder wenigstens mit der dazugehörenden Gewalt. Sie hatte einen kurzen Rock mit Kettengürtel getragen und längst zu Hause sein müssen. Doch sie war geblieben, um endlich auf den Mann zu treffen, der seine Liebe heftig ausdrücken und sie mit ein paar Handgriffen zur Frau machen konnte.

Während Familien aus dem Bus stiegen, die sich um Riesenplüschtiere und Yuccapalmen vergrößert hatten, wollte Lena mit ihrem Berliner Gepäck ungeschickt und eilig einsteigen. Ein Kind schmierte mit Zuckerwatte ihre Wildlederjacke voll. Der Vater gab ihr seine Karte. »Wegen der Reinigung«, sagte er und schrieb seine Mobilnummer auf die Rückseite. »Privat«, sagte er. Sie lächelte seine schönen Zähne an. Er war jünger als sie. Hatte da diese dumme Geschichte angefangen?

Ludwig war in Madrid. Er würde erst am Mittwoch nach Pfingsten zurückkommen. Keiner holte sie ab, und der Bus war ohne sie losgefahren. Sie hatte eine fremde Visitenkarte in der Hand und dabei das Gefühl, der Samstag abend hätte geglückter zu Ende gehen können.

»Wir kennen uns«, sagte in dem Moment eine Stimme hinter ihr.

Am Mittwoch würde alles schon geschehen sein, und geschehenen Dingen war nicht zu helfen. Selbst das Wetter würde ausdrücklich stürmischer und unfreundlicher sein. Männer würden am Mittwoch hinter Lenas und Ludwigs Rücken die Karussells der Pfingstkirmes abbauen. Sie würde mit Ludwig streiten, einen tückischen Wind im Gesicht, der den Sommer noch nicht wollte. Krähen würden im Abfall zwischen den Imbißbuden herumstaksen, würdig und wie nebenbei ein dreckiges Papier nach dem anderen umwenden, auf der Suche nach Futter. Sie würden aus unerfindlichem Grund auf der Schmuddelkirmes am Brunnen landen. Nur um ein Stück zu laufen, nur ein Stück. Sie würden nicht aufhören zu laufen und zu streiten. Drüben beim Autoscooter würden Männer mit Cowboyhüten neue Boxen für die nächste Stadt ausprobieren und Marianne Rosenberg singen lassen. *Ich bin wie du, wir sind wie Sand und Meer und darum lieb ich dich so sehr,* würde sie mit ihrer Kinderstimme aus vier mal zwei neuen Boxen gegen den Wind anpiepsen. Sogar den Krähen würden sich die Nackenfedern aufstellen im Wetter am nächsten Mittwoch. Lena würde einen grünen Rock tragen, und die Kirmestypen würden an Ludwig vorbei ihr auf die Beine schauen. Ludwig und sie würden schreien, und es würde dabei um mehr gehen als um die Sätze. Nur der Ort würde wissen, um was es noch ging, und den Grund unter den falschen Begründungen kennen. Weil so ein Ort die Menschen kannte, klein und schmuddelig, wie er war. Ein Ort am Fuß der Roten

Berge. Ohne die Roten Berge, hatte Lena oft gedacht, würde sie ihr Leben nicht verstehen.

»Wir kennen uns.« Der Bus fuhr über die Ampel, und sie drehte sich um.

Sie kannte das Gesicht wirklich. Es war zuerst Nachlässigkeit, die den Blick zwischen ihnen verlängerte, länger, als er gemeint war. Dann wurde sie nachdenklich. So war dann wohl alles gekommen.

»Doch, ich kenne Sie.«

»Ich Sie auch.«

»Sie sind die Deutschlehrerin meiner kleinen Schwester«, sagte der junge Mann.

»Und Sie sind der Torwart vom zweiten Weihnachtstag«, sagte sie und griff nach dem blauen Koffer, der umgefallen war. Er sah den Koffer und dann ihren Oberarm an. Seine Augen wurden plötzlich stumpf. Es war der Blick von Männern im Frühling, klebrig und erwartungsvoll.

»Sie erinnern sich? An den zweiten Weihnachtstag?«

»Aber gut«, sagte er. »An dem Tag haben wir das Spiel abgebrochen, wegen des Wetters.«

»Da war ich nicht mehr da«, sagte sie. Warum sagte sie »ich« und nicht »wir«?

»Soll ich Sie nach Haus bringen«, fragte er und zeigte auf die zwei Koffer. Aus einem offenen Auto, das vorbeifuhr, dröhnte »Make you sweat«, als er nach den Bügeln griff. Er hatte einen verwöhnten Mund. Sicher gefiel er den Frauen. Er trug beide Koffer. Sie lief hinter ihm her. *Alle zusammen, jeder für sich* war abgedreht. Sie hatte eine unreine Haut vom täglichen Schminken, war müde und plötzlich genervt.

»Ich suche meine kleine Schwester«, sagte er. Sie war sich

sicher, daß er eigentlich nur ein Mädchen im Alter seiner Schwester für den Abend suchte, während er am Bahnhof stand. Ein kleines Mädchen, das von der kleinen Schmuddelkirmes kam, auf die man in Lenas Alter nicht mehr ging. Es sei denn, man hätte eine minderjährige Tochter mit Wimpern wie verlängerte Fliegenbeine, die um den Autoscooter herumstreunte und bei Anbruch der Dunkelheit an den Haaren nach Hause gezerrt werden mußte. Er drehte sich im Gehen zu ihr um.

»Ich dachte, Sie hätten sie vielleicht gesehen.«

»Ich bin keine Lehrerin.«

Als er ihr die Wagentür offenhielt, fing sie seinen Blick auf und las: Du siehst gar nicht so schlecht aus, bist aber eine Verliererin. Sie hatte ihm in den Wochen darauf immer wieder Sätze unterstellt. Sie hatte seine Wortkargheit für ihre inneren Gespräche genutzt. Sie klappte die Sonnenblende herunter und besah sich in dem kleinen Spiegel. Wer hatte eigentlich gesagt, daß man ohne Erfolg weniger wert ist?

»Was ist?«

»Wie alt sind Sie eigentlich«, fragte sie.

Er war der Sohn vom Bäcker am Blumenbrunnen.

Als sie die Stadt verlassen hatte, vor über zwanzig Jahren, war er in den Kindergarten gekommen. An dem Abend, als sie aus Berlin zurückkam, erschien ihr S. wie eine staubige Unebenheit auf dem Mond. Diese Stadt löste nicht mehr in ihr aus als jede andere, die sie nachts auf Gastspielen vom Taxirücksitz aus gesehen hatte, auf dem Weg ins Hotel, ins Einzelzimmer, gleich neben dem Fahrstuhl, der unermüdlich an der Wand schabte. Ein Geräusch, das versuchte, kein Geräusch zu sein, und deshalb um so schlimmer war. Auf solchen Taxifahrten hatte sie zu oft eine plötzliche Lust überkommen, und die Lust, sie zu teilen. Sie hatte aus dem Seitenfenster geschaut, nach irgendeinem fremden Körper, als ob sie einen Parkplatz suchte. Mit Ludwigs Lust hatte sie diese andere Lust vergessen. Ludwig mußte zehn Jahre und ein ganzes nachdenkliches Wesen älter sein als der junge Mensch neben ihr.

Während er unangeschnallt und mit einer Hand fuhr, sah er sie immer wieder an.

»Adrian«, sagte er. »Ich heiße Adrian.« Mehr sagte er nicht, und sie grub mit den Händen in ihren Haaren herum.

Der Türsteher der Black Box begrüßte ihn mit Handabschlag. Sie blieb einige Schritte zurück im Dunkeln stehen. Dort war das Licht milder. Sie tranken jeder zwei Gin Tonic und gingen wieder. Den Strohhalm nahm sie mit und zerknitterte ihn auf dem Weg zu seiner Wohnung. Auf dem Teppich vor Adrians Bett lag neben der Sporttasche ein Kapuzenshirt mit weißer Schrift. Im Bett saß ein Stoffpinguin, der ihr als Tom oder Till vorgestellt wurde und zusah, wie ihr die Unterhose am Zeh hing, die ganze Zeit, während Adrian versuchte, sie zu lieben. Daß er dabei grob wurde, gefiel ihr ganz gut. Das erinnerte nicht an Ludwig. Als Adrian eingeschlafen war, beugte sie sich aus dem Bett und griff ins Dunkle, bis sie den Stoffzipfel fand, den sie ans Gesicht ziehen konnte.

»Du riechst ganz schön nach Schweiß«, sagte sie leise zu dem Kapuzenshirt.

Die Nacht über der Bäckerei war nur eine halbe gewesen, drei Stunden lang. Davon zählten höchstens drei Minuten, nicht weil sie unvergeßlich, sondern weil sie geschehen waren. Unten im Haus hatte es bereits angefangen, nach frischen Brötchen für den Sonntag zu riechen, als Adrian noch mit seinem Gesicht auf ihrem gelegen hatte, eine Hand in ihrem Haar, den Mund an ihrem Hals. Weil es nach Brötchen roch, fühlte sie sich in dem Moment zum erstenmal seit Monaten wieder wohl.

Gegen halb fünf in der Früh war sie leise aufgestanden und mit den Schuhen in der Hand die Treppe hinuntergeschlichen. Sie hatte durch die Milchglasscheibe und zwischen den Buchstaben *Backstube*, die sich weit voreinander zurückzogen, die Silhouetten eines untersetzten Mannes und einer dünnen Frau mit kräftigen Armen arbeiten sehen. Halbtagsjob in einer Bäckerei, kam ihr in den Sinn. Das war immer einer ihrer Träume vom langsamen, kleinen Leben gewesen. Ihre Koffer lagen in Adrians Auto.

Sonntag sah sie im Fernsehen alte österreichische Filme an. In ihrem alten Zimmer in der Löwenburg hatte Dahlmann das Bett umgestellt. Draußen verblühten Kastanien und Linden. Sie wartete bei offenem Fenster. Auf ihre Koffer. Manchmal kam ein Auto langsam den Berg hinauf und hielt vor Dahlmanns Gartentor. Dann schlich sie zum Fenster. Wer zu lange wartet, bemerkte sie, verwandelt sich von einem normalen Menschen in einen Idioten. Sonntag, am späten Nachmittag, kamen die Koffer. Adrian blieb nicht, aber sie verabredeten sich. Dahlmann war gerade Kuchen holen gegangen.

Montag.

Dienstag kam niemand.

Mittwoch Ludwig.

Er räumte die leeren Koffer auf den Kleiderschrank. Dann gingen sie spazieren und stritten sich. Ludwigs müde Augen waren ihr auf die Nerven gegangen.

»Was hast du in Madrid gemacht?«

Er hatte ihr einen Vogel gezeigt. Dann hatte es auch noch zu regnen angefangen, und die Schuhe waren auf dem Kirmesplatz aus festgestampfter Erde ziemlich schmutzig geworden. Vor allem seine. Auf dem Rückweg hatten sie ein Telefon für ihr Zimmer gekauft.

Dahlmann war zu Hause, aber ließ sich nicht blicken. Er hörte ein Klavierkonzert. Sie gingen nach oben, und sie sah sich Ludwigs Füße auf dem Teppich in ihrem Zimmer an. Er stand breitbeinig vor ihr. Diese Männerhaltung kannte sie bei ihm noch gar nicht.

»Ich mache ab Sommer eine Ausbildung zum Kundenberater«, sagte er und packte langsam das Telefon aus, das er in ihrem Zimmer anschließen wollte. Dann zündete er sich eine Zigarette an. Das machte er immer, wenn er eigentlich beide Hände brauchte. Vielleicht war ihm die Zigarette im Mundwinkel eine dritte Hand, die mehr konnte als die beiden anderen? Vielleicht. Darüber hatte sie sich schon oft Gedanken gemacht. Jetzt wußte sie nicht, ob sie sich über Ludwig überhaupt noch Gedanken machen sollte. Mit dem Telefon in der Hand machte er sich auf die Suche nach einem geeigneten Platz in der Nähe der Anschlussbuchse.

»Commerzbank.« Damit begann der zweite Teil vom großen Streit.

»Und zwar Beschwerdemanagement, bei der Commerzbank«, sagte er. »Dafür habe ich als ehemaliger Priester die besten Voraussetzungen.«

»Weswegen?«

»Wegen meiner Beichterfahrungen.«

»Wer sagt das?«

»Dahlmannn«, sagte Ludwig. Er, als ehemaliger Stadtkämmerer, hatte Ludwig geraten, den Zug ins neue Jahrtausend nicht zu verpassen. Sie schaute auf Ludwigs schmutzige Schuhe, dann auf ihre eigenen. Bestimmt hatten sie auf Dahlmanns schönem Läufer im Flur Dreck hinterlassen. Bestimmt hatte er gehört, daß sie stritten und jetzt in ihrem Zimmer weiterstritten. Sie standen auf Atemnähe. Früher hatten sie sich in solchen Momenten geküßt.

»Und was ist das für ein Zug?« fragte sie.

»Daß man nicht mehr Geld für Ware gibt«, sagte Ludwig, »sondern das Geld selbst die Ware ist. An den Börsen der Welt, hat Dahlmann gesagt, wird die Moral der Gesellschaft bestimmt.«

Sie sah seinen Rücken. Den Nacken, schmal für einen erwachsenen Mann. Ihre Koffer standen auf dem Schrank.

»Das hat also Dahlmann gesagt? Der muß es ja wissen, unser Dahlmann, der mal gerade einen Solartaschenrechner in einem verstaubten Büro im verstaubten Rathaus von S. bedienen kann, aber den Computer abgelehnt und eigenhändig seiner Mitarbeiterin auf den Schreibtisch gestellt hat. Dahlmann, der freiwillig nie etwas trägt wegen der Fingernägel. Dieser Dahlmann also ist plötzlich weise und weiß dazu noch, was im neuen Jahrtausend Sache sein wird. Du bist doch besoffen, Ludwig. Wann habt ihr euch das ausgedacht?«

»Als du in Berlin warst«, sagte Ludwig. »Kannst du mal runtergehen und hier oben anrufen. Ich will sehen, ob es funktioniert.«

»Ich gehe nie mehr nach Berlin«, sagte sie.

»Ich fange am ersten August in Frankfurt an«, sagte Ludwig.

»Wo?«

»In der Zentrale, mit Workshops.«

»Spirituelles Denken für Banker und Bankbienen?« Sie lachte ein Schauspielerinnenlachen. Das gleiche Lachen, das sie auf dem Kirmesplatz gegen ihn eingesetzt hatte, und er ließ das ganze Verpackungszeug einfach auf den Boden fallen.

»Beschwerdemanagement wegen deiner Beichterfahrung?«

»Ja.«

»Nein«, sagte sie. »Nichts da. Du studierst Philosophie. Die Jahre mit der Theologie nehmen wir mal als Ausrutscher.«

»Als was bitte?«

»Als eine vorschnelle, zu praktische Verwertung deines nachdenklichen Wesens. Du wirst studieren und dann schreiben. Schreiben hat mit Gott zu tun. Du wirst dich dabei wohl fühlen. Schreiben ist ein wunderbares Unglück. So etwas magst du doch.«

»Ich habe da eine bessere Idee«, sagte Ludwig. »Geh jetzt mal endlich runter in den Flur und ruf mich an. Und rede dann vernünftig mit mir, damit ich sehen kann, ob der Anschluß noch funktioniert.«

Sie ging nach unten. Dahlmann streckte den Kopf aus der Eßzimmertür. Aus seinem Radio kam Klaviermusik, eine ziemlich alte Monoaufnahme.

»Schuhe aus, bitte, und nicht so schreien, bitte«, sagte er, und leise fügte er hinzu: »Hat Ludwig was gemerkt?«

»Was soll er denn gemerkt haben?«

»Na, das mit den Koffern«, sagte Dahlmann und lief zum Telefon, das in dem Moment klingelte.

»Hallo«, rief er. »Hallöchen, ja wer ist denn da!«

»Ich bin's«, sagte Ludwig, als Dahlmann ihr den Hörer ans Ohr hielt und mit den Lippen Lud-wig buchstabierte.

»Ich heirate dich«, sagte Ludwig. Leider lachte er dabei.

»Ich heirate nicht«, sagte sie und lachte nicht. »Ich bin dafür zu alt.« Ohne ihn zu sehen, sah sie das Blau seiner Augen, unsicher, flehend. Dahlmann stand vor ihr und zeigte auf ihre Schuhe.

»Mein Gott«, sagte sie.

»Was ist?«

»Mir ist alles zu viel«, sagte sie, »und ich habe Muskelkater.«

»Wovon?« fragte Ludwigs Stimme, im Hörer irgendwie zärtlicher.

»Wovon«, fragte Dahlmann, noch leiser.

»Ich weiß nicht. Vielleicht vom Koffertragen.«

»Komm mal wieder rauf«, sagte Ludwig. »Das mit dem Telefon klappt.«

Dahlmann ging in sein Eßzimmer. Im Radio wiederholte der Sprecher gerade die Ansage der letzten Musikeinspielung. Eine Einspielung aus dem Jahre 1956. Lena ging die Treppe hinauf.

So war es immer. Ludwig freute sich, daß das Telefon funktionierte. Er freute sich über Sachen, die er in die Hand nehmen konnte, auch für sie. Wenn das Leben schwierig wurde, fing Ludwig an zu basteln, als ließe sich so jeder andere Schaden gleich mitreparieren. Für ihn gab es immer eine Lösung, und die war praktisch. Daß es immer eine Lösung gab, war einfach normal. Warum hatte Ludwig eigentlich nie ein Fahrradgeschäft oder einen Motorradladen eröffnet? Da stand er jetzt und hatte die Hälfte seines Lebens auf der falschen Baustelle verbracht.

Eine Hälfte war um. Er stand im Wald und es wurde kälter. Er war vom rechten Weg abgekommen.

In ihrem Zimmer öffnete sie das linke Fenster, das mit Blick ins Tal. Es duftete von der Straße her nach Linden. Eine schwarze Vespa war mit dicker Kette an den kleinsten Baum gefesselt. Sie zog die Vorhänge vor.

»Zieh dich aus«, sagte sie, ohne sich herumzudrehen.

Die Geräusche in ihrem Rücken erzählten von seiner Erregung. Sie dachte an irgendwelche Männer, die ihre Mutter bestimmt nicht gemocht hätte, dachte an die Spielplätze, Autos, Hauseingänge, Zelte, Hotelduschen, Garderoben, Proberäume, an die Kirchen, Kinos, Waldböden, Barhocker, an die Betten in Nachtzugabteilen und die anderen fremden Betten in den letzten zwanzig Jahren. An die dort vergeudete Lust. Ob man im Kern gemacht ist aus dem, was man vergessen hat, aber sich noch immer wünscht? Ob man nach Liebe ruft, wenn man sich erinnert? Und jeder Wunsch kommt aus einem alten Unglück? Hüte dich vor deinen Wünschen, sagen die Chinesen. Plötzlich schlug ihr Herz, als ob es sprechen könnte. Sie drehte sich um. Ludwig kniete auf dem Bett. Was gleich sein würde, war einmal. Für einen Moment kam ihr das Plumeau im Bett vor wie ein aufgeplatzter Staubsaugerbeutel, aus dem es grau herausquillt.

»Ludwig, ich glaube, mein Bett, das hat der Luchs zerrissen«, sagte sie. Da hatte er bereits nach ihrer Hand gegriffen und sie an den Ludwig vor dem Streit gelegt. Faßte sie ihn an, wußte sie, wie sie sich innen anfühlte, daran hatte sich nichts geändert. Sie warf sich neben ihn auf das Bett.

»Dreh dich um«, sagte Ludwig.

Sie bewegte sich nicht, aber er sich in ihr. So war es schon mal gewesen. Damals war Ludwig aus dem Tisch gekommen, bevor er wirklich kam. Auf dem Nachtisch neben ihrem Bett sah sie den Rand, den eine Kaffeetasse hinterlassen hatte, auf dem hellen Holz. Der Abend zog einen schwarzen Wachsstift durch das Zimmer, erst um die Gegenstände, gab ihnen Kontur und Schärfe, zog dann den Stift durch die Luft und machte aus ihr trockenen Nebel. Sie ließ den Kopf hängen, sah Ludwig zwischen ihren Schenkeln, und sah in dem Dreieck zwischen seinen Schenkeln den Ausschnitt vom Zimmer, der ihr Ausschnitt von Wirklichkeit war. Dann begann es, daß sie den Kopf zurückwerfen mußte. Er kam ihr nicht gleich nach. Er kam später in ihrem Mund.

»Küß mich«, sagte er. Sie küßte ihn, er schluckte.

»So schmeckt das?«

»Ja.«

»Immer?«

»Immer anders.«

Als sie die Vorhänge wieder öffnete, war es draußen fast dunkel. Vor dem Fenster ging eine Straßenlaterne an und tauchte das Zimmer in härteres Licht. Ludwig schlief. Wenn er schlief, war sein Gesicht für sie so schön, daß sie dachte, ich muß mein Leben ändern. Das Licht der Laterne wurde von den weißen Wänden reflektiert, schluckte jeden Schatten, machte alles flach und leicht. Es nahm den Ludwig der letzten zwanzig Jahre aus Ludwigs Gesicht. Welche Frauen ihm wohl gefielen? Sie hörte seinen ruhigen Atem, er lag auf dem Rücken, die Arme über dem Kopf. Ludwig, ein Zeuge jener Zeit, in der sie, siebzehn, in S. gelebt und sich selber noch kaum gekannt hatte. Sie waren beide jung gewesen in diesem S. Wenn sie später an S. gedacht hatte, dann hatte sie Frauen hinter beschlagenen Scheiben im Café sitzen sehen, wie sie mit verschwommenen Gesichtern aus verschwimmenden Tassen tranken. Über leeren Stühlen hingen Regenmäntel, die Hüte hatten die Frauen noch auf dem Kopf. Obwohl das Bild friedlich war, mußte sie an eine belagerte Stadt kurz vor der Kapitulation denken. Eine graue Stadt, wie ein großes Notzelt am Rand der Welt. Wochen, die sich gleichmütig hoben und senkten. Mit ihnen vergingen die Jahre, ein Leben, man selbst, wenn man blieb. Durch dieses Leben in S. hatte Ludwig die ersten Jahre sein Rad geschoben. Aber immer wie durch hohen Schnee, auch im Sommer. Er schlief, und sie beschaute ihn sich. Je näher er ihr war, desto mehr Sehnsucht hatte sie nach ihm. Sie legte sich mit dem Kopf an seine Hüfte. Da drehte Ludwig sich auf die Seite, und seine Hand kletterte die Wand hoch.

»Tür zu«, sagte er im Schlaf.

Sie hatten eine ganze Weile voreinander gestanden, der Sohn vom Bäcker und sie. Es war kurz nach elf. Die Leuchtschrift von Pizza Schmitza, früher Hähnchen Schmitz, schaltete sich über ihren Köpfen aus. Feierabend. Für einen Moment war die Stimmung zerrissen. Sie standen im Dunkeln auf der Hauptstraße. Meine Frau, sagte sein Körper.

Sie band sich die Haare zusammen. Die rochen nach Pommes Frites. Warum sie sich mit Adrian noch einmal und noch einmal und immer wieder auf ein letztes Mal getroffen hatte, wußte sie nicht.

»Wir fahren im Mai nach Auschwitz«, sagte er.

»Nein«, sagte sie.

»Doch, Tatsache«, sagte er. »Zu einem Freundschaftsspiel.«

»Das gibt es doch nicht«, sagte sie.

»Das gibt es«, sagte er. »Ein Kaff kurz vor Rußland.«

Sie trat einen Schritt zurück. Adrian wippte leicht in den Knien. Er zündete sich eine Zigarette an.

»Was heißt denn hier Kaff?«

»Schlag was anderes vor.«

»So kann man doch nicht darüber reden.«

278

»Wie?«

»Wie über jeden anderen Ort.«

»Warum nicht?«

»Man ist nicht darauf gefaßt, daß es den Ort überhaupt gibt«, sagte sie.

»Kennst du jemanden, der da war?« fragte er.

»Ich glaube«, sagte sie.

»Also gibt es den Ort«, sagte er.

Er legte seine Hand in ihren Nacken. Sie gingen. Ludwig hatte Probe und würde vor Mitternacht nicht zurück sein. Die Straßen von S. waren wie immer um diese Zeit menschenleer. Sie riß im Gehen einen Jasminzweig ab, der über den Jägerzaun vom Hals-Nasen-Ohrenarzt ragte. Über ihren Köpfen hing das Brummen eines entfernten Flugzeugs. Sie gingen am Eiscafé Venezia vorbei. Im Dunkeln standen die Stühle auf den Tischen, und nur in einem Dachfenster war noch Licht. Die Ampeln blinkten gelb, weil um diese Zeit kaum noch Autos fuhren. Streifte sie eine wärmere Schicht von Luft, roch es bereits nach Sommer. Der Blumenbrunnen vor Adrians Haustür war frisch mit Geranien bepflanzt. Im Schaufenster der Bäckerei hing ein roter Klebebalken. *Neu! Kaffeeausschank!* Sie küßte ihn in den Mundwinkel.

»Warst du schon mal dort?«

»Ja, als ich Zivildienst gemacht habe. Vier Wochen, länger nicht. Ich war froh, als ich wieder weg konnte, obwohl ich eine Freundin da hatte.«

»Eine Polin?«

»Ja.«

»Und jetzt fährst du wieder hin? Eigentlich bist du doch zu alt für die Jugendmannschaft?«

»Sie haben mich gefragt, weil ich schon mal da war. Ich glaube, allein zu fahren, davor haben sie Angst.«

Einen Moment lang sagte Lena nichts. Und aus diesem Nichts heraus sagte sie:

»Ich will mit nach Polen.«

»Warum?«

»Darum«, sagte sie, aber dachte an Dahlmann.

Adrian zeigte ihr einen Vogel. Sie griff sich an die Stirn. Dahinter spukte ein Mädchen mit aufgesteckten Locken und kräftigen Schenkeln herum, das über eine endlos weite, unwirklich weiße Fläche glitt, vorwärts und rückwärts lief, Pirouetten drehte und Scheren sprang. Und immer stand der kurze Rock wie ein Teller von der Taille ab, weil so sicherlich Adrians polnische Freundin war.

Adrian nahm ihr die Hand von der Stirn.

»Was ist mit dir?«

»Weißt du doch«, sagte sie.

»Was denn?«

»Der Vogel«, sagte sie.

Schließlich war sie hinter dem Bus hergefahren, in dem Adrian saß. Der Trainer hatte nicht gewollt, daß eine Frau mit im Bus fuhr. Nein, auch keine ältere, hatte er gesagt.

Der Himmel an der Grenze war eigensinnig blau gewesen und hatte nichts, aber auch gar nichts mit ihrer Stimmung zu tun gehabt. Sie fuhr nach O. wegen Dahlmann. Von außen besehen, fuhr sie Adrian hinterher. Sie dachte an Ludwig. Was wollte sie denn? Daß ausgerechnet beim Fußball, bei einem Freundschaftsspiel, das Ende ihrer Verlängerung kommen würde, die sie und Ludwig seit Monaten austrugen in S.? Wie lange geht eine Verlängerung, hatte sie Ludwig damals gefragt. So lange, bis einer dem anderen ein Tor reinschießt, hatte er gesagt. Jetzt schoß sie ihm mit einem Torwart ein Tor rein. Sudden Death nannte man das. Und hinter dem Tor standen ein oder zwei Martinas, angezogen als Maskottchen, und pfiffen nicht mehr auf zwei Fingern, sondern einen Refrain. *Ich bin's, jaja, ich bin's gewesen, jajaja.*

Lena hatte bei diesem kleinen Lebensmittelladen an der Grenze angehalten, diese Krakauer Würstchen gekauft und gleich neben der Fleischtheke unter einem Schild *Post* Geld abgehoben und war wieder in ihr Auto mit den schmutzigen Scheiben gestiegen. Hatte müde auf der Karte den Weg von einer größeren Stadt zur nächsten gesucht. Hatte erst eine dicke gerade und dann eine dünne gekräuselte Straße mit dem Finger abgefahren. Vier Zentimeter unterhalb von Prag bei Tabor war ihr aufgefallen, warum sie auch gefahren war.

»Aha«, hatte sie gedacht, darum also, und sich schon mal die polnischen Wälder vorgestellt und ihre Unergründlichkeit. Darum also. Nur um zu fahren. Um sich selber fahren zu lassen. Nur so. Um etwas zu tun. Bei Tcec hielt sie in der Dunkelheit an einem Bahnwärterhäuschen. Eine junge Frau von beunruhigender Heiterkeit zeigte mit ihrer Leuchtkelle in Richtung Waldrand und schob ihre Schirmmütze dabei in den Nacken. Dort lag ein Schloß, jetzt ein Zámek-Hotel. Dort übernachtete Lena im ungelüfteten Zimmer 307 als einziger Gast des Hauses und hörte bis spät in die Nacht hinein eine Trompete spielen. Sie öffnete das Fenster, wegen des bitteren Geruchs, den ein Mensch im Hotel hinterläßt, wenn er unruhig geschlafen und früh fieberhaft gepackt hat. Sie legte die Unterarme auf die Fensterbank und betrachtete die Nacht.

Du fährst nach Polen, was willst du da, Lena?

Ich schreibe darüber, Ludwig.

Da bist du nicht die erste, Lena.

Wollte ich auch nicht sein, Ludwig.

Er hatte nicht gesagt, ich komme mit. Also das Ganze noch einmal. Sie sah hinaus in die Nacht und beendete den Dialog in ihrem Kopf.

Du fährst nach Polen. Warum?

Damit du sagst, ich komme mit. Darum.

Sie schloß das Fenster und warf sich auf das Bett. Auf dem Nachttisch stand ein schwarzes Telefon mit Drehscheibe. Sie wählte, ohne den Hörer von der Gabel genommen zu haben. Das liebende Paar bleibt eine Sache des Augenblicks. Danach verbringt es Zeit miteinander, weil es sich nicht getrennt hat, als das Wunder der Liebe vorbei war. Es ißt zusammen, geht ins Kino, frühstückt am Wochenende manchmal länger und zeigt sich samstags auf dem Markt den anderen Paaren. Man weiß nichts mehr von der Liebe, man verbringt Zeit und Leben.

Wenn das so stimmte, dann entfernte sie sich bereits. Wollte sie die erste sein, die geht.

»Mich hat sie vor einigen Tagen auf dem Fußballplatz von O. auch angeschrien«, sagt der Priester von seinem Rücksitz aus und gibt Dahlmann noch einmal die Gelegenheit, über schmutzige Schuhe zu sprechen.

»Ach, seien Sie still. Sie kommen sowieso nicht in den Himmel«, sagt Lena.

»Wer?«

»Beide nicht, aber Sie als Priester erst recht nicht.«

Sein Gesicht gefriert.

»Auch wenn Sie noch so lange in O. waren, kommen Sie nicht in den Himmel.«

»Warum?«

»Wegen Freitag.«

»Richard«, sagt Dahlmann, »hast du am Freitag etwa Wurst gegessen?«

»Können Sie nicht mal ernst sein?« fragt Lena.

»Ich bin sehr ernst«, und Dahlmanns Satz klingt wie ein Satz in einer fremden Sprache. Er holt den Flachmann aus der Tasche. Beata kämmt sich auf dem Rücksitz mit klimpernden Armreifen, rot, grün, blau, türkis, perlmutt, bernstein.

»Steh ich Freitag also auf dem Fußballplatz,« sagt Lena, und Dahlmann lacht.

»Ist ja fast so ein guter Witz wie der von neulich.«

»Welcher?«

»Na der: Geht ein Schauspieler an einer Kneipe vorbei«, sagt Dahlmann.

»Laß doch«, sagt der Priester und nimmt verstohlen eines von Beatas blonden Haaren von seiner schwarzen Soutane. Beata nickt.

»Ich stehe also auf dem Fußballplatz, die Polen wärmen sich auf für das Spiel, Strecksprung, Spreizschritt. Die polnische Polizei fährt an den Reihen vorbei, die geschlossen ihre Übungen machen, und schaut skeptisch oder spöttisch auf die Deutschen. Die rudern ein bißchen mit den Armen und knibbeln an ihren Ohrringen herum, und ich und die Polizei wissen schon, wer gewinnen wird. Ich könnte auch gehen. Aber da kommt Ihr Freund der Priester auf mich zu und sagt: So etwas wie Sie hat uns hier gerade noch gefehlt. Also mußte ich bleiben.«

Dahlmann dreht sich zum Priester um.

»Das war aber nicht ganz ehrlich von dir, Richard«, sagt er. »Du wußtest bis Freitag doch nicht, daß es so etwas wie unsere Lena überhaupt gibt.« Dann hebt Dahlmann den Flachmann, trinkt aber nicht, sondern schaut sein Gesicht an, das sich in dem silbernen Mantel spiegelt, und sagt: »Sind wir nicht schlau?«

»Mit wem reden Sie?«

»Mit Heinzi.«

»Wer ist denn nun schon wieder Heinzi?«

»Heinzi, Heinzi, sagt sie und dann weint sie«, sagt Dahlmann leise und nimmt doch einen Schluck. Lena dreht sich zu Beata und dem Priester um. Beata lächelt, er nicht.

»Heinzi«, sagt der Priester, »muß sein, damit unser Dahlmann der Leere des Universums entgehen kann. Heinzi bringt die Einsamkeit zum Schwingen und führt dazu, daß sie Dahlmann das liebste wird. Heinzi ersetzt das Fehlen Gottes.«

»Heinzi«, wiederholt Beata andächtig ein neues Wort.

»Alkohol«, sagt Lena.

»Alkohol«, wiederholt Beata. »Prost!«

»Nastrowje«, sagt Dahlmann. »Auf den Sprachkurs für unsere Kleine auf dem Rücksitz.«

Er stößt Lena mit dem Flachmann am Ellenbogen an. »So etwas wie Sie hatte also in O. noch gefehlt. Und weiter? Was hat er noch gesagt?«

»Was hier geschehen ist, ist schlimm genug. Darüber brauchen wir keine Romane, hat er geschrien, Ihr Priester.« Dahlmann nimmt einen Schluck.

»So eine Geschichte würde mich aber sehr interessieren«, sagt er. Lena beachtet ihn nicht und redet weiter.

»Oświęcim, zwycięstwo, haben die Polen in meinem Rücken beim ersten Tor gerufen. Zwycięstwo, habe ich gefragt und mich noch einmal umgedreht. Der Priester hat dagestanden, als habe er in der Zwischenzeit vor Zorn sein Hemd zerrissen. Wie mit offener Brust hat er dagestanden und trotzdem für mich übersetzt. Auschwitz, Sieg, Sieg, hat er leise gesagt. Sein Gesicht ist ganz aufgelöst und der Hals ist ganz rot und lang gewesen. Warum er sich bloß so aufregen mußte? Wegen mir? Warum?«

»Warum«, wiederholt Beata.

»Wegen dir«, sagt Dahlmann. »Das ist doch das erste Mal in seinem Leben gewesen, daß jemand ihn so angesprochen, ihm so gefallen und ihn so geärgert hat und er in seinem Kopf ein Ding fand, das er nicht selber hineingestellt hatte. Zum ersten Mal stand etwas in seinem Weg, Lena. Du«, sagt Dahlmann und sagt zum ersten Mal »du«, seitdem sie in die Stadt zurückgekommen und kein Kind mehr ist.

»Du«, wiederholt Beata leise.

»Nicht wahr, Richard?« Dahlmann hat wieder seine Nase zwischen die Kopfstützen geschoben und spricht nach hinten. Seine Frisur füllt die Lücke ganz aus. »Du sagst, du fährst mit mir zurück. Aber du fährst wegen ihr. Reg dich nicht auf, das machen hier im Wagen alle so. Jeder hat noch einen anderen Grund für seine Begründung. Lena und ich auch. Nicht wahr, Lena?«

»Lena«, wiederholt Beata und legt eine kleine Hand auf die Kopfstütze vom Fahrersitz wie auf ein schlafendes Tier.

»Ich also fahre …« Er stockt. »Wenn wir also mal bei mir anfangen wollen, dann fahre ich, wenn ich ehrlich sein will …, dann also fahre ich eigentlich, weil ich …, ganz ehrlich gesagt, weil ich … fahre …, weil ich fahre.«

»Nichts da, nichts da«, unterbricht ihn der Priester. »Magdalena fährt. Nicht du.«

»Warum«, wiederholt Beata leise eines von ihren neuen Wörtern.

»Müde«, sagt Lena. Obwohl es dunkel ist, stellt sie sich vor, wie die Kastanien am Straßenrand stehen und längst verblüht sind. Sie sind gut zwei Stunden von der Grenze entfernt.

»Müde«, wiederholt Beata und hebt ein wenig die Stimme, so daß es wie eine Frage klingt. Aber sie befragt nur das neue Wort, ob es hält. Noch immer liegt die kleine weiße Hand so auf der Kopfstütze, als gäbe es etwas zu trösten.

»Ja, müde«, sagt Lena. Sie fährt langsamer. Die Luft ist lau mit Staub darin, der mehr wird, als ein Auto auf drei Rädern sie überholt, mit roter Schnauze. Es riecht nach Benzin.

»Vespacar«, sagt Dahlmann. »Gab es früher bei uns auch.«

»Früher?« fragt Beata.

In Posen steigen sie aus und laufen Richtung Marktplatz. Sie wollen etwas essen. Beata geht voraus.

»Würstchen«, sagt sie, als sie sich einmal nach ihnen umdreht. Manchmal erinnert Beata sie an die Kinder, die für Erwachsene Kind spielen. Es ist fast Mitternacht. Die Grenze kommt bei Küstrin. Küstrin, die düstere Festungsstadt an der Oder. Da werden sie gegen drei sein, und keine drei Stunden später wird Lena bei Ludwig sein. Die Vögel werden vor dem Fenster herumschreien, wenn sie sich zu ihm legt. Oder er wird in der Markthalle auf sie warten, am Tresen. Ein letzter Gast.

Vor jedem Haus auf dem Posener Marktplatz wachsen Sonnenschirme aus dem Boden, bunte Pilze mit Werbung. Unter jedem Pilz wird ausgeschenkt, aber vergeblich suchen sie ein Klo. Die Häuser sind jenseits ihrer aufgeputzten Fassaden unbewohnt. Auch das Licht in den Fenstern scheint Attrappe zu sein. Vor Lenas Füßen klappert ein leerer Kaffeesahnebecher Richtung Westen, und sie geben nach dem fünften Anlauf die Klosuche auf.

Was wohl auf den Bildern sein wird, die sie im Flur gegenüber dem Bahnhof von O. gemacht hat? Was wird von O. auf den Fotos sein, wenn sie sie nächste Woche im Drogeriemarkt von S. entwickeln läßt? Ein verbranntes Klavier, oder Fräulein Janina, ein Handtuch um den Kopf gewickelt und lächelnd am Arm eines großen hübschen Mannes? Oder nur zwei häßliche Topfpflanzen Jahrgang '43 auf einem Treppenabsatz?

Wie entwickelt man die Rückseite einer Fotografie?

An einem Stand mitten auf dem Marktplatz bestellt Beata viermal Wurst und viermal Bier. Dann flirtet sie mit zwei Männern, die flache Hinterköpfe haben, aber ausdrucksvolle Oberarme.

»Und Schluß«, sagt Lena, läßt eine Pfütze Bier im Becher und geht zurück, Richtung Auto. Beata nimmt Lena beim Arm. Der kleine Schottenrock schwingt neben Lenas Hosen, rechts, links, rechts, links. Eine große goldene Sicherheitsnadel zeigt Richtung Scham. Wenn Beata steht und geht, sieht man die Brandwunde am Oberschenkel nicht. Polen, denkt Lena, in Polen sind in diesem Jahr die Röcke alle nicht länger und auch die kleinen Kartoffeln nicht größer.

»In Berlin setze ich euch alle erst einmal ab, bevor ich nach Kreuzberg fahre«, sagt sie. So kommt ihr die Strecke, die noch bleibt, kürzer vor.

»Ich«, sagt Beata auf deutsch und winkelt die Arme an. Zwischen den zwei Fäusten vor ihrer weißen Bluse dreht sie ein unsichtbares Lenkrad. Lena nimmt ihr Angebot an und schließt am Straßenrand zuerst die Fahrertür für Beata auf. Alle wechseln im Uhrzeigersinn die Plätze. Lena kommt auf den Beifahrersitz, Dahlmann nach hinten rechts, der Priester auf Beatas und Beata auf Lenas Platz. Beata rückt den Fahrersitz vor und setzt eine rosa Brille auf. Lena rutscht tiefer in den Sitz und öffnet den obersten Knopf ihrer Hose.

Beata findet die Auffahrt zur Autobahn ohne Schwierigkeiten. Berlin ist bereits angeschrieben. Im Dunkeln des Autos beugt Beata sich zu Lena. Ihre Haare riechen nach Vanille.

»Weinst du?«

Ludwig

Kurz vor fünf Uhr in der Frühe. Schon macht die Montagnacht dem Dienstag Platz.

Sie hat die anderen nicht abgesetzt, sondern mitgenommen. Aber sie wird als einzige vor der Markthalle aussteigen. Die Innenbeleuchtung des Volvo wird flackern. Vielleicht wird Lena kurz zu den Fenstern aufschauen, hinter denen sie Sylvester gegessen und geschlafen haben. Sommer wird in der Luft sein. Sie wird sich dann an das andere Fenster zum Hof erinnern, an das sie sich gestellt haben, als Neujahr war, er an die Waschmaschine und sie an ihn gelehnt. Über ihren Köpfen trockneten fremde Kinderstrumpfhosen auf der Wäscheleine und waren längst steif gewesen. Sie hatten in den Hinterhof geschaut, auf ein benachbartes Mietshaus. Niemand war im Hof, niemand war im Treppenaufgang oder am Fenster gewesen. Dann war schmal und blaß die Neujahrssonne in den Hof gefallen, von der Seite her, wo ein Hausflügel fehlte, um das Karree zu schließen. Aber die Sonne im Hof hatte das Haus noch unbewohnter gemacht. Ein Haus, das noch stand am Ende des letzten Krieges und noch immer steht. Das war im Winter gewesen, und jetzt ist das Fenster, hinter dem sie geschlafen haben, vielleicht sommerlich geöffnet, wenn sie aussteigt. Dahlmann wird das Wagenfenster herunterdrehen und etwas sagen, das mit einem *aber-aber* anfängt.

Ja, ja, ihre Wimperntusche wird verschmiert sein, und die, die im Auto zurückbleiben, werden mit müden, flachen Gesichter hinter ihr herstarren. Sie wird, um sich Mut zu machen, auf die Motorhaube schlagen, so daß es klingt wie ein Schuß. Ersatzbirnen gibt es da drüben. Sie wird auf den türkischen Elektroladen an der Ecke zeigen und danach auf die tote Innenbeleuchtung. Beata wird nicken, und eine Haarsträhne wird ihr dabei ins Gesicht fallen. Ob sie die Lampe kaufen geht? Bei dem Türken? Ob etwas daraus wird?

Wer weiß, aber wenn Lena aussteigt, werden auf jeden Fall die Stühle vor der Markthalle an die Tische gekettet sein, in der Ferne wird sie die U-Bahn vorbeifahren hören, und sie wird wissen, dort, beim Geräusch, ist die große Post. Es ist die Stadt, in der sie an einem Donnerstag ihren ersten Toten sah. Sie wird in die Markthalle hineingehen. Denen, die zurückbleiben, wird die erste Sonne ins Auto scheinen. Die Kneipe oben wird längst geschlossen sein, aber der Club im Souterrain noch nicht. Sie wird die Treppen hinuntergehen, vorbei an Plakaten und Postkartenständern, und unter ihren Fußsohlen die Musik spüren. Sie wird Ludwig am Tresen sitzen sehen. Seinen Nacken. Was führt weiter als eine Reise? Der, den man liebt? Dann wird er sich umdrehen. Ihr wird nicht nach Schlaf zumute sein. Geschlafen hat sie im Auto, während Beata fuhr. Jetzt sind sie fast da.

Die Stadtgrenze von Berlin haben sie bereits hinter sich. Noch immer fährt Beata, wie vorhin, als die polnische Landschaft um sie herum nicht flach, sondern glatt war und die Straße nach Küstrin eine Linie durch die feuchte Luft. Am Ende so einer Straße kann nur noch die schwarze Nacht liegen, die Welt aufhören, weil alles einmal aufhört. Naturschutzgebiet, stand auf der Karte, doch aus welcher Materie dieses Gebiet sein mochte, war nicht sicher. Wenn der Autoscheinwerfer den Straßenrand streifte, sah die Erde dort aus wie gekämmt. Geharkt. Der Gürtel eines Moors vielleicht. Sie hätte hier nicht aussteigen mögen. Es war so dunkel. Aber so, als lauere darüber ein gleißendes Licht. Diese Landschaft kurz vor der Grenze war keine Wirklichkeit mehr, sondern ein seelischer Zustand, in den sie nicht tiefer hineingeraten mochte.

Beata fuhr. Es war ganz still. So still, daß sie selbst den kleinen, gemeinen Waldflecken am Rand der Straße alles zutraute. Alles. Augen, Nase, Mund und böse Absichten. Die beiden Männer auf dem Rücksitz schliefen. Ihre Gesichter waren glatt und härter geworden, von den Nackenhaaren aus gewaltsam nach hinten gezogen, wie bei Toten. Sie wollte so nicht schlafen, schloß aber die Augen. Diese Gegend kurz vor Küstrin war nicht mehr wirklich gewesen, sondern, so schien es ihr, eine von langer Hand inszenierte Realität. Eine Welt am Draht und nicht ihre. So war es schon einmal, nein, ein paarmal in ihrem Leben gewesen. In solchen Momenten wußte sie genau: Es gibt mich nicht. Ich werde mir nur vorgemacht. Jemand hat kein böses, aber ein kaltes Interesse daran, mich als einsame Funktion in seine Berechnungen einzufügen. Vielleicht ging es ja vielen so, und die Angst, die sie dann befiel, nannten die anderen Gott. Oder Depression. Sie nicht. Sie glaubte nicht an das, was jeder sah, sondern an das, was sie nicht sah. Jeder Moment im Leben war aufgeladen mit einem anderen, der nicht stattgefunden hatte. Jede Liebe mit einer, die nicht gelebt worden war. Und wie hatte Jesus zum Thomas gesagt, als der mit schmutzigen Fingern in der Herzwunde herumstocherte? Selig sind nicht die, die sehen, sondern die, die glauben. Mit dem Glauben war das so eine Sache. Mehr Ludwigs Sache. Sie glaubte ja nicht einfach so. Sie glaubte an ihre Vorstellungen.

»So ist das, Ludwig.«

»Du bist ja krank«, hatte Ludwig gesagt.

Beata fuhr auf angenehme Weise schnell. Die kleinen Hände am Steuer rochen in jeder Bewegung nach Seife, bis zu ihr herüber. Sie rutschte tiefer in ihren Sitz hinein.

»Schlafen«, sagte Beata. »Schlafen, müde, schlafen.«

Plötzlich wußte sie, woran diese Landschaft sie noch erinnerte. Sie hatten dieses Stück im vorletzten Februar ein paarmal gespielt, außerhalb der Stadt in einem Straßenbahndepot. *In der Einsamkeit der Baumwollfelder.* Den Text hatte der Autor für zwei Männer geschrieben. Doch der Regisseur mochte Frauen und hatte seine Inszenierung mit sieben Schauspielerinnen und einer Tänzerin besetzt. Was den Autor nicht mehr störte, denn er war bereits tot. HIV positiv, wie George, der während der Proben zum Stück gestorben war und in der Nacht vor seinem Tod eine junge Hilfsschwester im Krankenhaus gezwungen hatte, ihm die Haare zu zwanzig kleinen Zöpfchen zu flechten, für die letzte Reise. In die Einsamkeit der Baumwollfelder. Krähen schrien vom Band und füllten mit einem kalten Kummer den Raum, dessen Spielfläche leer blieb, bis auf einen schwarzen Flügel, auf dem keiner spielte. An dem nur eine saß. Die Tänzerin. Sie kam aus Dallas, eine Leihgabe von der Oper, und sie war nicht mehr jung. Sie sprach kaum Deutsch. Aber alle mochten sie wegen des feinen, schmalen Gesichts, aus dem eine ordinäre amerikanische Stimme kam. Ihre Knie und ihr Rücken waren kaputt, und gern zeigte sie nach dem Duschen ihre Schwangerschaftsstreifen, um zu sagen, sie wolle noch ein Kind, mit achtunddreißig. Der Regisseur war noch jung und mochte, was gerade verblühte. Die Zuschauer blieben aus.

Fifteen spectators, sagte eines Abends jemand hinter der Bühne zu der Tänzerin, bevor sie zu ihrem Flügel ging.

What? Fifteen potatoes? fragte sie laut und lachte. Dieses gemeine, glückliche Lachen war für Lena Amerika, solange sie noch nicht in Amerika gewesen war. Dann riefen die Krähen vom Band zum nächsten Auftritt. Ein Rest vom Bühnenlicht streute bis in die erste Reihe. Da saß er, an jenem Abend. Einer der fünfzehn Zuschauer. Auf jeden Fall trug er den Kragen eines Priesters. Sie sah, wie genau er sich mit seinen blauen Augen die Tänzerin ansah. Als sie an dem Abend nach Hause ging, war sie allein und der Schnee in der Gosse schmutzig.

Beata fährt.

Eine ganze Zeit schon fahren sie an der Berliner U-Bahn entlang, die überirdisch durch einen Teil von Kreuzberg führt. An der übernächsten Ecke ist ein Supermarkt, der vor Jahren einmal geplündert, ausgebrannt und dann wieder eröffnet worden war.

»Links«, sagt sie zu Beata und zeigt beim Görlitzer Bahnhof mit dem Daumen auf den Betonslum, der über die Straße hinweg gebaut ist. Wohnt man im untersten Stockwerk, fahren die Autos einem unter den Betten hindurch. Die kleinen Küchenfenster sind bereits fast überall erleuchtet. In dieser Straße hat sie in ihrem ersten Berliner Winter jeden Abend Kebab gegessen statt zu kochen. Da war sie Anfang Zwanzig, ungefähr so alt wie Adrian jetzt. Adrian, mit dem sie nicht in ein Studentenzimmer nach Birkenau wollte, für den sie statt dessen das Licht im Flur gegenüber dem Bahnhof von O. angeschaltet hat.

Hier war es. Hier hat er gewohnt. Da war er zehn oder so. Stell dir vor.

Wer?

Julius.

Wer ist Julius?

Dahlmann ist Julius.

Dahlmann, bei dem du wohnst?

Sie hatte ihm nichts von Dahlmann und nie von Ludwig erzählt. Gleich wird sie vor der Markthalle aussteigen. Sie wird Ludwig sehen und wird nichts von Adrian erzählen. Sie wird nach Martina fragen? Sie wird.

Sie hat Angst.

Die Angst war schon vor Martina da. An dem Tag, an dem sie merkte, wieviel Angst sie hatte, waren die Blätter noch grün an den Bäumen, aber das Licht schon herbstlich. Bald würde Laub auf Laub fallen und dabei den Klang von Regen haben. Ludwig und sie hatten auf einer Bank an der Bushaltestelle gesessen, nicht um irgendwo hinzufahren, sondern einfach so, um zu rauchen. Die Sonne schien. Sie redeten. Reden mit Sonne war besser als reden ohne Sonne. Es war Mitte Oktober, und sie war glücklich gewesen. Er hatte ihre Hand gegriffen, und man hätte sie zum ersten Mal in der Öffentlichkeit für ein Liebespaar halten können. Der Druck seiner Hand blieb, auch nachdem sie aufgestanden waren. Von außen besehen waren sie sich noch nie so nah gewesen. Dann war ein Bus halb über den Bordstein gefahren und hatte sie fast gestreift. Eine vereinzelte Wolke hatte sich vor die Sonne geschoben und lange, lange dort herumgetrödelt. Einer Frau war die Einkaufstüte gerissen, und Milch und Rotwein flossen auf dem Gehsteig ineinander. Wäre das alles nicht passiert, wäre nicht die Angst zwischen ihn und sie oder nur in ihre Seele geschossen.

Was ist, Lena?

Es ist kalt hier. Oder bin ich das? hatte sie gesagt.

War es die Angst, diese Liebe zu verlieren, diese Liebe, die ihr groß schien in dem Moment? Oder war es die Angst, ein Leben aufgeben zu müssen, in dem sie manchmal gern die Beherrschung darüber verloren hätte, daß sie überhaupt am Leben war. Das schnell gewesen war und abenteuerlich und unversöhnlich, und in dem sie die Unregelmäßigkeiten gern für Maßlosigkeit gehalten hatte. Für etwas, das ihr gut stand, sie gefährlich und gefährdet machte zugleich. Noch einmal: Ihre Liebe hatte doch nicht in einem großen unbewohnbaren Haus begonnen, nur um in einer gemeinsamen Drei-Zimmer-Wohnung zu enden.

Alle leben so, hätte Ludwig dazu gesagt. Das ist doch normal.

Was hatte sie an jenem Tag mehr gefürchtet? Die Langeweile oder eine andere Frau? Es war ein schöner windiger Tag gewesen, als sie dachte, ich will Ludwig nie verlieren. Lieber will ich ein Verlust für ihn sein. Es gab keinen Anlaß, so zu denken, nur einen Grund. Sie selbst.

Beata fährt durch Kreuzberg.

Auf der Straße ist Kopfsteinpflaster. Vor ihnen fährt ein Müllwagen her, hinter ihnen bildet sich allmählich eine Schlange. Sie sucht nach einem Kaugummi, weil sie sich nicht die Zähne putzen kann, bevor sie ihn trifft.

Wo bist du gewesen, wird sie fragen.

Warum?

Du warst nicht am Telefon, wird sie sagen.

Wann, gestern?

Gestern und ziemlich oft in letzter Zeit, wird sie sagen.

Seine Reisetasche wird geöffnet auf einem Barhocker neben ihm stehen. Obenauf wird ein rosa Handtuch mit einem »M« liegen, das sie nicht kennt.

Beata hat das Radio angeschaltet.

Die Zeit der polnischen Schlager ist vorbei. »It's a part of the game«, singt eine Frau, die der Stimme nach blond sein muß. Je weiter sie sich von der U-Bahn entfernen, desto leerer werden die Gehsteige. Noch brennen die Straßenlampen. Sie sind fast an der Markthalle. Es ist diese Musik aus dem Radio, die sie plötzlich daran erinnert. Die Musik hat sie auch in Kalifornien gehört. Oder hat sie die Musik schon früher gehört und sich Kalifornien dabei vorgestellt, bevor sie überhaupt dort war? Sie weiß es nicht mehr genau, aber fühlt sich wohl. Fühlt sich so wohl wie im letzten Jahr, als sie dort drüben war. Ja, sie erinnert sich. In ihren letzten Theaterferien ist sie durch Kalifornien gefahren. Motels, Pools, Wüste, Jogger. Fahren, Staunen, Vergessen.

Und jetzt?

Auf dieser Landstraße nach Berlin hat sie immer wieder die Augen geschlossen. Wie jetzt auch. Bilder haben sich zusammengesetzt. Die Fahrbewegung ist geblieben und hat am Ende auf einen anderen Weg geführt. Darüber der Himmel ist blau. Und der Wagen kein Volvo mehr, sondern ein ausgebrannter Thunderbird, die braunen Ledersitze schwarz verkohlt, der gelbe Außenlack dunkelgold und das Verdeck offen, auch bei Regen, weil es, seitdem das Auto gebrannt hatte, kein Verdeck mehr gibt. Kalifornien, durch das Loch im Dach greift ein fremder Fahrtwind nach ihrem Haar. Das ist Amerika. Das hier ist ihr Cabriolet. Sie fährt. Erst einen Highway entlang, vierspurig, aber gemütlich. Dann biegt sie ab auf eine harte, einspurige Straße Richtung Wüste, auf der kaum jemand ist, außer ihr. Dann kommt sie in die Wüste. Sie ist mit dem Horizont allein. Die Tankstellen, auf die sie trifft, sind immer außer Dienst, und von den Ansammlungen toter Häuser, von diesen Flecken in Geröll und Sand, winkt Wäsche von der Leine herüber zur

Straße. Da waschen nur noch Geister, denkt sie und fährt. Lange kommt nichts, unvermeidlich nichts.

Dann ein Schild. Cold Creek. Darunter ein Pfeil, der auf ein Gitter zeigt. Flach an den Boden gedrückt und unter einem Himmel aus hundert gestapelten Echos des immer selben Blau steht das Gefängnis, wenn der Blick dem Pfeil eine halbe Meile lang folgt. Cold Creek heißt der Knast stimmungsvoll. Wer dort ausbricht, ist zu lange und zu gut sichtbar auf dem Tablett der Wüste unterwegs, um jemals in Las Vegas anzukommen. Sie fährt nach Las Vegas. Sie ist verabredet dort. Mit Ludwig.

Nein. Sie ist nicht verabredet dort. Denn die alte Verabredung gilt nicht mehr. Sie hält an, steigt aus und schlendert ein Stück auf der Narbe zwischen grauem Straßensplitt und Steppe entlang, im Mund das Gefühl, sie sei der letzte Gast auf dieser heißen Welt.

Der Stein liegt nur wenige Schritte vom Wagen entfernt.

Es ist nur ein Stein, aber einer mit Persönlichkeit. Sein Bauch ist eine Kugel, sein Hintern flach. Sie öffnet ihm die Fahrertür und legt ihn sacht auf das Gaspedal. Dann wischt sie sich die Haare aus dem Gesicht, als sei alles nur eine Frage der Haare. Sie steigt ein und dreht den Zündschlüssel und nimmt auch den zweiten Fuß von der Bremse hinauf auf den Sitz. Der Wagen springt von alleine vor, sie hat die Beine angezogen, die Hände am Lenkrad und das Kinn auf beiden Knien, als sie ihren ausgebrannten Thunderbird mit dem offenen Dach auf die Mitte der Straße lenkt. Das Gewicht des Steins bestimmt die Geschwindigkeit. Mein Stein, denkt sie zärtlich. Sie dreht die Musik auf und setzt sich mit dem Hintern auf die Rückenlehne, ein Fuß auf dem kaputten Leder der Sitzfläche, den anderen am Lenkrad. Die Straße ist schnurgerade. Jedes Ereignis hat seine seltsame Wirklichkeit darin, daß es auch anders hätte geschehen können. This is a story of speed, singt es aus dem Radio. Sie dreht es noch lauter, bis Musik und Fahrtempo einander ebenbürtig sind. Niemand überholt sie. Niemand kommt ihr entgegen. Aber sie ist schon bereit. Sprungbereit und fehlerlos zum ersten Mal in ihrem Leben. Ein Hund hockt am Straßenrand. Als der Wagen sich ihm nähert, steht der Hund auf und kommt daher, die Zunge aus dem Maul, bis auf die Mitte der Straße. Als der Wagen ihn überfährt, bleibt sie ruhig, als würde sie alles nur fotografieren. *Ach, daß ich dich so spät erst erkannte,* sagt Augustinus. Im Rückspiegel erkennt sie, der Hund war gar kein Hund, sondern ein bettelnder Kojote.

Wie ihr Leben weitergeht, wenn sie aus der Wüste zurückkommt? Gestern hat sie in einer verdunkelten Bar zu Mittag Fish and Chips gegessen. Draußen waren 80 Grad Fahrenheit und Sonne. Morgen wird sie das auch tun. So wird es weitergehen. Sie schaut in den Himmel. Es wird noch dauern, bis es dunkelt, bis es wie gestern ausschaut, als hätte da oben jemand Rosen ausgedrückt, bevor die Nacht schnell kommt und es kälter wird. Am Straßenrand strecken ein paar Bäume ihre Arme in die Luft. Das sind Propheten, die sich nicht setzen wollten, als der Herr es ihnen befahl. Die nicht Ruhe geben wollten, im Sitzen. Denn im Sitzen kann man nicht pathetisch sein. Sie fährt. Das erste Auto kommt ihr entgegen, ihr und dem Stein. Die Fahrbahn ist schmal, ihr Wagen fährt auf der Mitte. Das andere Auto weicht aus, zu spät. Sie sieht, während sie den Wagen an der Fahrertür streift, einen Mann mit Baseballmütze, sieht im Rückspiegel ein paar Drehungen, Staub, Flirren und findet mit den Augen danach etwas Dunkles, Weiches, das sich nur ein wenig hebt, wie Schluchzen, und auf der Fahrbahn liegen bleibt. Auf dem Rückspiegel steht: Objects in mirror are closer than they appear. Deshalb wohl das Schluchzen, das sie zu sehen glaubt. Der Wind fährt unter ihr Haar und hebt es von den bloßen Schultern. Sie trägt ein blaues Sporthemd, ärmellos. *Gott, der Mensch ist ein kümmerlicher Abriß deiner Schöpfung,* sagt Augustinus. Sagt Ludwig.

Indian Springs steht auf dem nächsten Schild. Doch kein Ort ist zu sehen, sondern nur eine Kulisse, eine Sperrholzhäuserfront, und nichts dahinter. Petrol Station, Bank, Laundry, Gun steht über Geschäften, die es nicht gibt. Bar steht über der Bar, die es nicht gibt. Über eine niedrige Schwelle, die niemals abgetreten sein wird, führt ihre Tür von der Wüste in die Wüste. *Du warst drinnen, ich war draußen,* Augustinus und Ludwig.

Und die Wüste wird hügeliger, feines Zeug, das sich aneinander aufschichtet und aussieht wie Samt, wie Götter, wie Tiere, wie Schwämme, wie nackt. Kimberly Driving School steht auf dem Wagendach des Autos vor ihr, dem sie näher und näher kommt. An dessen Steuer eine weibliche Frisur, daneben eine männliche Glatze. Sie holt das Auto ein, rammt ohne auszuweichen den Kofferraum und überholt. Der Wagen schlingert, und schlingernd schiebt sie ihn vor sich her, bis die Glatze der Frisur ins Lenkrad greift und es nach rechts dreht, daß von dem Schwung die Luft bebt, und der Wagen in den Handstand geht. Es hupt. So steht er und fährt Richtung Erdinneres weiter, Himmel und Wüste als Hintergrund. Es hupt. Die Fahrertür öffnet sich, ein Bein kommt heraus. Sie fährt weiter. Sie ist ohne Wasser, ohne Brot, ohne Geld und ohne die gute Laune von gestern. Am Straßenrand steht ein roter Truck im Leerlauf. Ein Mann mit langen, glänzenden Haaren steigt aus, hebt die Hand vor die

Augen und hält Ausschau. Auch er hat die Explosion gehört. Endlich hat das Hupen geendet.

Ihre Umgebung nimmt die Farben einer Malerpalette an. Es wird dunkler. Gleich wird der Mond auftauchen und älter ausschauen als sonstwo auf der Welt. Gleich wird sie zaghafter werden. *Du warst bei mir, aber ich war nicht bei dir. Aber jetzt.* Ludwig, endlich. Ein Motorrad. Es kommt ihr entgegen. This is a private road, murmelt sie, das Lenkrad starr zwischen den Händen, der Wagen auf der Mitte der Straße. This is the story of speed, singt die Frau im Radio. Sie singt mit, und das Motorrad kommt näher. Zwei Menschen sitzen darauf, die kleinere Gestalt lenkt. Die Arme des größeren liegen um die Taille des kleineren Menschen. Der kleinere Mensch ist schmal, eine Frau. Ganz sicher. Das Haar ist schulterlang und hat die Farbe von Feuer, und so sicher, wie die da sitzt, gibt sie jedem zu verstehen, wie schön sie ist, mit dieser langen Taille und darüber den Brüsten, die ein wenig hängen, aber rund sind und voll unter der Lederjacke. Nichts an der kleinen Gestalt da ist so gealtert, daß es mit dem Blick der Liebe nicht rückgängig zu machen wäre. Sie kennt die, die da fährt.

Links vor ihr am Straßenrand taucht eine verrottete Tankstelle auf, deren Ein- und Ausfahrt mit Steinpollern von der Straße abgeschnitten ist. Beim Lenken schaut sie auf die Uhr. Zwanzig nach drei. Der große Mensch hinter dem kleinen hebt im Fahren die Hand, das heißt »Halt«. Oder »Hallo«. Oder »Du hier?« Sie will auch die Hand heben, greift sich statt dessen ins Haar und fährt weiter, denn der große Mensch hat jetzt seinen Helm abgeschnallt und ist nur noch zwei oder drei Atemzüge von ihr entfernt. Sie fährt. Seine Augen sind blau bis zu ihr herüber. Sie sieht sein Gesicht und fährt. Jetzt sind sie nur noch einen Atemzug voneinander entfernt. Sein Gesicht kann sie deutlich sehen, und ihr Fuß auf dem Lenkrad zittert, wie Hände zittern. Die Absicht ist eine alte, so alt wie die Menschen sind. Sie zieht ihm entgegen, kein Lenkrad, den Bogen in der Hand.

Sie muß sich entscheiden für eine der beiden Möglichkeiten von Liebe. Beschützen oder töten. Wieder murmelt sie diese Sätze des Augustinus, den sie nur kennt, weil sie Ludwig kennt. *Spät habe ich dich geliebt. Ach, daß ich dich so spät erkannte,* und sie fährt an der verrotteten Tankstelle vorbei und sieht die zwei senkrechten Falten zwischen Ludwigs Brauen, und daß die Frau mit der schmalen Taille noch immer ihr Visier vor dem Gesicht hat. Und Auto und Motorrad fahren aufeinander zu, als gäbe es rechts und links von diesem wüsten Weg keinen Ausweg, keinen Platz, keine Welt, als fiele der Straßenrand dort steil ab ins Meer. *Liebe, und tu was du willst,* murmelt sie den Augustinus vor sich hin. Ludwig nimmt im letzten Moment noch einmal die Hände von der Taille der anderen Frau, reißt mit einem Ruck nach rechts die Maschine am Wagen vorbei. Vorbei. Ein Überschlag, ein lautes Röcheln am Ende eines Rutschens? Kein Schacht, keine Kälte, keine Reue, keine Hoffnung. Sie hat sich nicht umgeschaut, hat nicht in den Spiegel geschaut. Es fährt noch ein Stück, dann bleibt ihr Auto stehen. Sie steigt aus. Nun ist sie fertig. Nun ist es geschehen. Nun sieht sie wieder in die Welt hinaus. Was denkt sie wohl dabei? Nur ein leiser Wind geht, der greift ihr ins Gesicht und ist wie feiner Regen, der das Endes eines Tages noch einmal heller und fröhlicher macht.

Der kleinere und der große Mensch liegen vielleicht zehn Meter vom Motorrad entfernt. Sie geht hin. Die Frau hat noch immer den Helm auf dem Kopf, sieht sie von weitem. Sie liegen in Löffelstellung um einen Betonpoller der Tankstelle gewickelt. Die Frau in seinem Schoß, so wie sie vorher saßen, doch gekippt. Er muß im letzten Moment wieder ihre Taille gefaßt haben. Lena kommt näher, ganz nah. Zwei ausgestellte kleine Tiere, ihre Gesichter sind bleich und verletzlich wie die Unterseite von Füßen. Die Maschine liegt allein. Eine BMW K 75 s. Nazimaschine, hat Dahlmann immer gesagt. Ludwig und die Frau müssen die zehn Meter über den Boden gerutscht sein, in dieser Stellung, wie ein Liebespaar im Schlaf. Aber sie schlafen nicht. Sie bluten nicht. Sie atmen nicht. Sie haben keine Schmerzen, und er hätte sogar Glück haben können, mit der kleinen Frau als Polster in seinem Schoß. Lena aber sieht Ludwig an. Ein schöner Mann. Er ist jung, er kann es schaffen, und noch immer geht leise der Wind. Ihre Brust schmerzt, nicht links, sondern rechts. Es ist nicht das Herz, es ist ein leises wundes Stechen, wie vom Stillen, denkt sie. Die abgewandte Hälfte seines Gesichts, die auf dem Boden liegt, sieht sie nicht. So bückt sie sich und faßt zärtlich hin. Die abgewandte Wange in ihrer Hand. Ihre Handinnenfläche, Farbe.

So war es ein Versehen, denkt sie. Es ist Blut.

Da geht ein Ruck durch ihren Körper, einer, der im Schlaf kommt und den Träumenden hart auf der Matratze aufschlagen läßt. Sie fällt, fällt rückwärts auf die mit grauem Splitt beschichtete Straße. Irgendwo bei Las Vegas, mit einem dumpfen Schmerz an der linken Schläfe.

Steinschlag, murmelt sie und ist im Auto neben Beata aufgewacht. Ihr Kopf ist von der Nackenstütze auf Beatas Schulter gerutscht, eine magere, spitze Mädchenschulter.

»Wir sind da?«

Die Markthalle liegt in ihrem grauen Morgenschlaf da, wie winters ein abgeschiedenes Dorf im Schnee. Die Stühle sind zu viert an ihren Tisch gefesselt, und ein versiegelter Container für Bauschutt steht unter den Bäumen. Vom Schriftzug *Markthalle* sind nur die Umrisse scharf, so ohne Licht. Eine laue Luft und eine merkwürdige Stille herrschen, jetzt, nachdem die Autotür zugeschlagen ist. Nicht das geringste Lebenszeichen eines anderen Menschen deutet an, daß man nicht für immer allein ist auf der Welt.

»Aber nicht zu lange bleiben«, ruft Dahlmann dazwischen, der das Autofenster heruntergedreht hat. »Wir sind alle müde.«

Ach, die können das Auto eigentlich haben und weiterfahren, denkt sie.

Vor dem Haus gegenüber der Markthalle steht eine schwarze BMW. Es sind keine Kinder auf der Straße und fast keine Frauen. Die Kneipe ist leer, der Raum mit dem langen Tresen abgesperrt mit einem Seil, an dem ein Schild hängt. *Werte Gäste. Club unten ist geöffnet.* Unter den Fußsohlen kitzelt Musik, für die sie eigentlich zu alt sind, Ludwig und sie, wenn das hier nicht Berlin wäre.

Als er sich am Tresen umdreht, sind seine zwei Augen sich nicht einig. Eins ist strahlend traurig, eins ist tot. Er drückt seine Zigarette in der leeren Schachtel aus und legt den Kopf in den Nacken. In der Bewegung ist etwas von der Zurückhaltung eines Tiers, das stirbt.

»Weißt du, was mir fast passiert wäre?« sagt er.